Über die Autorin:
Andrea Sawatzki gehört zu den beliebtesten deutschen Film- und Fernsehschauspielerinnen, unter anderem bekannt für die Rolle der Tatort-Hauptkommissarin Charlotte Sänger, für die sie von 2001 bis 2009 vor der Kamera stand. Gleich ihr erster Spannungsroman »Ein allzu braves Mädchen« wurde ein SPIEGEL-Bestseller und begeisterte Kritiker wie Leser. Auch ihre folgenden Bücher, die Familienkomödien »Tief durchatmen, die Familie kommt« und »Von Erholung war nie die Rede« eroberten die Bestsellerlisten. Beide Bücher werden für das ZDF verfilmt. Andrea Sawatzki ist mit dem Schauspieler Christian Berkel verheiratet, die beiden haben zwei Söhne und leben in Berlin.

ANDREA SAWATZKI

DER BLICK FREMDER AUGEN

PSYCHOTHRILLER

Besuchen Sie uns im Internet:
www.droemer.de

Überarbeitete Taschenbuchausgabe Dezember 2016
Droemer Taschenbuch
© 2015 Droemer Verlag
Ein Imprint der Verlagsgruppe
Droemer Knaur GmbH & Co. KG, München
Alle Rechte vorbehalten. Das Werk darf – auch teilweise –
nur mit Genehmigung des Verlags wiedergegeben werden.
Redaktion: Regine Weisbrod
Covergestaltung: NETWORK! Werbeagentur GmbH
Coverabbildung: Arcangel/Reilika Landen
Satz: Adobe InDesign im Verlag
Druck und Bindung: CPI books GmbH, Leck
ISBN 978-3-426-30505-8

2 4 5 3 1

Für C., M. und B.

Prolog

Endlich erreicht die Frau den Wald. Es regnet jetzt in Strömen. Im Laufen sieht sie sich um, lässt den Blick rasch über die Felder gleiten. Keine Menschenseele weit und breit. Der Wind peitscht durch die Ähren, reißt Schneisen ins satte Gelb. Wie ein gelbes Meer, schießt es ihr durch den Kopf. Dann pfeift sie nach ihrem Hund und rennt weiter, vorüber an dem Findling mit dem aufgemalten Wegweiser, an einer umgestürzten Kiefer.

Sie folgt der Biegung des Wegs, legt sich im Lauf spielerisch in die Kurve, liefert sich ein kleines Wettrennen mit dem Yorkshire-Terrier und taucht ein ins Dunkel des Waldes. Im Rhythmus ihrer Schritte atmet sie gleichmäßig ein und aus, lockert die Schultern.

Undeutlich zeichnet sich der Pfad vor ihr ab, schlängelt sich durchs Gestrüpp. Dahinter Geäst. Die dornigen Zweige der Brombeerbüsche zerren an ihren Hosenbeinen, zerkratzen ihre Waden. Kaum Licht dringt durch das Blätterdach. Der Regen hat zugenommen, der Boden ist ein einziger Matsch. Die Wildschweine haben große Löcher gebuddelt, um sich im Schlamm zu suhlen.

Sie springt über die Pfützen, und doch sind ihre Schuhe schon voller Wasser. Sie rutscht aus, taumelt, fängt sich. Rennt mühsam weiter. Erde klebt an ihren Sohlen. Der Regen nimmt ihr die Sicht.

Weiter vorn macht der Pfad erneut eine Biegung, sie kennt sich aus. Bis auf ein paar Wildschweine hin und wieder ist hier nichts los. Keine Menschenseele. Sie mag die Ruhe, aber bei diesem Wetter durch den Wald zu joggen war trotzdem eine Schnapsidee.

Sie pfeift nach ihrem Hund. Eben war er noch neben ihr. Sie dreht sich um, trippelt auf der Stelle und ruft. Keine Bewegung im Dickicht, kein Laut. Nur das Prasseln des Regens. Sie ruft wieder. Da kommt er zwischen den Stämmen hervor. Er kaut etwas, bleibt stehen, kaut weiter.

»Pfui!«, schreit sie. »Aus!« Sie hasst es, wenn ihr Hund Scheiße frisst. Dann stinkt er den ganzen Tag. Auch nachts noch, wenn er neben ihr auf dem Kopfkissen liegt. »Pfui!«, ruft sie wieder und rennt auf ihn zu. Aber da hat er seine Beute schon verspeist, schluckt, leckt sich das Maul und wedelt zaghaft mit dem Schwanz. Demütig sieht er zu ihr auf. Sie schimpft leise vor sich hin, wendet sich ab und läuft zum Pfad zurück. Über ihr das Klopfen eines Spechts, ein Eichelhäher kreischt, dann wieder Stille. Nur das Prasseln der Tropfen im Buschwerk.

Da sieht sie einen Schatten hinter der Biegung. Zwischen den Stämmen bewegt sich etwas. Sie bleibt stehen und blinzelt durch den Regen hindurch. Der Schatten entfernt sich. Sie atmet auf, streckt sich. Wahrscheinlich nur ein Wildschwein, denkt sie. Wenn man denen nicht zu nahe kommt, tun sie einem nichts. Sie beschließt weiterzulaufen. Merkwürdig, dass der Hund nicht gebellt hat, normalerweise wittert er die Wildschweine immer schon, bevor man sie sieht. Sie dreht sich um. Ruft. Nichts. Es knackt im Gehölz. Dann wieder Stille.

Sie geht zurück zu der Stelle, wo sie ihren Hund zuletzt gesehen hat. Ruft wieder. Ungewöhnlich, dass er nicht hört. Sie dreht sich auf der Stelle, sucht die Dunkelheit nach ihm ab. Plötzlich hört sie ein leises Winseln.

Er sitzt ein paar Meter weiter an einem alten Fuchsbau und zittert am ganzen Leib. Sie nähert sich dem Tier, bleibt abrupt stehen. Aus seinem Maul quillt rötlicher Schaum. Er würgt und röchelt, dann jault er auf. Seine Beine knicken ein. Er fällt zur Seite, verdreht die Augen. Sie geht neben ihm auf die Knie, zieht ihn mit beiden Händen zu sich heran. Er erkennt sie nicht, sein Blick ist leer, scheint nach innen gekehrt, als suche er tief im Innern nach der Ursache für den Schmerz. Wieder ein Krampf. Er erbricht gelb-roten Schaum, dann etwas, das aussieht wie Hackfleisch. Sie beugt sich vor, inspiziert das Erbrochene. Richtig, es ist Hackfleisch. Wo um alles in der Welt kommt das mitten im Wald her?

Gift!, schießt es ihr durch den Kopf. Jemand hat Gift ausgelegt.

Sie nimmt den Hund in die Arme, springt auf und dreht sich um. Sie muss zurück in die Stadt, zum Tierarzt. Das Tier hängt wie ein nasser Sack in ihren Armen.

Der Schlag trifft sie mit solcher Wucht, dass sie hintenüberkippt. Sie stützt sich nicht ab. Sie hält den sterbenden Hund immer noch in den Armen, als ihr Kopf gegen den Stamm einer Kiefer kracht.

1. Kapitel

Wenige Tage zuvor

Ein Geräusch weckt Katrin. Sie öffnet die Augen, versucht, sich zu orientieren. Es ist dunkel. Sie hält den Atem an und lauscht. Irgendwo fällt eine Tür ins Schloss. Dann Stille. Kurze Zeit später sich entfernende Schritte auf Asphalt.

Katrin liegt still da. Die Erinnerung gleitet träge in ihr Bewusstsein. Wie dickflüssiger Brei. Sie hat wieder geträumt. Tief atmet sie ein, versucht, sich zu entspannen, loszulassen. Zählt ihren Herzschlag. Das Kitzeln eines Schweißtropfens, der langsam von der Stirn über die Schläfe in ihr Ohr perlt. Sie bewegt sich nicht, um ihn wegzuwischen. Sie muss sich zusammenreißen. Ihre Gedanken bändigen und dahin schicken, wo sich der Traum versteckt hält, bevor er sich auflöst. In einem Winkel des Gehirns. Es ist immer die gleiche Stelle.

Sie kreist ihn ein, ist kurz davor, ihn zu greifen. Doch noch bevor sich die Farben in ihrem Kopf zu Bildern formen können, fließt alles auseinander. Leer. Alles leer. Sie schluckt. Versucht, den bitteren Geschmack hinunterzuwürgen, der an ihrem Gaumen klebt. Der Geschmack des Todes. Er begleitet sie schon lang. Genauso wie die Träume. Fast jede Nacht suchen sie sie heim. Obwohl sie die Träume fürchtet, zieht es sie immer wieder zu ihnen hin. Denn sie spürt, wenn es ihr gelänge, die Bilder ans Licht zu holen, würde sie etwas über sich begreifen, das bisher im Verborgenen lag. Sie ahnt, dass in ihren Träumen die Wahrheit liegen muss. Aber sie kriegt sie nicht zu fassen.

Lange liegt Katrin da, ohne sich zu rühren. Beobachtet das Heraufdämmern des Morgens hinter dem Fenster, wie das Licht die Blätter draußen am Baum sekündlich mehr einfärbt, als würde ihnen Leben eingehaucht. Irgendwo zwitschert ein Vogel.

Sie wendet den Kopf und sieht auf den Wecker. Sechs Uhr. Zeit zum Aufstehen. Zwar hat sie heute frei, aber wenn sie einmal wach ist, kann sie ohnehin nicht mehr einschlafen. Außerdem muss die Wohnung geputzt werden, die Wäsche wäscht sich auch nicht von selbst. Und der Kühlschrank ist leer.

Sie hat Bernd versprochen, mal wieder was Anständiges zu kochen. Wenn er schon so früh rausmuss zur Arbeit. Sie rollt sich zur Seite, presst das Gesicht in sein Kissen. Atmet seinen Geruch.

Dann steht Katrin auf, geht ins Bad, duscht, bürstet ihr schulterlanges Haar. Sieht in den Spiegel. Sie mag ihr Gesicht. Das ist es nicht, was sie am Leben hindert. Sondern das andere, was sie nicht zu fassen kriegt.

Sie ist vierundzwanzig Jahre alt.

Seit drei Jahren ist sie mit Bernd verheiratet.

Seit acht Jahren sind sie ein Paar. Kennengelernt haben sie sich in der Berufsschule. Bernd arbeitet bei einem Logistikunternehmen, sie als Verkäuferin im Drogeriemarkt. Aber das macht ihr nichts aus. Sie mag ihren Beruf. Wenn ihr Filialleiter nicht wäre, würde sie ihn noch lieber mögen.

Katrin steht vor dem Spiegel, trägt Make-up auf, schminkt sich die Lippen, zieht eine Grimasse. Es hilft nichts. Der Traum hängt wie eine dunkle Wolke über ihr. Sie summt leise vor sich hin, um die wattige Stille zu durchbrechen, die sie umgibt. Dann greift sie nach ihrer Jeans und streift sie über ihre dünnen Beine. In letzter Zeit hat sie keinen Hunger mehr und muss ihre Hosen in der Taille mit einem Gürtel festbinden. Die Ärzte sagen, der Appetitmangel komme von den Tabletten, das würde sich aber irgendwann von selbst geben. Sie zieht ihren roten Lieblingspulli über den Kopf. Schließt die Badezimmertür und geht in die Küche.

Katrin räumt Bernds Frühstücksgeschirr ab und stellt es in die Spüle. Dann setzt sie Teewasser auf, geht zum Fenster und blickt hinaus auf den Parkplatz. Unten versucht eine junge Frau, ihre kleine Tochter im Kindersitz festzuschnallen. Das Mädchen schreit. Die Frau drückt es fest in die Verschalung und hebt dann die Hand zum Schlag, während sie dem Kind einen Satz entgegenschleudert. Das Kind ist augenblicklich still. Mit ruckartigen Bewegungen zieht die Mutter die Gurte stramm, dann richtet sie sich auf und knallt die Wagentür zu.

Katrin nimmt ihre große Lieblingstasse mit dem aufgedruckten Smiley aus dem Schrank und die Dose mit den Teebeuteln. Die Tasse hat ihr Bernd geschenkt. Mit den Worten: »Das Leben ist zu kurz, um traurig zu sein.« Zu der Zeit ging es ihr auch schon nicht so gut. Das war vor zwei Jahren. Im Sommer.

Sie streift sich eine Haarsträhne aus dem Gesicht und

gießt das heiße Wasser in die Tasse. Lässt den Teebeutel in die Flüssigkeit sinken und beobachtet die braunen Schlieren, die gleich darauf durchs Wasser ziehen. Dann öffnet sie die kleine Pillenbox, die auf der Anrichte steht, nimmt eine Amitriptylin heraus, schluckt sie mit etwas Wasser hinunter.

Sie setzt sich an den kleinen Küchentisch an der Wand und starrt auf den leeren Stuhl auf der anderen Seite. Bernds Stuhl. Sie haben nur diese zwei Stühle. Mehr brauchen sie nicht. Eine Zeitlang stand an der leeren Seite des Tischs ein Kinderstuhl. Mit Treppchen und Tablett. Eine Bekannte hatte ihn ihr gegeben, als Katrin schwanger war.

Aber dann kam alles anders.

Katrin öffnet die Schublade unter der Tischplatte, greift nach dem kleinen Block und dem Stift und beginnt, eine Einkaufsliste und ihren Tagesplan zu schreiben. Sie schreibt grundsätzlich alles auf: Wann sie wie viele Tabletten genommen hat, was sie braucht oder plant. Mit genauer Zeiteinteilung. Sie muss das tun, um den Tag zu strukturieren. Um nicht abzugleiten ins Dunkel.

2. Kapitel

Der Discounter ist nicht weit von der Wohnung entfernt. Katrin überquert die Straße, wobei sie darauf achtet, den Menschen um sich herum nicht ins Gesicht zu sehen. Das ist eine ihrer Eigenheiten. Sie fürchtet, etwas von sich zu verlieren, wenn sie auf fremde Augen trifft. Das war schon so, als sie noch ein Kind war.

Wenn sie mit Bernd unterwegs ist, machen ihr die Blicke weniger aus. Problematisch wird es, wenn ihr Mann nicht bei ihr ist. Dann bleibt sie am liebsten daheim, zieht die Vorhänge zu und wartet auf die Dunkelheit. Denn das gleißende Licht eines Sonnentags erträgt sie genauso wenig wie die Blicke fremder Augen.

Anfangs hat Bernd sie deswegen ausgelacht. Inzwischen reagiert er kaum noch darauf, wenn sie über ihre Furcht sprechen möchte. Er schaltet dann ab. Es habe keinen Sinn, mit ihr darüber zu sprechen. Sie reden aneinander vorbei. Und er versteht das Problem nicht. Niemand versteht das Problem. Der Sommer ist Katrins größter Feind.

Sie steckt eine Münze in den Schlitz des Einkaufswagens und zerrt diesen aus der Verankerung. Beim Rückwärtsgehen stößt sie beinahe mit einer obdachlosen Frau zusammen, die um Geld bettelt. Katrin beachtet sie nicht, sondern geht Richtung Eingang. Sie gibt grundsätzlich keine Almosen.

Im Innern des Ladens ist es kühl. Sie atmet auf und schiebt ihren Wagen durch die Gänge. An der Fleischtruhe trifft sie die alte Frau aus der Wohnung gegenüber. Katrin grüßt freundlich, aber die Nachbarin grüßt nicht zurück. Sieht sie nur aus zusammengekniffenen Augen an, die hinter dicken Brillengläsern kaum zu erkennen sind. In dem kalten Neonlicht sieht die Alte aus wie eine Wachsfigur. Einmal hat Katrin Bernd erzählt, dass die Nachbarin ihr Angst mache und sie sich davor fürchte, ihr im Treppenhaus zu begegnen. Bernd lachte bloß und sagte, die alte Frau sei wahrscheinlich nur eifersüchtig auf so ein junges hübsches Ding.

Katrin versucht, sich abzulenken, studiert ihren Einkaufszettel und füllt ihren Wagen. Mit einem Mal hat sie es eilig, aus dem Laden rauszukommen. Als sie an der Kasse steht, ist die Alte plötzlich hinter ihr. Sie stößt Katrin den Wagen in die Hacken, während diese ihre Einkäufe aufs Band legt. Katrin tut so, als hätte sie nichts bemerkt, aber vor lauter Ärger vergisst sie, die Kerzen aufs Band zu legen. Die sind unter den Einkaufsbeutel gerutscht. Die Verkäuferin bemerkt das und fragt: »Die Kerzen wollen wir heute wohl nicht bezahlen, was?«

Katrin murmelt eine Entschuldigung und wird rot, als sie die Blicke der anderen Kunden bemerkt. Das weiße Gesicht der Alten scheint zu leuchten. Sie fixiert die junge Frau regungslos. Ihr Mund ist ein harter Schlitz.

Katrin zahlt und stürzt ins Freie.

Als sie wieder zu Hause ist, verfolgt diese Szene sie. Sie grübelt, was sie hätte antworten können. Hasst sich dafür, dass sie sich nicht verteidigt hat. Wirft ihre Einkäufe auf den Tisch und schiebt den Küchenstuhl ans Fenster.

Lange sieht sie hinaus.

Dann steht Katrin auf und schaut auf ihren Tagesplan. Die Tabletten! Beinahe hätte sie die vergessen. Sie kann sich nicht daran erinnern, schon eine genommen zu haben. Auf dem Block ist nichts vermerkt. Sie legt den Plan zurück in die Schublade, geht zum Küchenschrank und nimmt eine Lithium aus der Verpackung. Hält kurz inne, löst noch eine zweite aus der Folie. Mit einem Schluck Wasser spült sie die Pillen hinunter. Dann stützt sie sich mit beiden Händen auf der Arbeitsplatte ab und starrt in die Spüle. Nach einer Weile zieht sie die Küchenschublade auf und holt den Notizblock wieder hervor. Sie muss sich notieren, dass sie zwei Lithium geschluckt hat. Sie kommt mit der Medikamenteneinnahme ständig durcheinander. Katrin stutzt. Da steht: *Donnerstag, 7.30 Uhr, eine Amitriptylin*. Sie sieht auf die Uhr. Halb elf. Daran, schon eine Tablette geschluckt zu haben, kann sie sich nicht erinnern. Hat sie das überhaupt geschrieben? Das ist doch gar nicht ihre Schrift. In letzter Zeit hat sie häufig das Gefühl, nicht allein zu sein. Dass jemand sie beobachtet und sich einen Spaß mit ihr erlaubt.

Katrin geht durch alle Räume, schaut unters Bett im Schlafzimmer und hinter das Sofa.

Sie ist allein.

Später geht Katrin ins Schlafzimmer. Sie fühlt sich ruhelos. Der Vorfall im Discounter geht ihr nach. Immer wieder sieht sie das Gesicht ihrer Nachbarin vor sich, die bohrenden Augen der Alten. Warum können die Leute sie nicht einfach in Ruhe lassen.

Sie öffnet die Tür zum Schlafzimmerschrank und kniet sich davor. Im unteren Teil hat sie ein Schloss an einer Schublade angebracht. Den Schlüssel dazu trägt sie um den Hals. Niemand soll wissen, was sich in der Schublade befindet. Auch Bernd nicht. Nicht nur ein Mal hat er sie gebeten, ihm den Inhalt zu zeigen. Aber sie konnte ihn davon abbringen. Jeder Mensch brauche seine Geheimnisse, er dürfe nicht alles über sie wissen, sonst fühle sie sich nackt. Das hat er verstanden.

Sie hütet die Erinnerung wie ihren größten Schatz. Seit zwei Jahren hält sie daran fest. Nur so kann sie weiterleben. Seit damals führt sie zwei Leben. Eines für die Menschen um sie herum und eines für sie ganz allein.

Katrin nimmt die Kette vom Hals und öffnet das Schloss. Sie zieht die Schublade heraus, greift vorsichtig hinein und holt ein rosafarbenes Jäckchen hervor. Betrachtet es von allen Seiten.

Wie klein die Ärmel sind. Wie zart der spitzenbesetzte Halsausschnitt.

Katrin drückt sich das Jäckchen ans Gesicht und atmet den Duft der Wolle ein. Presst den Stoff gegen Augen und Mund und flüstert den Namen ihres Kindes: »Nana.« Ganz leise wiederholt sie: »Nana.« Und dann, kaum noch hörbar: »Hallo, kleines Naninchen, ich bin bei dir. Hab keine Angst.«

Sie lässt die Jacke sinken und zieht weitere winzige Kleidungsstücke aus der Schublade. Drei Schlafanzüge mit Blümchen und Kätzchen bedruckt, ein paar Nuckeltücher, kleine rosa Strümpfe, eine Mütze, eine Decke mit lachenden Äffchen, ein kleiner Stoffelefant, ein rosa Hund mit schwarzen Knopfaugen.

Sorgfältig drapiert sie die Kleidungsstücke und Kuscheltiere im Halbkreis um sich herum. Streicht darüber, zupft Falten zurecht. Ganz nah ist Nana jetzt. Katrin zieht sich die kleine Decke an die Brust, schließt die Augen und wiegt den Oberkörper sanft hin und her. Nana ist bei ihr. Zum ersten Mal an diesem Tag fühlt sie sich nicht allein.

3. Kapitel

Als Bernd nach Hause kommt, steht das Essen auf dem Tisch. Schweinekotelett mit Kroketten und Salat. Er küsst seine Frau auf die Stirn und setzt sich an den kleinen Küchentisch.

»Das sieht toll aus, Kati. Genau das Richtige für den hart arbeitenden Mann.« Bernd lacht. Er nimmt sich gern selbst auf den Arm. Dann schaufelt er seinen Teller voll, öffnet die Bierdose, die sie ihm hingestellt hat, und beginnt zu essen. Katrin sitzt ihm gegenüber und beobachtet ihn. Wenn Bernd da ist, fühlt sie sich besser. Solange er sie nicht anfasst.

»Hast du keinen Hunger?«, fragt er und deutet mit dem Kinn auf ihren leeren Teller.

»Doch, gleich.« Aber sie rührt nichts an.

Er schiebt ein Stück Fleisch in den Mund, kaut, während er sie ansieht. »Schmeckt gut, haste selbst gekocht?«

»Fertiggericht.«

»Schmeckt trotzdem.«

Nach einer Weile hält Bernd es nicht mehr aus. Er kennt seine Frau zu gut. Er legt die Gabel beiseite, streckt die Hand aus, um ihr Gesicht zu berühren, hält aber auf halbem Wege inne.

»Alles klar?«

Katrin zuckt mit den Schultern und lächelt schief.

»War ein Scheißtag.«

Das Übliche. Bernd atmet tief durch und beschließt,

sich zusammenzureißen. Nur nicht runterziehen lassen. Wenn er Kati zum Reden kriegt, wird es manchmal besser.

»Aber warum? Du hattest doch frei. Hättest es dir gemütlich machen können.«

Bernd nimmt die Gabel, spießt zwei Kroketten auf einmal auf und steckt sie beide in den Mund. Er ist hungrig. Er hat sich auf zu Hause gefreut. Dass es dann manchmal anders kommt als gewünscht, daran hat er sich eigentlich inzwischen gewöhnt. Aber dennoch ...

»Gemütlich?«, wiederholt sie, wobei sie das ü besonders dehnt. Sie fischt eine Krokette aus der Schüssel und beginnt, daran zu knabbern. Sie wartet, dass er nachhakt.

Er nimmt einen Schluck Bier. Er muss weiter versuchen, sie zum Reden zu bringen. Nur dann wird sie ruhiger werden und der Abend vielleicht doch noch etwas gemütlicher.

»Hat dich jemand geärgert?«

»Nein.«

»Was war dann?«

»Egal.«

»Nun red halt!«

»Das verstehst du sowieso nicht.«

»Erzähl schon, vielleicht versteh ich's ja doch.« Bernd legt seine Gabel neben den Teller und wartet. Langsam vergeht auch ihm der Hunger. »Komm, mach schon!« Er denkt an die Krimiserie, die gleich im Fernsehen läuft.

»Es ist ...«, beginnt sie, und die Tränen schießen ihr in die Augen, »... es ist immer so schwer für mich, das Alleinsein.« Sie schluckt.

»Dann geh unter Leute, Kati. Es zwingt dich keiner, hier rumzuhocken.«

»Das ist es doch, Bernd. Das kann ich ja gerade nicht. Ich kann nicht mit den Menschen, und ich kann nicht allein sein.«

»Ach, Kati, das ist Quatsch. Auf der Arbeit geht's doch auch. Du musst dir halt mal einen Ruck geben. Über deinen Schatten springen. Du hast dich so daran gewöhnt, dich hier einzuschließen, dass du gar nichts anderes mehr kennst.«

Sie sieht ihn an. »Es geht nicht. Kapierst du das denn nicht? Es geht nicht.«

Sie vergräbt ihr Gesicht in den Händen. Sie muss sich beherrschen. Bernd kann ja nichts dafür, dass sie nicht mit sich klarkommt. Dann sagt sie kaum hörbar: »Ich kann nicht raus. Alle starren mich an. Alle merken, dass ich es nicht kann. Dass was nicht mit mir stimmt.«

Bernd trinkt sein Bier aus, steht auf, holt eine neue Dose aus dem Kühlschrank. Dann setzt er sich wieder. Seine Serie sieht er in weiter Ferne entschwinden.

»Das ist doch Quatsch«, wiederholt er. Mehr fällt ihm nicht ein. Er nimmt einen Schluck und betrachtet seine Frau. Wie dünn sie ist. Der Pullover hängt an ihrem Körper wie ein nasser Sack. Sie spürt seinen Blick und sieht ihm in die Augen. Ganz fremd ist sie ihm und doch so vertraut nach all den Jahren. Nach allem, was sie gemeinsam durchgemacht haben.

»Ach, Kati«, sagt er leise.

Sie schweigt und sieht ihn weiter an. Dringt tief in ihn,

als würde sie so eine Antwort finden. Ihre Augen füllen sich mit Tränen.

»Ich kann nicht mehr.«

Er nimmt ihre Hand und drückt sie zärtlich. Seufzt. Dann fällt ihm das Auto ein. »Dabei hab ich eine Überraschung für dich!«

Katrin sieht ihn nicht an. »Und?«

»Das Auto. Wir können es nächste Woche haben.«

»Welches Auto?«

»Den blauen Opel. Den wir in der Clayallee gesehen haben. Ich hab den Besitzer angerufen. Der wollte neunhundert Euro, aber ich hab ihn auf sechshundert runtergehandelt. Gut, was?«

Sie zuckt mit den Schultern. In der Clayallee stehen dauernd Autos zum Verkauf. Aber wer weiß, ob die dann auch fahren.

»Wozu brauchen wir ein Auto?«

»Mann, Katrin, jetzt freu dich doch. Du wolltest es schließlich auch haben. Damit können wir am Wochenende ein bisschen rumfahren.«

Sie starrt auf den Tisch, überlegt, ob sie am Wochenende rumfahren will. Eigentlich nicht. Am liebsten würde sie sich die Decke über den Kopf ziehen. Sie gibt sich einen Ruck.

»Toll. Danke.«

»Krieg ich jetzt mal einen amtlichen Kuss?«

Katrin zögert. Dann steht sie auf, geht um den Tisch herum und setzt sich auf Bernds Schoß. Sie vergräbt ihr Gesicht an seinem Hals und atmet seinen Geruch ein.

Ohne ihn wäre sie nichts. Das ist ihr klar. Auch wenn er sie nicht mehr anfassen darf. Seit dem Sommer vor zwei Jahren erträgt sie seine Berührungen nicht mehr.

»Hat sich die Czernowitz eigentlich noch mal gemeldet?«, fragt Bernd nach einer Weile.

Katrin hält kurz die Luft an, dann atmet sie weiter.

»Nein.«

Die Czernowitz ist ihre Vermieterin. Ständig nervt sie, weil Katrin den Treppendienst vergisst. Beim letzten Besuch hat sie gesagt, dass sie den Mietvertrag wegen Eigenbedarf auflösen wird. Katrin hat daraufhin die Fassung verloren und Frau Czernowitz angeschrien, sie solle auf der Stelle aus ihrer Wohnung verschwinden und sich nicht mehr blicken lassen. Die Czernowitz war gegangen, aber nicht, ohne darauf hinzuweisen, dass Katrins Wutausbruch ein Nachspiel haben würde. Katrin hat sie sogar »alte Tussi« genannt. Tag für Tag schleicht Katrin seither zum Briefkasten und erwartet das Schlimmste. Bislang ist aber nichts gekommen.

Bernd ist auch sauer auf sie gewesen. So könne man nicht mit seiner Vermieterin umspringen. Da müsse man schon ein bisschen diplomatisch sein. Wenn er zu Hause gewesen wäre, wäre das Gespräch anders verlaufen, jetzt sei bestimmt nichts mehr zu machen mit dem Vertrag.

»Hätte, wäre«, hat Katrin ihn nachgeäfft. »Du hast leicht reden. Dir ist die Schlampe ja nicht auf den Leib gerückt.«

So ist es immer mit Kati. Sie verträgt keine Kritik, sie erträgt keine Forderungen. Sofort nimmt sie alles persönlich, denkt, die Menschen hätten sie bewusst ausgewählt, um sie zu piesacken. Dann reagiert sie wie eine Furie, schreit, heult. Bernd ist tatsächlich froh, dass sie noch niemandem ins Gesicht gespuckt hat.

So ist es auch mit der alten Frau Klammroth vom Ende des Gangs. Zweimal hat die geklingelt und Kati darum gebeten, nicht immer den Treppendienst zu vergessen. Beim zweiten Mal hat Kati ihr die Tür vor der Nase zugeschlagen – mit den Worten: »Verpiss dich doch, Alte!« Jetzt verdächtigt Katrin Frau Klammroth, die Vermieterin dazu überredet zu haben, dass sie ihnen den Mietvertrag kündigt.

Bernd streicht Kati übers Haar. »Geht's besser, du kleine Motte?« Er biegt ihr Gesicht zu sich hoch und küsst ihre Nasenspitze.

Kati lächelt. Motte ist ihr Spitzname. Bernd hat ihn ihr gegeben, weil sie sich so ungern der Sonne aussetzt.

»Du vergräbst dich in der Wohnung wie eine Motte im Kleiderschrank«, hat er gesagt und ihr einen zarten Nasenstüber verpasst. Da hat sie gelacht.

»Komm, wir machen es uns jetzt gemütlich. Ich räum später ab und bring die Küche in Ordnung«, sagt Bernd jetzt und zwickt sie in die Taille.

Kati rutscht von seinem Schoß. »Okay.«

Glück gehabt. Noch drei Minuten, dann geht seine Lieblingsserie los.

4. Kapitel

Nachts wälzt Katrin sich unruhig im Bett. Sie träumt. Sie ist wieder zehn Jahre alt und kommt spät von der Schule nach Hause. Draußen ist es schon dunkel. November. Der Regen hat ihre Kleidung durchnässt, und sie ist froh, endlich im Warmen zu sein. Einmal die Woche darf sie nach der Schule zu ihrer Freundin gehen. Dienstags. Da ist die Mutter in der Kirchengruppe und kommt erst später heim. Sie mag nicht, wenn Kati mit dem Vater allein ist. Aber heute ist Mittwoch und ihre Mutter dennoch nicht da. Stattdessen öffnet der Vater die Haustür. Er sieht Kati kurz an und tritt dann zur Seite. Als sie sich an ihm vorbeischieben will, hält er sie am Schulranzen fest und stößt sie zurück in den Hausflur. Sie sieht zu ihm auf. Er deutet auf ihre Schuhe.

»Zieh die aus, wenn du reinwillst!«

Er wendet sich ab und geht in die Küche.

Kati zieht ihre Schuhe aus und stellt sie ordentlich ins Regal neben der Tür. Sie läuft in ihr kleines Kinderzimmer und stellt die Schulmappe in eine Ecke. Dann bleibt sie stehen und lauscht. Sie weiß nicht, wohin. Wenn der Vater schlechte Laune hat, ist es besser, man geht ihm aus dem Weg. Heute hat er eindeutig schlechte Laune.

Sie setzt sich auf die Bettkante und wartet. Komisch, dass die Mutter noch nicht da ist.

Sie hört seine Schritte im Flur. Die angelehnte Tür öffnet sich, sein Schatten zerschneidet den Lichtstrahl.

»Wo ist deine Mutter?«

»Weiß nicht«, antwortet sie.

»Sie ist noch nicht da.«

Katrin schweigt. Sie weiß wirklich nicht, wo ihre Mutter ist. Normalerweise müsste sie da sein. Das stimmt.

»Kannst du nicht reden?« Ganz leise sagt er das, fast zärtlich. Gleich wird er explodieren.

Sie schluckt. »Doch. Aber ich weiß ja nicht, wo sie ist.«

Er wendet sich ab und ruft über seine Schulter zurück, sie solle ihm was zu essen machen.

Kati geht langsam hinter ihm her in die Küche. Öffnet den Kühlschrank.

Da stehen zum Glück noch die Reste vom Vortag. Sie nimmt sie heraus, holt einen Topf vom Regal und schüttet das Essen hinein. Dann stellt sie alles auf den Herd. Kochen kann sie nicht. Aber das ist ein Eintopf, das wird schon gehen.

Kati spürt die Anwesenheit ihres Vaters in ihrem Rücken. Sie dreht sich nicht um, sondern wartet vor dem Herd, bis das Essen warm ist. Ab und zu rührt sie ein bisschen darin herum. Bloß nicht dem Blick des Vaters begegnen. Sie hat das Gefühl, dass sie tot umfallen muss, wenn sie ihm in die Augen sieht.

Sie holt einen tiefen Teller aus dem Schrank, häuft den Eintopf hinein und setzt den Kochtopf wieder auf den Herd. Stellt den Teller auf den Tisch, vor den Vater. Holt einen Löffel aus der Schublade, legt ihn neben den Teller und will wieder aus der Küche gehen, als die Stimme des Vaters in ihren Rücken schneidet.

»Was soll das sein?«

Kati dreht sich um. Das Gesicht des Vaters ist gerötet, am Hals haben sich Flecken gebildet. Irgendetwas scheint ihn zu ärgern. Er winkt sie zu sich heran. Langsam nähert Katrin sich, hält aber einen Sicherheitsabstand. Wenn er diese Flecken kriegt, muss man aufpassen.

Er streckt die Hand nach ihr aus, beugt sich rasch vor, bekommt ihren Ärmel zu fassen und zieht sie zu sich heran. Er deutet auf seinen Teller. »Was ist das?«

»Dein Abendessen«, antwortet sie leise.

»Mein *was*?«

»Dein Abendessen, Papi.«

»Ich höre heute so schlecht, kannst du's noch mal wiederholen?«

»Papi, bitte«, fleht Kati und versucht, seine Hand abzuschütteln.

Da packt er ihren Arm mit der einen Hand, mit der anderen ihr Genick und drückt sie auf die Tischplatte.

»Was soll das sein?«, schreit er. »Mein Abendessen?«

»Es ist nichts anderes da«, heult sie los. Das stimmt. Die Mutter ist sparsam. Der Kühlschrank ist meistens leer, weil sie tagsüber für den Abend einkauft. Und heute ist sie noch nicht heimgekommen.

Der Vater stößt Kati gegen die Spüle. Sie stürzt und bleibt benommen am Boden sitzen. Sieht ihn mit großen Augen an. Wartet. Nur nicht weinen, denn dann wird er noch wütender.

Sie beobachtet, wie er den Teller mit dem Eintopf langsam über die Tischkante schiebt. Er lässt sie dabei nicht aus den Augen. Der Teller kippelt ein bisschen, fällt auf den Linoleumboden und zerschellt. Der Eintopf spritzt in alle Richtungen.

Der Vater wendet sich zur Tür.

»Wisch das weg!«, sagt er im Hinausgehen. Wenig später schlägt die Haustür hinter ihm zu.

Kati ist allein. Vergräbt das Gesicht in den Armen. Endlich kann sie weinen.

5. Kapitel

Früh um sechs klingelt der Wecker. Melanie Fallersleben wirft energisch die Decke zur Seite und rollt sich mit einem Seufzer aus dem Bett. Sie hat ohnehin nicht geschlafen, das geht nun schon seit Wochen so. Irgendwie kommt sie nicht mehr runter, ein Gedanke jagt den nächsten.

Es liegt nicht nur an der Trennung von Dirk und daran, dass sie nicht weiß, wie es mit ihr weitergehen soll. In ihrem Alter. Es liegt auch an ihrem Job als Kommissarin. Sie fühlt sich ausgelaugt und würde am liebsten alles an den Nagel hängen. Hätte sie drei Wünsche frei, sie bräuchte nur den ersten: noch mal von vorn anfangen.

Mel geht ins Bad und schaut kurz in den Spiegel, während sie sich den Morgenmantel überstreift. Das rote Haar hängt ihr strähnig ins Gesicht. Die Augen bekommt sie fast nicht auf vor Müdigkeit. Aber sie sieht genug, um sich ein vernichtendes Urteil über ihr Aussehen zu bilden: Sie sieht immer noch aus wie gestern. Kein Wunder, dass sie allein lebt.

Müde schlurft sie in die Küche und wirft die Kaffeemaschine an. Aus dem Kühlschrank holt sie die Milch und schüttet etwas davon in einen Topf. Sie tritt ans Fenster und sieht hinaus. Regentropfen perlen an der Scheibe herunter. In der Wohnung im Haus gegenüber brennt Licht. Da wohnt der alte Mann mit seinem Hund. Jeden Tag läuft er, das Tier an der Leine, die Straße auf und ab und redet ohne Unterlass auf den Hund ein. Mittlerweile ist der bestimmt stocktaub.

Melanie Fallersleben löscht das Küchenlicht, bevor sie wieder zum Fenster geht. Sie hebt das Fernglas an die Augen, das auf dem Fensterbrett bereitliegt, und nimmt das Haus auf der anderen Straßenseite ins Visier.

Seit sie hierhergezogen ist, macht sie das. Seit sie allein lebt.

Der alte Mann sitzt wie jeden Morgen an seinem Küchentisch und starrt vor sich hin. Vielleicht liest er etwas. Oder er ist in Gedanken versunken. Wenn er mal nicht mehr da sitzt, muss sie sich um den Hund kümmern. Niemand sonst wird es merken, wenn der Alte nicht mehr auftaucht.

Die übrigen erleuchteten Fenster sind durch Vorhänge von Blicken abgeschirmt oder liegen zu hoch, da kann Mel nur die Decke erkennen. Sie nimmt das Fernglas von den Augen, legt es aufs Fensterbrett und schaltet das Licht wieder ein. Die Milch dampft, der Kaffee ist fertig. Sie schüttet alles zusammen, noch zwei Löffel Zucker dazu, und setzt sich an den kleinen Ecktisch. Sie hat nur einen Stuhl in der Küche. Mehr braucht sie nicht.

Die neue Wohnung ist klein, zwei Zimmer, Küche, Bad, aber zumindest hat sie ihre Ruhe. Früher, als sie noch mit Dirk zusammengelebt hat, hätte sie sich nicht vorstellen können, jemals so spartanisch zu leben. Sie hat so viel Mühe darauf verwandt, ihnen beiden ein schönes Zuhause zu schaffen. Sie hat die Wände der verschiedenen Zimmer in Pastellfarben gestrichen, Bilder aufgehängt, auf Flohmärkten nach schönem Trödel gesucht. Abends ein Lichtermeer aus Kerzen entzündet, wenn Dirk nach Hause kam. Und jetzt? Nichts davon. Als müsste sie sich abgrenzen von ihrem früheren Leben. Vom Glück. Von einem behaglichen Zuhause. Als müsste sie sich selbst bestrafen dafür, dass ihr Lebenstraum geplatzt ist. Obwohl sie keine rechte Schuld bei sich finden kann.

Mel pustet in ihre Tasse, die sie mit beiden Händen umschlossen hält, schließt die Augen und atmet den Kaffeeduft ein. Ihre Handflächen brennen, aber das stört sie nicht. Sie überlegt, was sie nach Dienstschluss noch alles machen muss. Sie müsste endlich den Klempner bestellen. Der Abfluss ist verstopft, und die Wohnung riecht, als ob sie eine Leiche unterm Bett versteckt hätte. Wenn sie eines hasst, dann ist es Verwesungsgeruch. Im Revier darf das keiner wissen, denn manche Kollegen warten nur darauf, eine Schwachstelle bei den Frauen zu finden. Aber sie wird sich nie daran gewöhnen.

Schließlich steht Mel auf, stellt die Tasse in die Spüle und geht ins Bad.

Sie ist schon wieder spät dran.

6. Kapitel

Seit beinahe anderthalb Jahren hat Mel den Tick mit dem Fernglas nun schon. Sie wundert sich ja selbst darüber. Aber seit sie allein lebt, spendet ihr dieses Ritual Trost. Wenn sie den alten Mann morgens an seinem Tisch sitzen sieht, fühlt sie sich nicht ganz so einsam. Wenn sie beobachtet, dass sie nicht die einzig Verlassene auf der Welt ist. Dass es Verbündete gibt. Auch wenn sie nichts voneinander wissen.

Es war ein gewaltiger Schock, als Dirk sie von einem Tag auf den anderen verlassen hat. Ohne Vorwarnung. Oder vielleicht gab es Zeichen, die sie übersehen hat? Liebe macht ja bekanntlich blind. Und sie liebte alles an ihm. Sein Gesicht, seine Hände, seinen schlaksigen Gang. Die Art, wie er ihr Geschichten erzählte, indem er die Protagonisten so genau imitierte, dass sie sie vor sich sah. Den Schalk in seinen Augen, wenn er sich wieder Geld bei ihr pumpen musste, für sein Motorrad oder eine neue Lederjacke.

Kennengelernt hatten sie sich vor fünf Jahren bei einer Betriebsfeier der Polizei in Dirks Kneipe. Er hatte sie kurz zuvor zusammen mit einem Kumpel übernommen. Aber der machte sich im Lauf der Jahre mit Dirks Geld aus dem Staub, und dann musste Mel aushelfen. Und sie half gern. Dirks Leben war ihr Leben. Für ihn hätte sie ihr letztes Hemd gegeben.

Dann erzählte er ihr eines Tages von seiner »großen Liebe«. Seit Monaten trieben sie es schon hinter Mels Rücken und hatten endlich beschlossen, reinen Tisch zu machen. Im Januar letzten Jahres war das. Mel hatte ihn gefragt, was an der anderen attraktiver sei als an ihr.

Dirk erklärte ihr lapidar, dass seine neue Freundin zwanzig Jahre jünger sei als Mel. Und dass das schon einen gewaltigen Unterschied mache, mit so einer Dreißigjährigen an der Seite. Und eine kleine Tochter habe sie auch.

Das war fast noch schlimmer als der Altersunterschied. Mel hat sich zeitlebens ein Kind gewünscht und keins bekommen. Weiß der Teufel, wieso sie keine Mutter werden durfte.

Mel hat sich in den Jahren, die sie mit Dirk zusammen war, nie beklagt, hat all seine Launen und Leidenschaften still akzeptiert. Die wochenlangen Bikertouren, die Nächte, in denen er nicht nach Hause kam, weil er mit seinen Kumpels feiern musste. Sie hat ihn geliebt.

Dennoch hat sie nicht um Dirk gekämpft, sondern sich von vornherein geschlagen gegeben. Die andere besaß zu viele Vorzüge. Sie war hübsch, jung, hatte ein kleines Kind, war von Hause aus finanziell gut gestellt.

Was hätte Mel ein Kampf um Dirk gebracht?
Eine Niederlage.

7. Kapitel

Sie stehen an der Bushaltestelle. Katrins Bus fährt drei Minuten früher. Diesig ist es heute. Und es regnet.

»Tschüss dann.« Bernd drückt seiner Frau einen Kuss auf die Nase.

Kati steigt ein, ergattert einen Fensterplatz, winkt kurz zu Bernd hinunter und sieht dann geradeaus. Das lange Haar hat sie in den Mantelkragen gestopft. Niedlich wirkt sie. Aber sie guckt stur nach vorne.

Bernd verspürt einen kleinen Stich im Herzen, als der Bus losfährt. Er sieht Kati hinterher. So lange, bis der Bus vom Morgennebel verschluckt wird. Dann schaut er auf seine Füße, fährt mit der Schuhspitze den Rand einer Pfütze nach. Scheißwetter heute. Nass und grau. Er schiebt den Ärmel seines Anoraks hoch und sieht auf die Uhr. Noch zwei Minuten. Das hat er auch schon vorher gewusst.

Bernd steckt die Hände in die Jackentaschen und reckt den Kopf, um die Straße überblicken zu können.

Er ist unruhig. Kati macht ihm Sorgen. Das, was ihn früher magisch angezogen hat, verstört ihn zunehmend. Das Flirrende an ihr, das Launenhafte, alles, was er früher bedingungslos an ihr geliebt hat, empfindet er zunehmend als unkalkulierbare Bedrohung. Zu Hause hat er das Gefühl, auf einem Pulverfass zu sitzen. Ein falsches Wort, und schon knallt es. Katis Wutausbrüche erschrecken ihn jedes Mal bis ins Mark. Sie kommen aus heiterem Himmel.

Früher konnte er seine Frau besser einschätzen. Jetzt hat er immer öfter das Gefühl, einer Fremden gegenüberzusitzen.

Am härtesten trifft es ihn, dass sie ihn im Bett nicht mehr an sich ranlässt. Sie schubst ihn weg, wenn er ihr nur über den Rücken streicht. Als hätte er die Krätze.

Seine Nase läuft. Er sieht sich kurz um, ob ihn jemand sieht, dann wischt er den Rotz mit dem Handrücken weg und streift ihn an seinem Mantel ab. Immer vergisst er, ein Taschentuch mitzunehmen.

Er kann das ja in gewisser Weise nachvollziehen. Die Nachricht, dass sie nie Kinder haben werden, hat sie beide umgehauen. Für eine Frau muss das noch schlimmer sein. Und trotzdem …

Sie haben doch einander. Und wenn sie zusammenhalten, werden sie diesen Verlust schon überstehen.

In der Ferne sieht er die Lichter seines Busses, der sich langsam näher schiebt. Bernd spürt einen Stoß im Rücken, von ein paar wartenden Fahrgästen wird er zur Seite gedrängt. Sie stellen sich neben dem Halteschild in Positur. Bernd wartet am Schluss. Er ist kein Drängler. Er hat es gern ruhig. Aber heute muss er sich zusammenreißen, um nicht auszurasten.

Als der Bus hält, erkennt er einen Arbeitskollegen, der auf einem Fensterplatz sitzt und vor sich hin döst. Zum Glück sieht er ihn nicht. Bernd will nicht reden. Er steigt ein, hält sich am Halteriemen fest und versucht, sich den Fernsehkrimi vom Vorabend ins Gedächtnis zu rufen. Stattdessen erscheint Katis Gesicht vor seinem inneren

Auge. Wie sie neben ihm sitzt und apathisch in die Glotze starrt. Als hätte man sie ausgeknipst.

Ein bisschen zusammenreißen könnte sie sich schon. Er hatte dadurch nämlich echte Probleme, sich auf den Krimi zu konzentrieren. Wenn die Leiche neben einem sitzt … Er ist aufgestanden und hat sich noch ein Bier geholt. Als er zurückkam, war sie schon ins Bett gegangen. Er hat es aufgegeben, mit ihr über eine erneute Therapie zu sprechen. Er weiß, dass sie zu viele Medikamente schluckt, um ihre Ängste in den Griff zu bekommen. Das wird irgendwann nach hinten losgehen, da ist er ziemlich sicher. Aber sie blockt ab, wenn er darüber mit ihr reden will. Sie ist dann wie ein Felsblock.

Der Bus hält abrupt, und die Passagiere verlieren kurz das Gleichgewicht. Diejenigen, die zu klein sind für die Halteriemen, grabschen nach dem Arm ihres Nachbarn. Bernd schüttelt die Hand einer alten Frau ab, dann bleibt sein Blick am Rücken seines Vordermanns hängen. Dessen Anorak ist übersät mit Schuppen. Wie Schnee, schießt es ihm durch den Kopf, und er wendet sich angewidert ab.

Blöde ist auch, dass Kati nicht mehr unter Leute will. Wenn sie nicht arbeitet, hockt sie in der Küche und schaut aus dem Fenster.

Hoffentlich kommt sie wenigstens zum Grillfest seiner Kollegen mit. Darauf freut Bernd sich schon lang. Endlich mal ein bisschen abfeiern. Spaß haben.

8. Kapitel

»Na, Frau Minkus, wie war dein freier Tag?« Moni stolpert in die Umkleide und klopft Katrin auf den Schenkel. Die sitzt auf der Bank und zieht sich die Arbeitsschuhe an. Gesundheitsschlappen, das machen alle hier. Ist besser für die Füße, wenn man den ganzen Tag auf den Beinen ist. Sie sieht kurz auf und lächelt.

»War schön.«

»Was haste gemacht? Fitness, Kosmetik, das ganze Programm?«

»Klar«, erwidert Katrin und stellt ihre Schuhe unten in den Spind.

»Toll, wenn man mal einen Tag für sich hat, was? Ohne Männer, ohne Kinder …« Moni stockt kurz, sieht Katrin an und sagt: »Entschuldige. Mist. Ist mir so rausgerutscht.«

»Macht nichts«, antwortet Katrin und geht in den Laden.

Moni ist ein Trampel, denkt sie. Ständig redet sie von Kindern. Ob sie es doch mit Absicht macht? Ist ja nicht normal, dass sie nie merkt, was sie sagt.

Katrin wirft das Haar nach hinten, wie um den aufkeimenden Ärger abzuschütteln, und bindet es zu einem Zopf.

Sie muss die Wolke abwehren. Bis jetzt war der Tag klar und hell. Wenn sie sich zusammenreißt, kann sie verhindern, dass es dunkel wird. Manchmal zumindest.

Katrin ist auf dem Weg zur Eingangstür. Es ist acht Uhr, und sie muss den Laden aufschließen. Hinter ihr erscheint Herr Stüve, der Filialleiter.

»Frau Minkus?«

Katrin dreht sich um.

»Haben Sie letzte Woche die Bestellung bei Hentschel aufgegeben? Für die Sonderaktion?«

»Ja, müsste gestern geliefert worden sein«, antwortet sie und geht weiter. Sie mag Michael Stüve nicht besonders. Er ist irgendwie schmierig. Sie hat das Gefühl, dass er ihr nachstellt.

Er versperrt ihr den Weg.

»Ja, ist sie auch. Aber unvollständig. Das Toilettenpapier und die Küchenrollen fehlen. Die ganze Sonderaktion – für die Katz.«

Katrin sieht ihn an. Wie hässlich er ist, denkt sie. Außerdem hat er Mundgeruch. Er stinkt wie ein alter Aschenbecher. Das müsste ihm mal jemand sagen.

»Wirklich? Das kann eigentlich nicht sein, ich hab …«

»Kann vielleicht nicht sein, ist aber so. Ich lass in Zukunft Frau Franzke die Bestellungen aufgeben. Immer fehlt irgendwas. Im Aktionsheft steht dick und fett das Sonderangebot, und jetzt ist kein Klopapier da. Wo kommen wir denn da hin? Was soll ich denn den Kunden nachher sagen?«

Er reißt ihr die Schlüssel aus der Hand.

»Ich mach das selbst.« Er geht zu der Glastür und schließt auf. Zwei Frauen drängeln herein, sie haben schon vor der Tür gewartet. Die jüngere geht zielstrebig mit klappernden Absätzen auf ein Regal zu. Bückt sich, sucht etwas. Dann läuft sie zu Katrin, die gerade die Kasse öffnen will.

»Wo haben Sie denn den Nagelkleber hingeräumt? Bislang stand der doch immer hier vorn?«

»In der zweiten Gasse links unten.«

Die junge Frau stutzt. Sie ist etwa in Katrins Alter, aber ziemlich aufgedonnert. Schichtweise Make-up, meterlange falsche Wimpern.

»Geht's ein bisschen genauer?« Sie kaut mit offenem Mund auf einem Kaugummi herum und wartet.

Katrin deutet mit der Hand nach hinten.

»Den Gang da rein und dann links unten.« Sie wendet sich wieder ihrer Kasse zu. Der Schlüssel klemmt. Aus den Augenwinkeln nimmt sie wahr, dass die Frau noch immer reglos vor ihr steht. Katrin hebt den Blick. Die Kundin spitzt den grellrot überschminkten Mund. Sie lächelt.

»Sie arbeiten doch hier. Dann holen Sie mir das Zeug gefälligst. Ich bin hier nicht auf einer Schnitzeljagd.« Der herablassende Ton verfehlt nicht seine Wirkung. Katrin steht auf, um den Kleber zu holen. Sie fühlt sich klein und wertlos.

Später sitzt Katrin auf dem Fußboden von Gang vier und sortiert Babynahrung ein. Sie betrachtet die Bilder auf den Packungen. Babygesichter. Lachende Mütter. Früher hätte sie bei den Bildern vielleicht geweint. Jetzt nicht mehr. Während sie mechanisch die Packungen einsortiert, überkommt sie der Hass. Sie kennt das schon. Der Hass tut ihr gut. Er ist inzwischen so was wie ein Freund. Wenn sie hasst, fühlt sie sich unangreifbar.

Katrin stellt sich die Russenschlampe vor, wie sie nach

dem Nagelkleber fragt. Anstatt zu antworten, nimmt Katrin in ihrer Phantasie das Teppichmesser, mit dem sie immer die Kartons aufschneidet, und schlitzt der Frau zweimal quer über den grellroten Mund. Einen Moment lang passiert nichts. Die Frau starrt sie nur an und begreift noch nicht. Dann schießt ihr das Blut aus dem Gesicht. Mit der Hand greift sie sich an den Mund, das Blut sickert scharlachrot zwischen ihren Fingern hindurch. Sie schreit, dreht sich um, prallt gegen das Regal mit den Süßigkeiten, stolpert, stürzt. Katrin tritt hinter der Kasse hervor. Immer noch hält sie das Teppichmesser in der Hand. Es fühlt sich gut an. Hart und kalt.

Langsam geht Katrin auf die wimmernde Frau zu. Beugt sich zu ihr hinunter, streicht ihr mit der freien Hand übers Haar, hebt die Hand mit dem Messer …

»Frau Minkus, wenn Sie schlafen wollen, ist das hier der falsche Ort.« Katrin erschrickt, sieht auf. Michael Stüve steht neben ihr, sieht auf sie herab. Er nimmt ihr die Packung mit der Babynahrung aus der Hand und schiebt sie beiseite.

»Ich mach das selbst.«

Katrin erhebt sich, bleibt unschlüssig stehen.

»Was ist? In der Küche hat jemand Kaffee verschüttet, den können Sie wegwischen. Und der Müll muss raus.« Stüve sieht sie an. Wartet.

»Hallo? Frau Minkus? Jemand zu Hause?«

Katrin gehorcht.

9. Kapitel

Als Mel ihr kleines Büro betritt, zuckt sie zusammen und bleibt in der offenen Tür stehen. An ihrem Schreibtisch hockt ihr Assistent, der auf ihrem Stuhl nichts zu suchen hat. Sein Kopf liegt auf den gekreuzten Armen, er schläft.

Auch das noch.

Mel räuspert sich.

»Herr Müller?«

Steffen Müller regt sich nicht.

Mel läuft um den Tisch herum und reißt das Fenster auf. Das hilft. Müller springt mit einem Aufschrei vom Stuhl hoch.

»Mann, Chefin, jetzt haben Sie mich aber erschreckt.«

Er wischt sich über den Mund und schüttelt den Kopf.

»'ne Elefantenherde ist nichts dagegen.«

Bevor er sich auf die Tischkante setzen kann, um sich von seinem Schreck zu erholen, ergreift Mel das Wort: »Herr Müller, bitte verlassen Sie unverzüglich mein Büro. Sie haben hier nichts zu suchen, wenn ich nicht da bin.«

Sie verschränkt die Arme vor der Brust. Sie hasst es, wenn jemand ungefragt in ihre Privatsphäre eindringt. Auch wenn es sich hier nur um ihr Büro handelt.

»Entschuldigung, Frau Fallersleben, ich war zu früh dran, da hab ich hier auf Sie gewartet, damit wir nachher gemeinsam zur Pressekonferenz gehen können. Die wegen dem Trittbrettfahrer. Und da bin ich dann wohl eingeschlafen. Sorry, wird nicht mehr vorkommen.«

Er blinzelt treuherzig. Zumindest erwähnt er nicht, dass sie zu spät dran ist. Das hätte ihre Laune noch erheblich verschlechtert.

»Soll ich 'nen Kaffee holen?«

Mel schließt das Fenster wieder, dreht sich um und nickt ihm zu.

»Milch und Zucker, ja?«

»Gern. Und wann ist die Pressekonferenz?«

»Um halb neun. Wir wollten uns doch noch absprechen, deshalb war ich auch so früh hier. Tut mir echt leid.«

»Ist schon okay, Herr Müller, jetzt machen Sie mal.«

Müller reibt sich mit dem Handrücken über die Nase und will gehen. Dann zögert er und dreht sich unsicher um.

»Was denn noch?«

»Äh, auflassen oder zumachen?«

Mel hat schon die Aktenmappe über den Trittbrettfahrer in der Hand. »Was?«

»Die Tür? Weil Sie sie aufgelassen haben. Soll die jetzt offen bleiben oder zu?«

Sie atmet tief ein. »Zumachen, Herr Müller. Machen Sie sie bitte zu.«

Manchmal stellt er ihre Geduld auf eine harte Probe. Mit seiner Unterwürfigkeit. Und seinem Talent dafür, in jedes Fettnäpfchen zu tappen.

Mel kramt in ihrer Tasche nach der Lesebrille und flucht leise. Sie muss unbedingt eine Ersatzbrille im Büro deponieren. Das ist auch so eine Begleiterscheinung des Alters, denkt sie. Dass man nichts mehr lesen kann ohne Sehhilfe. Absolut behindert. Sie überfliegt die Aufzeichnungen eines Kollegen über den Trittbrettfahrer. Dann lehnt sie sich zurück, schließt die Augen und geht den Text in Gedanken noch einmal durch.

Nachdem in Berlin in etlichen Luxusboutiquen Koffer mit Sprengsätzen explodiert sind, konnten die Kollegen einen verwirrten jungen Mann überführen. Er nannte sich »Gabriel« und gestand sofort. Er bedauerte, dass durch die Sprengsätze drei Menschen umgekommen seien. Allerdings, fügte er hinzu, habe er nicht aus eigenem Antrieb gehandelt, sondern lediglich eine Anweisung befolgt. Von höchster Stelle habe er den Befehl erhalten, die Stadt einer »Säuberungsaktion« zu unterziehen und bestimmte Läden dem Erdboden gleichzumachen. Geschäfte, in denen Luxusgüter verkauft würden, die für den Untergang der Menschheit maßgeblich verantwortlich seien, weil sie zu maßloser Gier und liederlichem, leichtfertigem Lebensstil verleiteten.

Der Mensch jedoch solle sich auf das Eigentliche, auf Demut und Reue, zurückbesinnen. Darauf, wofür er eigentlich geboren sei. Und auf die göttliche Kraft vertrauen, denn dadurch, und nur dadurch, werde er die wahre Glückseligkeit erleben und letztendlich Erlösung erlangen. Und dieser Befehl war nicht von irgendwelchen Terroristen oder fehlgeleiteten politischen Gruppierungen ausgegangen, sondern von Gott höchstpersönlich. Gott habe ihn dazu auserkoren, die Menschheit zu retten. Gott habe ihm diesen Auftrag erteilt. Zu viele Menschen seien inzwischen vom Teufel besessen, und er, Gabriel, sei der Einzige, den ER vertrauensvoll um Unterstützung habe bitten können.

So weit, so gut. Gabriel zumindest schmort vorerst in Untersuchungshaft. Mel hat innerlich schon mit dem Thema abgeschlossen, als plötzlich neue Zettel in Berlin auftauchten, auf denen vor Attentaten in der Hauptstadt gewarnt wurde. Die Verfasserin nannte sich »Tochter Gabriels«. Sie nutzte die Vorgeschichte, um die Stadt mit weiteren Bombendrohungen in Angst und Schrecken zu versetzen. Die Menschen waren zunehmend verunsichert.

Kurze Zeit nachdem der erste schriftliche Hinweis eingegangen war, tauchte ein Koffer mit Smileyaufklebern an einem der beschriebenen Orte auf. Allerdings ohne Sprengsatz. In der darauffolgenden Woche folgten drei weitere.

Natürlich hat Kriminaloberrat Hengstenberg Melanie Fallersleben mit der Klärung des Falles beauftragt. Er schiebt ihr immer den langweiligsten Kram zu. Zumindest in Mels Augen sind solche Fälle inzwischen langweilig. Diese Spinner sind ja noch nicht mal in der Lage, sich eine eigene kriminelle Handlung zuzuschreiben. Sie kopieren andere, um für einen Tag in der Zeitung zu stehen. Lächerlich, denkt Mel. Fünf Minuten Ruhm für Schwachköpfe, und sie hat tagelang Arbeit damit, sie ausfindig zu machen.

Mel gähnt, denn sie hat wirklich schlecht geschlafen. Jetzt wünscht sie sich Steffen Müller mit seinem Kaffee herbei, aber der braucht immer ein bisschen länger als andere.

Inzwischen haben sie zumindest den Kofferhersteller ermitteln können. Es handelt sich um ein Modell, das vor einiger Zeit deutschlandweit in Aldi-Filialen verhökert wurde. Die Smileyaufkleber stammen von der Punktesammelaktion einer Tankstelle. Nicht gerade viel.

Aber am letzten Freitag ist der Buchhalterin eines Luxuskaufhauses bei der Rückkehr von der Toilette eine Person bei dem Versuch aufgefallen, einen Zettel an eine der Bürotüren zu kleben. Als die Mitarbeiterin auf die Fremde zuging, lief die Frau humpelnd weg. Sie trug einen schwarzen Kaftan, der ihre Körperfülle nur schlecht verbarg. Auffällig waren ihre Haare, kurz, struppig und schwarz. Wie eine Perücke aus dem Kaufland, hat die Zeugin berichtet. Und das Gesicht kalkweiß. Wie Michael Jackson nach der letzten OP.

Nachdem die Buchhalterin den Zettel überflogen hatte, informierte sie umgehend die Polizei. Die Beamten trafen just in dem Moment ein, als die Eingangstür des Geschäfts aufgestoßen wurde und eine Menschenmenge panikartig das Weite suchte.

Tatsächlich fand man den fünften Koffer an der Stelle, die auf dem Zettel angegeben war. Der Gefahrenbereich wurde großräumig abgesperrt und das Fundstück durch eine Spezialeinheit der Polizei geöffnet. Auch dieses Mal war er leer.

Kriminaloberrat Hengstenberg entschied daraufhin, ein Phantombild von jener geheimnisvollen Frau anfertigen zu lassen und dies am darauffolgenden Montag an die Presse zu geben. Also heute.

Damit hat die kleine Trittbrettfahrerin endlich erreicht, worauf es ihr ankam: einmal im Leben in der Zeitung zu stehen.

Mel könnte kotzen.

Es klopft, und Mel hebt den Kopf.

»Ja?«

Langsam wird die Türklinke nach unten gedrückt. Die Tür öffnet sich einen Spalt weit. Dann verharrt sie. Mel richtet sich auf und wartet darauf, dass der Mensch hinter der Tür eintritt.

Nichts.

»Hallo?«

Etwas fällt außerhalb ihres Sichtbereichs zu Boden. Jemand flucht. Mel steht auf, geht zur Tür und reißt sie auf.

»Was machen Sie da?«

Vor ihr kniet Steffen Müller und kratzt irgendeinen Brei vom Boden. Neben ihm stehen zwei Tassen Kaffee. Er hebt den Kopf und lächelt schief. »Heute ist nicht mein Tag.«

»Das glaube ich Ihnen aufs Wort.«

»Dabei hatte ich Ihnen extra ein Vollkornmüsli aus der Kantine mitgebracht, damit Sie mal was Gesundes essen. Das haben die jetzt neu, nachdem ich darauf hingewiesen habe, wie ungesund das Kantinenessen ist.«

Mel hebt die Augenbrauen. Sie hat zuvor noch nie erlebt, dass ein Kollege sich um ihren Speiseplan sorgt, sie kann eigentlich ganz gut auf sich allein aufpassen. Aber sie verkneift sich einen weiteren Kommentar, schnappt sich die beiden Tassen und geht ins Büro zurück.

»Wenn Sie fertig sind, können wir ja vielleicht anfangen.«

10. Kapitel

Eigentlich ist Oberkommissar Steffen Müller ganz in Ordnung. Nur eben chaotisch und deshalb schwer einzuschätzen. Manchmal arbeitet er mehrere Tage hintereinander konzentriert und fehlerfrei, und dann kann man plötzlich nichts mehr mit ihm anfangen. Als hätte jemand sein Hirn in einen Sack gesteckt und diesen fest zugeschnürt.

Mel weiß nicht genau, ob Herr Müller sich für Frauen interessiert oder für Männer. Er redet zwar viel, aber nie über etwas, was Mel interessieren würde. Was Frauen allgemein interessiert. Seinen Beziehungsstand zum Beispiel. Dabei arbeiten sie seit gut zwei Jahren immer mal wieder zusammen. Steffen Müller ist Ende zwanzig. Mel geht rapide auf die fünfzig zu.

Zumindest hat Mel inzwischen herausgefunden, dass Herr Müller in einer Art Wohngemeinschaft lebt. In Pankow. Mit Mitchi, einer Studentin aus Korea, und Helmut, einem ehemaligen Maskenbildner aus Stuttgart, der seit geraumer Zeit als Koch in einem veganen Restaurant arbeitet. Anscheinend verläuft das Zusammenleben der drei recht harmonisch, Unstimmigkeiten gab es, soweit Mel sich erinnern kann, noch nie. Auch scheint es sich bei Müllers Mitbewohnern um Fanatiker gesunder Lebensweise zu handeln. Zumindest berichtet er ihr des Öfteren von neuen Biorezepten, die sie gemeinsam ausprobieren und die jedes Essen eines Fünf-Sterne-Restaurants in den Schatten stellen würden. Was Mel bezweifelt. Mel macht sich nicht viel aus allzu gesunder Ernährung. Danach stand ihr noch nie der Sinn. Schnell muss es gehen und satt machen. Da reicht auch eine Salamischrippe. Als Herr Müller sie einmal dabei ertappt hat, wie sie sich an einem Kiosk ein Salamibrötchen kaufte, hielt er ihr eine Stunde lang einen Vortrag über Massentierhaltung und die Schädigung der menschlichen Organe durch die Inhaltsstoffe, die einer »Fabriksalami« beigemischt werden. Am nächsten Tag brachte er ihr Helmuts Soja-Hackbällchen mit. Offensichtlich hatten er und seine Mitbewohner am Abend über Mels Essgewohnheiten diskutiert und entschieden, bei einem solchen Problemfall wie ihr würde eine gezielte, aber geduldige Umgestaltung des Speiseplans am besten greifen. Immer wenn Mel jetzt der Magen knurrt, hält ihr Herr Müller ein Tütchen Sojabohnen oder bretthartes Dörrobst vor die Nase. Außerdem liegt er ihr seit Wochen mit einer Essenseinladung in den Ohren, die sie aber bis dato umgehen konnte.

Herr Müller hat noch eine Mutter, der Vater ist schon lange tot. Mit seiner Mutter versteht er sich aber nicht so gut, und in einem schwachen Moment hat er Mel einmal anvertraut, dass er sie gern als Mutter hätte. An dem Abend hat Mel sich lange von allen Seiten im Spiegel betrachtet und danach eine ganze Flasche Wein statt der üblichen zwei Gläser getrunken. Sie sah wirklich aus wie eine Frau, die direkt auf die fünfzig zusteuerte. Wenn nicht sogar noch älter. Und, ja, sie könnte vom Alter her locker die Mutter eines Neunundzwanzigjährigen sein.

Es ist Zeit, der Realität ins Gesicht zu sehen. Der äußerliche Verfall ist nicht mehr zu bremsen.

11. Kapitel

»Ich glaub ja, der steht auf dich.«

Katrin kniet am Boden und wischt den verschütteten Kaffee auf. Sie dreht sich um.

An der Tür lehnt Moni.

»Wie kommst du denn darauf?«

»Na, wie der dich immer anschaut. Und 'ne hübsche Frau wie dich ständig anzuschnauzen und hier die Drecksarbeit machen zu lassen, dazu gehört schon was. Also normal«, setzt Moni nach einer Pause hinzu, »ist das nicht.«

»Mir egal«, erwidert Katrin. Sie wringt das Wasser in den Eimer und steht auf.

»Ach komm, das kann dir nicht egal sein.« Moni folgt Katrin zur Toilette.

»Bin ja nicht mit ihm verheiratet«, sagt Katrin und schüttet das Dreckwasser in den Ausguss.

»Aber das muss dich doch ärgern?« Moni lässt nicht locker.

Katrin schiebt die Kollegin ein bisschen zur Seite, um durch die Tür zu kommen. »Wenn er das braucht, bitte. Mir ist das schnurz. Wenn ich so aussehen würde wie der, würde ich ganz andere Sachen machen, um meinen Frust abzubauen.«

Moni kichert. »Stimmt. Und außerdem stinkt der so nach Kippen. Findest du nicht?«

Katrin schweigt, geht zurück zur Gemeinschaftsküche und stellt den Eimer in die Ecke.

»Findest du nicht?«, wiederholt Moni, die ihr erneut gefolgt ist.

Wie eine Klette. Ekelhaft.

»Nein«, sagt Katrin und will zurück in den Laden.

Moni stellt sich ihr in den Weg. »Mach dich doch mal locker. Bisschen Spaß muss sein, oder?« Sie verschränkt die Arme vor der Brust.

»Na klar. Und jetzt lass mich durch.«

Moni zuckt mit den Schultern, aber sie macht den Weg frei.

Als hätte er schon auf sie gewartet, schießt Stüve hinter einem Regal hervor.

»Na, Frau Minkus, alles erledigt?«

»Ja, Herr Stüve.«

»Prima. Dann übernehmen Sie die Kasse.«

»Okay«, erwidert Katrin und geht los.

»Wissen Sie«, Michael Stüve kommt hinter ihr her, »ich bin vielleicht manchmal etwas ruppig, aber das ist auch zu Ihrem Besten. Wer gut arbeitet, ist abends zufrieden mit sich.«

Katrin sieht ihn an wie ein Gespenst. Jetzt hat er vollkommen den Verstand verloren. Als ob sie sich keine Mühe geben würde. Am liebsten würde sie ihm eine reinhauen.

Doch sie sagt nur: »Klar, Herr Stüve.«

»Na, dann machen Sie sich mal an die Arbeit. Und die Bestellung für nächste Woche dürfen Sie auch aufgeben. Nächster Versuch …« Er lächelt und hebt die Hand, möchte ihr den Arm tätscheln. Aber Katrin dreht sich geschickt zur Seite und geht zur Kasse.

12. Kapitel

Dunkel ist es. Der Himmel ein schwarzes Nichts. Katrin sitzt am Fenster und schaut hinaus, lässt sich treiben, hängt ihren Gedanken nach. Der Bus schaukelt sanft hin und her, sie schließt die Augen und gibt sich dem Wiegen hin. Schön ist das. Sie lauscht dem Brummen des Motors. Hinten im Bus unterhalten sich zwei Frauen. Ab und zu gleiten Satzfetzen zu ihr herüber. Sie fühlt sich geborgen. Sie ist nicht allein.

Sie denkt an ihre Mutter. Wie beruhigend das war, als Kind ihre Stimme zu hören, wenn sie sich im Treppenhaus mit einer Nachbarin unterhalten hat. Das Gefühl tiefer Geborgenheit.

Eine Illusion.

Die Mutter hat sich schon vor Jahren von ihr abgewandt. Alles sei Katis Schuld, sagt sie. Nur für ihre Tochter wäre sie überhaupt mit ihrem Mann zusammengeblieben.

Kati hat das nie verstanden. Sie hätte gern auf den Vater verzichtet, auf die Prügel, die Demütigungen.

Während Katrin an ihre Mutter denkt, muss sie sich mit dem Handrücken die Tränen aus den Augen wischen. Sie will nicht wegen ihrer Mutter weinen. Sie möchte die Distanz wahren. Die Mutter aus einiger Entfernung betrachten, ohne in Melancholie und Selbstmitleid zu versinken. Das kostet sie immer noch viel Mühe. Am meisten verletzt sie, dass die Mutter sie nach wie vor für den Tod des Vaters verantwortlich macht. Kati hätte den Notarzt rufen müssen, behauptet die Mutter. Weil sie selbst unter Schock stand. Dabei kann es so nicht gewesen sein, wie die Mutter jene Nacht beschreibt. Zwar kann Kati sich nicht mehr genau erinnern, aber wenn sie nachts aus einem Alptraum hochschreckt, hat sie das Gefühl, dass an der Schilderung der Mutter etwas nicht stimmt. Könnte sie die Erinnerung an den Traum doch halten.

Mittlerweile ist es zum endgültigen Bruch mit der Mutter gekommen. Wegen Bernd. Weil diese ihn von Anfang an nicht mochte. Und als Kati ihr von der Schwangerschaft erzählte, war der einzige Kommentar: »Und du glaubst, du kriegst das hin?«

Sie hat es nicht hingekriegt. Sie hat ihr Kind verloren.

Manchmal wundert Katrin sich darüber, dass Bernd noch bei ihr ist. Wie er das aushält. Ihre Launen. Sie wäre gern anders zu ihm. Seit dem Tod des Kindes ist es ganz schlimm. Die Schuld hat sich um sie gelegt wie ein nasser Mantel. Aber wenn sie sich nicht schuldig fühlt, spürt sie sich nicht. Deswegen behandelt sie Bernd so schlecht. Nur dadurch kann sie sich spüren.

Sie muss kurz eingenickt sein, denn plötzlich sieht Katrin Michael Stüve vor sich, der sie angrinst. Sie zuckt zusammen, öffnet die Augen, vergewissert sich, wo sie ist. Die Regentropfen jagen am Fenster entlang und verzerren die Lichter der Schaufenster, die Scheinwerfer der Autos zerspringen. Berstendes Glas. Das rote Licht einer Ampel zerreißt und fließt auseinander wie eine geplatzte Blutblase. Das sanfte Brummen des Motors schwillt an zu einem rhythmischen Stöhnen. Kati hält sich die Ohren zu. Sie dreht sich zu den beiden Frauen um. Sie hat plötzlich Angst davor, ganz allein zu sein.

Die Frauen haben ihr Gespräch unterbrochen. Stumm betrachten sie Kati mit einer Mischung aus Abweisung und Neugierde. Erst da merkt Kati, dass sie sich noch immer die Ohren zuhält.

Sie steht auf, wankt die Stufen hinunter, stellt sich an die Tür und hält sich am Griff fest. Ein kleines Mädchen glotzt von unten zu ihr hoch, wendet sich an seine Mutter.

»Die Frau hält sich am Türgriff fest, das darf man doch nicht, Mami, oder?«

»Nein, Bienchen, das darf man nicht.«

»Warum macht die Frau das dann?«

»Weiß ich nicht.«

Das Mädchen starrt. Katrin wendet den Blick ab.

»Aber das darf sie nicht. Man darf sich nicht am Türgriff festhalten. Warum macht die das dann?«, wiederholt das Kind.

Ein alter Mann, der hinter den beiden steht, mischt sich ein.

»Manche Menschen machen eben, was sie wollen. Die pfeifen auf die Vorschriften.«

Katrin hält den Kopf starr geradeaus gerichtet, tut so, als kriege sie nichts mit. Die Luft ist auf einmal warm und feucht. Sie atmet tief ein. Sie überkommt die Vorstellung, dass die Luft, die sie einatmet, schon in den Lungen des alten Mannes war. In den Lungen der Frau, in denen des Kindes. Es riecht plötzlich nach verdorbenem Fleisch. Sie sieht es vor sich, glitschig und grün. Der Alte öffnet den Mund und lächelt sie an. Seine Zähne sind faulig, die Lippen vereitert. Katrin schluckt, hält sich fest, hat das Gefühl, den Boden unter den Füßen zu verlieren, wenn sie nicht sofort hier rauskommt.

An der nächsten Haltestelle steigt sie aus. Viel zu früh. Sie bleibt mitten auf dem Bürgersteig stehen, hält das Gesicht in den Regen, schließt die Augen, atmet tief ein.

Die kalte Luft strömt in ihre Lungen. Verteilt sich in ihrem Körper, belebt die welken Organe.

So schlimm war es noch nie. Vielleicht sollte sie in Zukunft mit dem Fahrrad fahren.

13. Kapitel

»Da bist du ja endlich!« Bernd kommt Katrin aus der Küche entgegen und gibt ihr einen Kuss auf die Stirn. Er hat das karierte Hemd an, das sie ihm zum Geburtstag geschenkt hat. Das trägt er nur zu besonderen Anlässen.

»Ja, wieso?«

Sie zieht den Anorak aus und hängt ihn an die Garderobe. Alles nass. Gereizt bückt sie sich und schnürt die Turnschuhe auf. Sie muss erst mal ankommen, sich zurechtfinden. Sie hasst es, wenn Bernd sie schon in der Tür so überfällt.

»Wir müssen los, Kati, beeil dich.«

Sie schaut Bernd an, versteht nicht. »Wohin denn?«

»Zum Grillfest, zieh dir rasch was Schickes an!«

Sie zwängt sich an ihm vorbei in die Küche, nimmt ein Glas aus dem Schrank, dreht den Wasserhahn auf und lässt es volllaufen.

Bernd steht in der Tür und weiß nicht, was er sagen soll. Deshalb schweigt er und beobachtet sie nur.

Katrin trinkt das Glas Wasser in einem Zug leer und setzt sich auf einen Küchenstuhl.

»Ich komme nicht mit.«

Bernd atmet tief durch und geht einen Schritt auf sie zu.

»Kati, bitte. Ich hab allen gesagt, dass du mitkommst. Alle freuen sich auf dich. Das kannst du jetzt nicht bringen.«

»Ich bin müde. Lass mich!« Mit der rechten Hand greift sie sich an eine Augenbraue und beginnt zu rupfen. Das macht sie immer, wenn sie unter Stress steht.

Er geht auf sie zu und kniet sich vor sie hin.

»Kati, bitte. Das kannst du mir nicht antun.«

»Hast du schon mal rausgeschaut?«

»Wieso?«

»Weil es regnet.« Ihre Stimme wird lauter. »Es ist arschkalt. Da geh ich doch nicht auf ein beschissenes Grillfest!«

Er legt ihr eine Hand aufs Knie.

»Bitte, Kati. Die haben ein Zelt aufgestellt, und der Grill ist überdacht. Es gibt auch Heizstrahler. Ich hab mich extra erkundigt.« Er zwickt sie ein bisschen in den Schenkel. »Jetzt hast du keine Ausrede mehr, du kleine Motte.«

Sie schiebt seine Hand weg und steht auf.

»Lass mich, Bernd! Ich fühle mich nicht wohl. Ich will nicht unter Menschen.« Sie geht ins Schlafzimmer und legt sich aufs Bett.

Bernd erscheint in der Tür. »Meinst du das jetzt ernst?«

»Ja.«

»Du lässt mich also allein da hingehen?«

»Ja.«

Er wartet.

Deshalb fügt sie hinzu: »Jetzt lass mich doch.« Und dann: »Ich kenn da eh keinen.«

»Du kennst die alle.«

»Ja, und die sind alle mit dir befreundet. Nicht mit mir.«

»Das stimmt nicht, Kati. Früher warst du immer dabei. Da hat es dir gefallen.«

Sie stößt Luft durch die Zähne. »Was weißt du schon.«

Er dreht sich um und geht in den Flur. Schwindlig ist ihm. Er bleibt vor dem kleinen Spiegel neben der Haustür stehen und sieht sich an. Sein Gesicht ist ihm zuwider, und er hätte gute Lust, sich einfach in die Fresse zu schlagen. Er besinnt sich anders, reißt seine Jacke vom Haken, läuft noch mal in die Küche, um sein Portemonnaie zu holen. Dann stellt er sich erneut in die Schlafzimmertür. »Kati, ich gehe jetzt.«

Sie schweigt und starrt an die Decke.

»Also pass auf«, wiederholt er, »ich gehe jetzt. Und wenn du hierbleiben willst, geh ich trotzdem. Aber dann brauchst du nicht auf mich zu warten, dann lass ich es mir nämlich richtig gutgehen. Nur dass du's weißt.«

Sie richtet sich auf und sieht ihn an. »Dann hau schon ab, lass dich volllaufen, vögel dich durch. Mach doch, was du willst!«

Jetzt fängt sie auch noch an zu heulen.

»Los, hau ab! Mach schon, amüsier dich, du Arsch!«, faucht sie ihn unter Tränen an.

Er geht zu ihr und versucht, sie in den Arm zu nehmen.

»Kati, was ist denn bloß los mit dir?«

Sie reißt sich los und vergräbt das Gesicht im Kissen.

»Geh einfach. Ich kann nicht mit. Kapier das endlich!« Sie wünscht sich, er würde bei ihr bleiben, sie fest in den Arm nehmen und beschützen. Ihr etwas erzählen, damit sie endlich einmal schlafen kann. Aber dann denkt sie daran, dass er die Situation ausnützen könnte, und beschließt für sich, dass es so wohl besser ist. Warum erträgt sie seine Berührungen nicht mehr? Sie weiß es nicht.

Da fällt die Wohnungstür ins Schloss. Sie ist allein.

14. Kapitel

Als Lissa sich neben ihn setzt, weiß Bernd, dass er aufstehen und gehen müsste. Doch er bleibt sitzen. Er spürt die Wärme ihres Schenkels an seinem Bein, riecht den Duft ihres Parfums. Sie plaudert mit Helmut, der gegenübersitzt, lacht manchmal auf und wirft dabei den Kopf in den Nacken, dass die blonden Haare nur so fliegen. Bernd nimmt noch einen Schluck Bier. Er denkt an Kati, daran, was sie wohl gerade macht, ob es ihr inzwischen bessergeht. Aber dann schiebt er den Gedanken an sie beiseite. Den ganzen Abend fühlt er sich schon schlecht dafür, dass er nicht bei ihr geblieben ist. Jetzt ist Schluss damit. Er kann sich nicht immer zum Sklaven machen, sich von ihr runterziehen lassen.

»Hast du mal Feuer, Bernd?«

Lissas Gesicht ist ganz nah, die Zigarette hängt zwischen ihren Zähnen. Sie lächelt, und Bernds Herz macht einen kleinen Satz. »Klar.«

Er greift nach seinem Feuerzeug, das vor ihm auf dem Tisch liegt, und gibt ihr Feuer. Mit zwei Fingern nimmt sie die Zigarette aus dem Mund und bläst ihm den Rauch ins Gesicht.

»Danke, Bernd.«

Sie wendet sich nicht ab, sondern sieht ihn weiter an. Ganz nah ist sie. Ihre Augen sind grau, voller grüner Sprenkelchen, ein paar Sommersprossen hat sie auf der Nase. Bernd rückt ein bisschen ab von ihr und versucht, sich auf das Gespräch am anderen Ende des Tisches zu konzentrieren. Da tippt sie ihn an. »Wo ist denn die Kati?«

Er dreht sich wieder zu Lissa. »Daheim.«

»Echt?« Sie zieht eine kleine Schnute und sieht ihn weiter an. Ein merkwürdiges Lächeln auf dem Gesicht. Was will sie jetzt von ihm? »Schade.«

»Wieso?«

»Na, du hast dich doch sicher auf den Abend mit ihr gefreut.«

»Klar.« Er hat keine Lust, über Kati zu reden.

»Und warum ist sie zu Hause geblieben?« Lissa lässt nicht locker.

»Warum willst du das wissen?«

»Nur so. Ist doch schön hier.«

»Die hat sich heute nicht gut gefühlt.«

»Das ist schade.« Aber ihre Miene sagt das Gegenteil. Ihre Stimme ist hell, wie klirrendes Glas. Das macht ihn irgendwie an.

»Ja, so sind sie, die Frauen«, sagt er deshalb.

»Nicht alle«, antwortet sie und wirft wieder den Kopf in den Nacken. Sie zieht an ihrer Zigarette und inhaliert den Rauch tief. Bernd betrachtet ihren weißen schmalen Hals, ihre vollen Lippen, als sie den Rauch ausstößt. Der rote Lippenstift ist ein bisschen verschmiert, und Bernd würde am liebsten mit dem Finger darüberstreichen und ihn entfernen.

»Willst du tanzen?«, fragt sie. Ihre Augen sind auf einmal dunkel. Eine Sehnsucht schwimmt in ihrem Blick, eine flirrende Verheißung, und Bernd muss sich zusammenreißen. Er räuspert sich.

»Jetzt nicht, Lissa. Später vielleicht.«

Sie nimmt ihn sanft am Arm und zieht ihn zu sich. Dann haucht sie ihm ein »Bitte« ins Ohr, ganz nah. Ihr Atem kitzelt.

Langsam wendet er ihr sein Gesicht zu und sieht sie an. Sie hat ihm schon immer gefallen. Schon seit einem Jahr schaut er ihr auf den Hintern, wenn sie im Büro an ihm vorbeigeht. Und sie lächelt ihn immer auf eine Weise an, dass ihm ganz anders wird. Als würde sie nur darauf warten, mal mit ihm allein zu sein.

»Ich kann überhaupt nicht tanzen«, sagt er. Da prustet sie schon los. Sie kann sich gar nicht mehr einkriegen vor Lachen, hält sich an ihm fest und wippt vor und zurück.

»Was ist denn?« Bernd ist verunsichert. Dann lacht er mit. Die Kollegen sehen schon zu ihnen herüber, aber das ist ihm egal. Es tut gut, sich einfach mal gehenzulassen.

»Das werde ich dir schon beibringen.« Lissa grinst. »Kann ich einen Schluck Bier von dir haben?«, fragt sie dann und greift schon nach seinem Glas. Ihr Haar streift seinen Arm, als sie sich vorbeugt. Er kann ihr Parfum riechen. Vanille.

»Du willst aber viel auf einmal!« Er spielt den Empörten, und sie lacht schon wieder. Rasch wird sie ernst und sieht ihm tief in die Augen. »Ist noch lang nicht alles.«

Sie zieht ihn hoch. Er folgt ihr.

15. Kapitel

Selbstbewusste, attraktive Frau um die vierzig sucht selbständigen, interessanten Mann für Theater- und Kinobesuche, außerdem für schöne Gespräche und vieles mehr. Zusendungen bitte mit Bild.

Mel stockt und lehnt sich zurück, nimmt die Brille ab, streckt die Arme in die Luft und gähnt. Dann setzt sie die Brille wieder auf, beugt sich zum Bildschirm zurück und schüttelt den Kopf. Sie ist noch nie in ihrem Leben gern ins Theater gegangen. Kino schon eher. Aber eigentlich nur die Klassiker. Hitchcock mag sie gern. Dessen Filme kennt sie fast auswendig. Konzerte? Niemals. Restaurantbesuche? Gern, aber die sind teuer, die müsste dann der Mann zahlen. Überhaupt – durchfüttern will sie keinen mehr. So wie Dirk. Der war ein richtiges Kuckucksei. Fünf Jahre ihres Lebens hat er sie gekostet – vielleicht ist es besser, für den Rest des Lebens allein zu bleiben, denkt Mel. So eine Enttäuschung will sie nicht noch einmal erleben. Das packt sie nicht.

Sie atmet tief durch und schaut an die Wand. Nicht weil sie gern vom Schreibtisch aus die Wand anstarrt, sondern weil vor dem Fenster kein Platz ist. Denn dort steht das Bett. Würde das Bett nicht vor dem Fenster stehen, bekäme man die Tür nicht mehr auf. Sie erinnert sich daran, wie Dirk ihr angeboten hatte, ihr beim Umzug zu helfen. Da war er schon bei der Neuen eingezogen. Mel hat dankend abgelehnt. Alles, was sie damals wollte, war, ihn niemals im Leben wiedersehen zu müssen. Sie denkt daran, wie sie am Tag des Einzugs das Bett so lange hin und her geschoben hat, bis die Mieter aus der Wohnung unter ihr an die Decke klopften. Schöner Empfang.

Sie nimmt einen Schluck Wein. Nein, sie wird einen letzten Versuch starten. Nicht alle Männer sind so wie Dirk. Vielleicht gibt es irgendwo einen verlorenen Prinzen. Einen, den das Leben noch nicht kaputt gemacht hat. Einen, der das Herz am richtigen Fleck hat. Obwohl, muss sie sich eingestehen, der dann wahrscheinlich zu langweilig für sie wäre.

Sie muss es wenigstens versucht haben.

Mel lauscht den Stimmfetzen aus dem Fernsehapparat in der Wohnung unter ihr und überlegt. Wenn sie ihr wirkliches Alter angibt, wird sich keiner melden. Wer will schon eine Frau um die fünfzig? Die ist die Mühe nicht wert, steht mit einem Bein schon im Grab. Sie nimmt noch einen Schluck, dann stellt sie das Glas ab und seufzt. Vom Trinken wird sie auch nicht schöner. Wieder und wieder liest sie den Dreizeiler durch. Besser wird es nicht. Sie kann ja schlecht noch mehr dazudichten. Hobbys hat sie keine. Kinder auch nicht. Hunde und Katzen mag sie nicht besonders. Tiere sind ihr ziemlich gleichgültig. Außer dem Dackel von gegenüber, aber das liegt eher an dem alten Mann. Sie denkt an ihr Fernglas. ... *sucht netten Mann zum gemeinsamen Stalken.* Immerhin huscht ihr ein Lächeln übers Gesicht.

Mel gibt sich einen Ruck, löscht das Geschriebene und beginnt von vorn.

Frau in den Vierzigern sucht stabilen Mann in den Fünfzigern. Ansehnlich, nicht übergewichtig, kein Allergiker, kein Asthmatiker, keine dritten Zähne, mindestens 1,70 m. Keine Zoobesuche, keine Theater- und Kinobesuche, keine Konzerte außer Hardrock, keine Spaziergänge, keine Gartenarbeit, keine Reisen, keine Wander- und Fahrradtouren, keine Haustiere, Nichtraucher, Allesesser, Weinkenner, Genießer, gern Motorrad- oder Autofahrer.

Sie lehnt sich zurück und überfliegt das Geschriebene. Eigentlich ist sie eher in den Fünfzigern. Wenn sie schreibt »in den Vierzigern«, vermutet man eine Frau Anfang vierzig. Aber »in den Fünfzigern« klingt zu abschreckend. Also beschließt sie, den Anfang so zu lassen, wie er ist.

Soll sie den Zusatz mit Motorrad oder Auto streichen? Andererseits wäre ein mobiler Mann ganz praktisch, immerhin hätte dann einer von ihnen einen Wagen. Während Mel darüber nachdenkt, wie er aussehen müsste, ihr Traummann, klingelt das Handy. Sie schaut auf das Display und verdreht die Augen. Dirk mal wieder. Wahrscheinlich braucht er Geld. Sie schaltet den Ton aus, überfliegt ihren Text zum dritten Mal und drückt auf »Senden«. Ist ja egal, wenn keiner antwortet. Wahrscheinlich ist es allein sowieso am schönsten. Man muss sich nur erst mal an diesen Zustand gewöhnen.

Und trotzdem: Dass sie sich mal in einem Datingportal wiederfinden würde, hätte sie auch nicht vermutet.

Lange starrt sie auf die Wand vor sich. Der Alkohol zeigt Wirkung. Bilder schlängeln sich an ihrem inneren Auge vorbei wie Seetang in der Strömung eines Flusses.

Sie stellt sich das erste Treffen mit ihrer anonymen Internetbekanntschaft vor. Natürlich ist der Mann kultiviert, so groß wie sie oder etwas größer, charmant, er hält ihr die Tür zu dem Restaurant auf, in das er sie einladen wird. Wahrscheinlich trägt er einen Anzug. Keine Krawatte. Obere zwei Hemdknöpfe geöffnet, ein paar Haare auf der Brust. Natürlich hat er schöne Hände und weiße Zähne, und als er die Weinkarte studieren möchte, fällt ihm ein, dass er ohne Brille nichts mehr lesen kann. Sie lachen einander zu. Zum ersten Mal ist so etwas wie Nähe spürbar. Die Unannehmlichkeiten des Älterwerdens schweißen sie zusammen. Später wird er ihr von seiner gescheiterten Ehe erzählen und ihr die Fotos seiner drei Kinder zeigen, die sie sofort in ihr Herz schließt. Und noch viel später werden sie sich an den Händen fassen, sich tief in die Augen sehen und sich versprechen, den Rest ihres Lebens gemeinsam zu bestreiten.

In der Wohnung neben ihr wird der Fernseher angestellt. Das alte Paar, das dort lebt, ist schwerhörig. Und einer der beiden hat die lästige Angewohnheit, immer ab Mitternacht bis in die Morgenstunden vor der Glotze zu hängen. Mel fährt sich durchs Haar und stellt sich der Realität. Niemals wird sie irgendjemanden kennenlernen, der sie hier rausholen wird. Aber ab und zu davon träumen ist ja nicht verboten. Sie schaltet den Computer aus und geht ins Bad, um sich für die Nacht zurechtzumachen.

16. Kapitel

Sie muss eingeschlafen sein. Als Katrin die Augen öffnet, ist die Wohnung immer noch hell erleuchtet. Ganz still ist es. Vorsichtig hebt sie den Kopf. Alles tut ihr weh, und ihre Augen sind so verquollen, dass sie sie kaum aufkriegt. Das Kissen klebt nass an ihrer Wange.

Jetzt fällt ihr der Streit mit Bernd wieder ein. Ihre ohnmächtige Wut, als er die Tür zugeknallt und sie allein zurückgelassen hat. Ihre Verzweiflung.

Sie dreht sich auf den Rücken, starrt an die Decke. Sucht einen Punkt, an dem sie sich festhalten kann. Alles dreht sich in ihrem Kopf. Sie kennt das schon, nennt es »ihre Zustände«. Ihre Gefühle kommen in einem Schwall und begraben sie unter sich. Wenn sie dann auf Menschen trifft, ist es ganz schlimm, weil sie nicht mehr reden kann. Bernd versteht das nicht. Keiner versteht das. Am wenigsten sie selbst.

Wenn sie mitgegangen wäre, hätten sie sich auch gestritten. Sie hätte sich nicht so benommen, wie man es von ihr erwartet. Sie hätte sich abgegrenzt. Vom Geschwätz dieser Leute, ihren gefräßigen Blicken.

Wie sie das satthat. Die Menschen.

Lange liegt Katrin da. Sucht nach einem Grund, warum sie anders ist als die anderen. Findet nichts in sich. Verfängt sich in einem Gedanken- und Bildergewirr.

Der Hass kommt langsam. Kriecht heran wie eine fette Made auf Futtersuche. Wittert hier und da, gleitet weiter.

Fließt auseinander, breitet sich aus, wabert in jeden Winkel, nimmt ihr die Luft zum Atmen. Es ist der Hass auf alles. Auf die Menschen, das Leben, auf sich selbst. Monströs ist er. Wie eine Giftwolke. Dunkel und beißend.

Sie kann ihm nicht ausweichen. Sie weiß nicht, wohin.

Später sitzt Katrin am Fenster und schaut hinaus. Beobachtet die Straßenlaterne, die sich leicht im Wind zu wiegen scheint. Den Regen, der vor dem Licht niederfällt. Wie silbernes Spinnengewebe. Sie hat noch eine Amitriptylin genommen, obwohl in ihrem Notizblock steht, dass es die sechste sein muss. Das kann eigentlich nicht sein, dann müsste sie sich doch besser fühlen.

Von ferne hört sie ein Martinshorn. Die Härchen an ihren Armen stellen sich auf. Sie fröstelt. Ein Martinshorn erträgt sie nicht. Nicht mehr nach der Nacht vor zwei Jahren.

Den ganzen Abend über hat sie sich schlecht gefühlt. Das Ziehen im Unterleib wurde von Minute zu Minute schlimmer. Sie versuchte, Bernd zu erreichen, aber dann klingelte sein Handy in der Küche. Er hatte vergessen, es mit zur Arbeit zu nehmen. Sie legte sich auf den Boden im Flur, die Hände auf den Unterleib gepresst. Versuchte, ihr Kind zu halten, den Schmerz wegzuatmen, aber aus ihrer Brust kam nur ein Wimmern.

Und dann spürte sie die Nässe zwischen ihren Beinen. Als sie sich aufrichtete und nachsah, lag sie schon in einer Blutlache. Auf allen vieren robbte sie ins Bad, riss ein Handtuch vom Haken und versuchte, die Blutung zu stillen. Es ging nicht. Das Blut quoll aus ihr heraus, als hätte man sie abgestochen. Oder das Kind in ihr.

Fast ohnmächtig vor Schmerz und Angst kroch sie zurück in den Flur, versuchte noch, den Notarzt anzurufen. Aber dann wurde es dunkel um sie.

Sie wachte wieder auf, als jemand ihren Körper packte und auf eine Trage legte. Sie sah Bernds Gesicht vor sich. Kreidebleich, tränennass. Das schlingernde Blau der Lampe auf dem Rettungswagen, das Krachen der Türen, die Sirene. Eiseskälte. Todesangst. Unerträgliche Schmerzen.

Im Krankenhaus die Ärztin, die sagte, sie habe gerade einen Notfall und könne unmöglich zwei Frauen gleichzeitig entbinden. Die versprach, sich um einen Ersatz zu kümmern. An Kathis Bett eine überforderte Hebamme, die das Geschehen mit entsetzten Augen beobachtete. Völlig überfordert, den Tränen nahe.

Man schob Katrin durch neonerleuchtete Gänge, Sprachfetzen. Bernds Schluchzen.

Viel später tauchte dann ein junger Assistenzarzt auf. Der ordnete sofort eine Notoperation an. Aber für das Kind war es da längst zu spät.

Kati erinnert sich an den schwarzen Tunnel, verheißungsvoll und still. Da ergab sie sich.

Als sie ein paar Tage später erwachte, lag Bernd neben ihr. Auf zwei zusammengeschobenen Stühlen. Das Gesicht eingefallen und bleich. Als sie ihm übers Haar strich, wachte er auf, kroch zu ihr ins Bett und brach in Tränen aus. Da wusste sie es.

Sie hatten ihr Kind verloren.

Was sie nicht wusste, war, dass sie beinahe mitgestorben wäre. Gemeinsam mit ihrem Kind. Die Plazenta hatte sich abgelöst.

Während Katrin reglos nach draußen schaut, rinnen ihr Tränen über die Wangen. Wäre sie nur auch gestorben. Dann wäre jetzt alles gut.

Sie werden nie Kinder haben.

Immer noch hat sie das Gesicht der Ärztin vor Augen. Recht jung war die, dunkle Haare, sonnengebräunt. Hübsch.

Bernd versuchte, sie wegen unterlassener Hilfeleistung anzuklagen. Aber das Klinikpersonal nahm sie in Schutz. Sie war auf dem Weg zu einer anderen Geburt, die Station unterbesetzt. Da strebte Bernd einen Prozess gegen das Krankenhaus an.

Aber das interessiert Kati nicht. Was sie interessiert, ist die Ärztin.

Ihr gehetzter Blick, als sie sagt, sie könne sich nicht um alles gleichzeitig kümmern.

Die Endgültigkeit, als sie sich abwendet und geht.

Das viele Blut.

Bernds Schreie.

Das sterbende Kind in ihr.

17. Kapitel

Im Traum sieht Katrin sich in der Wohnung ihrer Eltern. Sie ist zehn Jahre alt. Es ist Abend, und sie hat Hunger. Sie sitzt im Kinderzimmer an ihrem Schreibtisch und versucht, sich auf ihre Hausaufgaben zu konzentrieren. Aber das ist schwierig, die Eltern streiten so laut nebenan. Die Mutter hat wieder getrunken. Nur wenn sie einen sitzen hat, ist ihre Stimme so schrill. Wie eine Metallsäge, denkt Kati und hält sich die Ohren zu. Aber sie hört trotzdem jedes Wort. Es geht um irgendeine Frau, und Kati versteht das Problem nicht. Es ist doch nichts Schlimmes dabei, wenn der Vater nach der Arbeit eine Frau nach Hause fährt.

Die Stimmen ihrer Eltern werden lauter, etwas kracht gegen die Wand.

Kati ist das gewohnt, die Eltern streiten oft. Aber heute ist es schlimmer. Gleich werden die Nachbarn klingeln, denkt sie.

Dann zuckt sie zusammen. Ein ohrenbetäubendes Krachen, die Mutter kreischt. Kati rutscht von ihrem Stuhl, kauert sich auf den Boden und verbirgt den Kopf zwischen den Armen. Ganz klein macht sie sich, unsichtbar möchte sie sein. Sie presst die Augen zusammen.

Totenstille.

Kati wartet einen Moment, aber es passiert nichts. Sie steht auf, öffnet die Tür und schleicht in den Flur. Da kommt ihr der Vater entgegen. Er ist außer Atem, sein

Gesicht schweißnass und bleich. Er stößt Kati beiseite und wankt ins Wohnzimmer.

Vorsichtig geht Kati zur Küchentür und sieht um die Ecke. Die Mutter kniet auf dem Boden, sie blutet aus der Nase und heult. Der Boden ist nass, es stinkt nach Schnaps. Überall sind Scherben.

Kati steht da wie gelähmt und betrachtet ihre Mutter. Nach einer Weile hebt die den Kopf und sieht Kati an. Dann sagt sie leise, während ihr blutiger Rotz aus der Nase läuft: »Hätte ich dich bloß nie gekriegt.«

Wie eine Ohrfeige, dieser Satz.

Kati drückt sich gegen den Türrahmen, tastet nach einem Halt. Dann wendet sie sich ab, geht Richtung Wohnzimmer, sucht ihren Vater. Obwohl sie sich vor ihm fürchtet, sehnt sie sich nach Trost. Da hört sie Geräusche aus dem Bad. Sie läuft zurück und sieht, wie er vor dem Medizinschränkchen steht und den Inhalt auf den Boden fegt.

Sie steht ganz still und beobachtet ihn. Er darf sie nicht sehen. Er mag es nicht, wenn sie ihn anschaut. Aber er ist ohnehin zu beschäftigt. Nachdem er das Schränkchen leergeräumt hat, hockt er sich auf den Boden und überfliegt die Namen der Packungen. Atmet schwer, rülpst, fasst sich immer wieder ans Herz. Dann stöhnt er, bäumt sich plötzlich auf und hält sich an der Klobrille fest. In dem Moment treffen sich ihre Blicke. Kati zuckt zusammen und macht einen Schritt rückwärts. So hat sie ihren Vater noch nie gesehen. Bleich wie eine Wand ist er. Sie weicht noch ein bisschen zurück, ist schon fast außer Sichtweite, da hört sie seine Stimme. Er sagt etwas zu ihr, aber sie kann ihn nicht verstehen. Er lallt, hebt eine Hand, deutet in ihre Richtung. Sie weiß nicht, was er meint. Er zuckt zusammen, seine Augen quellen aus den Höhlen. Kati muss an den sterbenden Fisch denken, den sie mal in den Sommerferien gesehen hat. Die Kinder haben ihn aus dem Wasser gezogen und zugesehen, wie er am Ufer langsam verreckte. Genauso sieht ihr Vater jetzt aus. Genauso öffnet und schließt er den Mund. Wieder streckt er ihr die Hand entgegen, aber sie rührt sich nicht. Sie traut sich nicht zu ihm. Vielleicht will er sie austricksen? Manchmal lockt er sie an und schlägt dann ohne Vorwarnung zu.

Sie überlegt fieberhaft. Er scheint wirklich Schmerzen zu haben. Sie gibt sich einen Ruck und will auf ihn zugehen, als sich etwas in seinem Blick verändert. Er sieht jetzt über sie hinweg. Sie dreht sich um. Ihre Mutter steht hinter ihr. Sie hält sich ein Geschirrtuch an die Nase und fixiert ihren Mann. Ganz still ist es.

In die Stille hinein sagt die Mutter plötzlich: »Geh in dein Zimmer!«

Kati drückt sich an der Mutter vorbei, bleibt aber an ihrer Zimmertür stehen und dreht sich noch mal um, weil sie ein Geräusch hört.

Ihre Mutter hat den Schlüssel aus dem Schloss gezogen und steckt ihn jetzt an der Außenseite der Badezimmertür wieder hinein. Langsam schließt sie die Tür und dreht den Schlüssel um. Kurz verharrt sie, als würde sie über etwas nachdenken. Dann nimmt sie den Schlüssel an sich und wendet sich ab. Ihre Körperhaltung ist sehr aufrecht, als sie langsam in die Küche zurückgeht. Ihr Rücken ist ganz durchgedrückt. Alles an ihr ist hart und unerbittlich. So wie sie eben ist.

Kati geht in ihr Zimmer und setzt sich aufs Bett. Lange schaut sie auf ihren Wecker. Beobachtet den Minutenzeiger, lauscht dem leisen Klicken, wenn eine Minute vergangen ist. An den Vater denkt sie nicht. Sie hat sich ausgeschaltet.

Plötzlich geht die Tür auf, und ihre Mutter erscheint. Sie trägt ein geblümtes Kleid.

»Du musst in die Schule«, sagt sie und reißt die Vorhänge auf. Sonnenlicht flutet herein, die Vögel zwitschern.

Kati steht auf und geht leise zum Bad. Die Tür ist angelehnt. Vorsichtig drückt sie dagegen.

Da liegt er. Genau an derselben Stelle wie am Vorabend. Und er sieht immer noch aus wie der sterbende Fisch – aber sein Gesicht ist ganz blau. Und er rührt sich nicht.

Kati dreht sich um und rennt in die Küche. Die Mutter sitzt am Tisch. Sie hat die Arme vor der Brust gekreuzt und starrt vor sich hin.

»Was ist denn mit Vati?« Kati bleibt in der Tür stehen.

Die Mutter sieht auf. »Na, du hast ihn umgebracht.«

18. Kapitel

An seinem achtzehnten Geburtstag hat Steffen Müller sich ein Herz gefasst und seiner Mutter seine große Liebe vorgestellt. Sie hatte für ihn und seine Freundin gekocht und war mächtig gespannt darauf, die Schwiegertochter in spe endlich kennenzulernen. Ihr Sohn war ja schon immer etwas verschlossen gewesen, aber so gar nichts über das Mädchen zu erfahren empfand sie in gewisser Weise auch etwas unwürdig. Immerhin war sie seine Mutter und hatte sich das Geld vom Mund abgespart, um ihm die Ausbildung bei der Polizei zu finanzieren. Da konnte sie ja wohl Anspruch darauf erheben, auch ein bisschen Privatleben mit ihm zu teilen. Der Abend rückte näher, die Koteletts warteten neben der Pfanne, Blumen auf dem Tisch, Kerzen auf der Fensterbank. Dann klingelte es, und Steffen Müller rannte zur Tür, um zu öffnen. Als er mit seiner großen Liebe ins Wohnzimmer kam, wo die Mutter gerade noch die Servietten verteilte, glaubte sie zuerst an ein Missverständnis. Neben ihrem Sohn stand ein schmächtiger junger Mann mit gescheiteltem Haar und Nickelbrille.

Die Mutter stand da, guckte und wartete.

Dann sagte ihr Sohn: »Mutti, das ist Mike.«

Mike ging artig auf die Mutter zu, machte eine leichte Verbeugung und gab ihr die Hand.

»Ach, das ist ja nett«, sagte die Mutter, »dass Sie auch zu Steffens achtzehntem Geburtstag kommen. Jetzt hoffe ich nur, wir haben genügend Essen im Haus. Steffen, sind das dann alle, oder kommen außer deiner Freundin und dem jungen Herrn hier noch mehr?«

Steffens Herz sank in die Hose. Aber dann sah er auf Mike herunter und Mike zu ihm auf. Sie lächelten einander in gegenseitigem Einvernehmen zu, und dann sagte Steffen ohne jedes Zögern: »Mutti, du verstehst nicht. Wir sind komplett. Mike ist mein Besuch. Mike ist meine Freundin, sozusagen ...«

Mehr fiel ihm dann nicht mehr ein. Schlimm genug, seiner Mutter sagen zu müssen, dass er schwul war. Er hatte sie wirklich gern, aber er wusste, was sie über Schwule und Männer im Allgemeinen dachte. Sie hatte schon darunter gelitten, einen Sohn und keine Tochter bekommen zu haben. Und jetzt noch einen zweiten dazu?

Der Mutter sackten die Beine weg. Steffen erinnert sich, dass Mike und er gleichsam auf sie zustürzten, um sie aufzufangen. Sie schleppten sie zum Sofa und betteten sie darauf. Der Blick der Mutter war leer. Als sie wieder genug Kraft zum Sprechen hatte, sagte sie nur: »Das kannst du mir nicht antun, Steffen.«

Dann erhob sie sich mühsam, schleppte sich die Stufen zu ihrem Schlafzimmer hoch und schloss sich für die nächsten Tage darin ein.

Seit jenem Tag war das Verhältnis zwischen Steffen Müller und seiner Mutter gelinde gesagt getrübt. Die Mutter hoffte immer noch darauf, dass sich in ihrem missratenen Sohn irgendwann doch noch eine Wende vollziehen würde. Dass er vielleicht eines Tages doch noch normal werden würde. Aber die Hoffnung wurde von Jahr zu Jahr kleiner.

Die Beziehung zu Mike ging bald nach dem Vorfall in die Brüche. Steffen litt sehr unter dem Unverständnis, das ihm seine Mutter entgegenbrachte. Unter dem Abscheu, den er spürte, wenn er sie in den Arm nehmen wollte. Ja, er hatte das Gefühl, dass sie sich im wahrsten Sinn des Wortes seit seinem Geburtstag vor ihm ekelte. Er versuchte, Mädchen kennenzulernen, hatte ein paar Dates, versuchte den einen oder anderen Kuss, aber nicht von Herzen. Er tat das nur seiner Mutter zuliebe. Um sie nicht zu verlieren. Irgendwann gestand er sich ein, dass er eben anders war, als sie es sich gewünscht hatte. Nach und nach brach der Kontakt zur Mutter ab. Und obwohl ihm klar ist, dass sie genauso darunter leidet wie er, weiß er, dass es kein Zurück zu ihr geben wird, solange er sich zu Männern hingezogen fühlt. Also nie.

Jetzt sitzt er mit Mitchi und Helmut in der Küche. Helmut hat vegane Pizza gebacken, sie trinken Kräutersmoothie, und Steffen ist glücklich. Seit zwei Monaten lebt Helmut jetzt in der WG, und für Steffen war es Liebe auf den ersten Blick. Aber Helmut ist noch liiert. Mit irgendeinem Schauspieler. Das ist natürlich harte Konkurrenz, da kommt er als Polizist nicht so richtig gegen an. Schauspieler haben ja von sich aus eine große Fangemeinde, denkt Steffen. Da steigt der Wert des Auserwählten ganz automatisch. Ganz egal, ob der vielleicht sonst ein völliges Arschloch ist. Steffen nimmt einen Schluck Kräutersmoothie, um sich zu beruhigen. Das geht ihm schon gewaltig auf den Keks, dass so ein dahergelaufener Depp aus dem Showgeschäft ihm die Chancen vermasselt. Obwohl ... er linst zu Helmut hinüber und erschrickt. Da. Schon wieder. Helmut scheint ihn zu beobachten. Sobald Steffen sich mit Mitchi unterhält, spürt er Helmuts Blick auf sich. Gott, wie er ihn liebt. Am liebsten würde er sein schönes Gesicht in beide Hände nehmen und ihn küssen.

»Steffen?« Steffen zuckt zusammen.

»Hey, Steff, was ist los? Wir reden mit dir!« Das war Mitchis Stimme.

Steffen errötet. »Was? Oh, entschuldigt, ich hab gerade, ich war gerade ...« Peinlich. Er stottert. Sieht zu Helmut hinüber. Seine schönen Augen, sein voller Mund. Himmlisch.

»Helmut fragt, ob wir eine Geburtstagsparty für dich organisieren sollen, zu deinem Dreißigsten«, sagt Mitchi.

Helmut zwinkert Steffen zu und streicht ganz leicht über dessen Arm. Steffen zuckt zurück.

Helmut lächelt: »Es wäre mir eine Riesenfreude, das für dich zu machen. Also, einverstanden?«

Steffen kann nicht mehr sprechen. Ein Stück Pizza hat sich vor Schreck in seinem Hals quergelegt. Er läuft rot an, nickt, schluckt und bekommt einen Hustenanfall.

A dream comes true.

19. Kapitel

Gegen zwei Uhr früh macht sich Bernd auf den Heimweg. Die öffentlichen Verkehrsmittel fahren um diese Zeit nicht mehr so häufig, deshalb hält er unterwegs ein Taxi an. Das ist viel zu teuer, aber anders kommt er nicht nach Hause, und ein bisschen schlafen muss er schon noch. Er steigt ein und setzt sich neben den Fahrer. Der kurbelt erst mal das Fenster runter, wahrscheinlich hat Bernd eine Mörderfahne.

Auch egal.

Der Fahrtwind tut Bernd gut. Er schließt die Augen. Ob Kati auf ihn wartet? Ob sie ihm etwas anmerkt? Egal, denkt er trotzig. Fest steht nämlich, dass er lange nicht mehr so guten Sex hatte. Was heißt *guten Sex*?, denkt er. Überhaupt Sex. Er ist verfickte zweiunddreißig Jahre alt. Jeder Mann braucht hin und wieder Sex. Es liegt in der Natur der Sache. Lernt man schon in der Schule, dass Männer hin und wieder Sex brauchen.

Er sieht Lissas festen Hintern vor sich, ihre kleinen, harten Brüste, und ist sofort wieder erregt. Sie macht ihn fertig. Immer wieder wollte sie ihn in sich spüren, dabei hat sie sich an ihn geklammert wie ein kleines Äffchen und ihn gezwungen, an ihren Nippeln zu saugen.

Bernd rutscht auf dem Sitz hin und her. Er muss an was anderes denken, sonst kommt's ihm noch im Auto. Er lacht leise in sich hinein, er ist ziemlich hacke.

Der Taxifahrer schielt kurz zu ihm hinüber. An einer

roten Ampel muss er halten und sagt den sinnigen Satz: »Zum Glück kommt der Sommer bald, was? Dann kann man wieder draußen feiern.«

Bernd reagiert nicht. Er ist gerade ganz weit weg. Ein Wort ist jedoch bei ihm hängen geblieben und schiebt sich jetzt vor seine Augen. Unbeirrbar züngelt es sich in sein Bewusstsein.

Sommer.

Ja. Bernd nickt. Er hat den Rest des Satzes nicht gehört. Aber den Sommer, ja, den vermisst er. Und seine Kati, wie sie in jenem Sommer vor zwei Jahren war. Er sieht sie vor sich mit ihrem kugelrunden Babybauch, wie sie sich halb tot über ihn lacht, weil er das Babybettchen von Ikea nicht zusammenkriegt. Richtig sauer ist er da geworden, normalerweise macht er so was mit links. Und auf einmal hält sie ihm die richtigen Schrauben hin, die hat sie versteckt, um ihn zu foppen. Er ist drohend auf sie zugegangen, hat sie an den Armen gepackt und geflüstert, dass nun ihr letztes Stündlein geschlagen habe. Sie kreischt und lacht und versucht, sich zu befreien, aber er lässt nicht locker, sondern drängt sie an die Wand. Langsam wird sein Griff sanfter, dann streicht er ihr über die Brüste, ihren schwellenden Leib. Kati hat die Augen geschlossen und presst sich an ihn, ihr Mund an seiner Stirn, während er den Reißverschluss seiner Hose öffnet. Warm ist es, durch das geöffnete Fenster dringt Kinderlachen vom Hof, die Vögel zwitschern … Wie glücklich sie waren.

Wo ist das alles hin?

Bernd schluckt. Seine Augen brennen. Er muss an die frische Luft.

Er lässt den Taxifahrer halten, zahlt, steigt vorzeitig aus. Er steht auf dem Gehsteig und sieht dem Taxi hinterher. Was hat er nur für eine Scheiße gebaut mit Lissa. Er weiß gar nicht, wie er Kati gegenübertreten soll.

»Kati, Kati, Kati ...«

Er sieht ihr lachendes Gesicht vor sich, ihre fliegenden Haare, wenn sie vor ihm hergeht, ihren schönen, aufrechten Gang. So stolz wirkt sie und ist doch so zerbrechlich. Er wollte sie beschützen. Bis dass der Tod uns scheidet, hatten sie sich geschworen. Und jetzt hat er sie verraten, weil sie nicht so ist, wie sie sein soll. Und weil er sie einfach nicht mehr versteht. Weil sie nicht mehr *seine Kati* ist.

Er betrachtet eine Pfütze zu seinen Füßen. Ja, da liegt mein Schwur, denkt er. Im Dreck.

Es beginnt wieder zu regnen. Kalt ist ihm. Langsam rappelt er sich auf und macht sich auf den Heimweg.

Er weint.

20. Kapitel

Katrin sitzt am Küchenfenster und sieht nach draußen. Dunkel ist es, Regen peitscht gegen das Glas. Bernd wird patschnass, wenn er jetzt auf dem Heimweg ist. Sie macht sich Sorgen um ihn. Immer diese Angst, dass ihm etwas zustoßen könnte.

Sie knibbelt an ihren Fingernägeln herum, versucht, die tote Haut mit den Zähnen abzuknabbern. Nach einer Weile steht sie auf und geht zum Küchenschrank. Öffnet ihn, nimmt die Tabletten heraus. Löst eine aus der Plastikhülle und schluckt sie mit etwas Wasser. Dann beginnt sie, die verbliebenen Pillen zu sortieren. Sie rechnet: Wenn sie jeden Tag wie bisher fünf Tabletten nimmt, hat sie noch genug für neun Tage. Sie muss bald zu einem ihrer Ärzte und sich ein neues Rezept ausstellen lassen. Sie hat mittlerweile sieben Ärzte, die sie aufsuchen kann, wenn der Tablettenvorrat schwindet. So kommt sie ganz gut über die Runden.

Schwindlig ist ihr. Und übel. Seit Ewigkeiten hat sie nichts gegessen. Wenn sie etwas zu sich nimmt, bekommt sie Magenschmerzen.

Sie geht zum Fenster zurück und setzt sich wieder davor. Ihre Gedanken kreisen um Bernd. Seit acht Jahren sind sie jetzt zusammen. Damals war sie sechzehn und gerade mit der mittleren Reife fertig. Sie setzte alles daran, möglichst schnell eigenes Geld zu verdienen und von zu Hause auszuziehen. Weg von der Mutter. Dem ewigen

Gezeter und Gekeife. Den Beleidigungen, die sie Kati im Suff an den Kopf warf.

Nach dem Tod ihres Mannes hatte die Mutter eine Teilzeitstelle als Verkäuferin in einem Supermarkt angenommen. Aber sie hasste es, stundenlang hinter der Kasse sitzen und Leute bedienen zu müssen. In ihren Augen war sie zu etwas Besserem geboren. Deshalb war sie ursprünglich auch froh darüber gewesen, Katrins Vater gefunden zu haben, einen Mann, der das Geld nach Hause brachte. Aber das Glück hielt nicht lange an. Schon nach dem ersten Ehejahr begann er, sie zu schlagen. Katrins Geburt machte die Situation nicht besser. Im Gegenteil. Es muss ungefähr zur Zeit der Einschulung gewesen sein, als der Vater sich das erste Mal an Katrin vergriff. Genau kann sie sich nicht mehr erinnern. Sie hütet sich davor, die Bilder in sich hochkommen zu lassen. Aber sie weiß noch, wie die Mutter plötzlich darauf geachtet hat, sie nicht mehr mit ihrem Vater allein zu lassen. Und wenn es doch dazu kam, stellte sie sich taub. Obwohl sie mitbekommen haben muss, dass sich im Kinderzimmer manchmal seltsame Szenen abspielten – das war das Schlimmste.

Vielleicht ist es das, denkt Katrin jetzt, während sie mit dem Fingernagel den Lack vom Fensterrahmen kratzt. Sie hasst ihre Mutter, weil die sie nicht vor dem Vater beschützt hat, sondern sich nur um ihr eigenes Wohl gekümmert und Katrin sogar noch für die Zudringlichkeit des Vaters verantwortlich gemacht hat. Aber wie hätte sie sich wehren sollen gegen einen erwachsenen Mann?

Wieder knabbert Katrin an ihrer Nagelhaut. Ganz blutig ist die schon.

Wenn sie das Kind bekommen hätte, wäre alles gut geworden. Ihre Nana wäre ein Prachtmädchen geworden, da ist Kati sicher. Und sie hätte der Kleinen all das geschenkt, was sie selbst als Kind vermisst hatte. Sie wäre praktisch zum zweiten Mal geboren worden.

Wo ist eigentlich der Kinderwagen?, schießt es ihr durch den Kopf. Den haben Bernd und sie zusammen bei einem Babydiscounter gekauft.

Dunkelblau mit rosa Bettwäsche. Am Sonnenschutz war eine Schnur befestigt, daran hat Kati kleine Stofftierchen gebunden.

Kati muss lächeln. Der Kinderwagen sah so niedlich aus. Sie haben ihn ins Schlafzimmer geschoben und ihn, eng aneinandergeschmiegt, betrachtet. Haben überlegt, wie das Baby wohl aussehen würde. Ob es nachts schreien würde, wie die Babys auf dem Spielplatz, die Kati immer beobachtete. Bernd streichelte ihren Bauch und sagte: »Hallo, du kleine Maus in deinem dicken Haus. Wie geht es dir denn heute? Bald kommst du raus zu uns, und dann wirst du erst mal ordentlich durchgeknuddelt. Von deiner Mami und deinem Papi. Die warten hier draußen schon auf dich. Und wenn du ganz lieb bist, bekommst du noch ein Brüderchen.«

Das war ein Spiel zwischen ihnen. Jedes Mal, wenn er den Satz mit dem Brüderchen sagte, schrie Kati in gespieltem Entsetzen auf und hielt sich den dicken Bauch.

»Nein, nein, nicht noch mal so einen dicken Bauch!«

Dann umschlang sie lachend seinen Hals und vergrub ihr Gesicht an seiner Brust. »Du, Bernd?«

»Ja, meine kleine Motte?«

»Ich hätte gern noch zehn Kinder mit dir. Ganz, ganz viele Kinder. Damit um uns herum immer Lachen ist und Freude.«

Bernd hat ihr Gesicht in beide Hände genommen und sie ganz ernst angeschaut. »Das machen wir, Kati. Das versprech ich dir. Ich mach dich zur glücklichsten Frau auf der ganzen Welt.«

Kati taucht aus ihren Erinnerungen auf und spürt die Nässe auf ihrem Gesicht. Tränen laufen ihr über die Wangen und tropfen in ihren Schoß. Langsam hebt sie den Arm und wischt sich damit über die Augen. Zu mehr ist sie nicht fähig. Die Medikamente machen sie schläfrig. Sie verschränkt die Arme auf der Fensterbank und legt den Kopf darauf. Die nasse Wolle ihres Pullis kratzt an ihrer Haut, aber das stört sie nicht. Kurze Zeit später ist sie eingeschlafen.

Als Bernd endlich in die Küche tritt und das Licht anmacht, schreckt Katrin hoch und weiß für einen Moment nicht, wo sie ist. Dann kommt sie zu sich. Riecht seine Fahne. Bernd kommt nicht näher, bleibt im Türrahmen stehen. Er schweigt. Das ist merkwürdig. Keine Begrüßung. Vielleicht ist er so besoffen, dass er nicht mehr reden kann?

Katrin dreht sich zu ihm um, sieht seine nassen Haare,

sein verquollenes Gesicht. Sie spürt einen Stich im Herzen, als sie erkennt, dass er geweint hat, stößt sich vom Fenster ab und stürmt auf ihn zu. Wirft sich an seine Brust, hält sein Gesicht mit beiden Händen, überschüttet ihn mit Küssen, mit Liebkosungen. Wie sie ihn liebt. Noch nie hat sie einen Menschen so geliebt. Sie stammelt Entschuldigungen, schwört, nie mehr böse zu ihm zu sein.

Er erwidert ihre Umarmung. Aber nicht wie sonst. Er ist zurückhaltender, als wolle er sie auf Abstand halten. Sie schmiegt sich erneut an ihn, vergräbt das Gesicht an seinem Hals, atmet seinen Geruch.

Da riecht sie es. Das Fremde.

Ihre Alarmglocken schrillen. Sie löst sich von ihm und macht einen Schritt zurück. Steht vor ihm und sieht ihm ins Gesicht.

Er senkt den Blick, sieht aus wie ein nasser junger Hund. Schön ist er, und das macht alles nur noch schlimmer. Jäh schießt wildes Verlangen durch Katrins Körper, und sie würde sich am liebsten an ihn schmiegen. Aber etwas hält sie zurück. Etwas hat sich zwischen sie beide geschoben und weicht keinen Millimeter.

Endlich hört sie sich fragen: »Was ist?«

Er sagt nichts. Schüttelt nur leicht den Kopf und starrt weiterhin auf den Boden.

»Bernd? Was ist?«

Eigentlich weiß sie es schon. Der fremde Geruch. Sein trotz der Tränen gelöster Gesichtsausdruck. Als würde er von innen her strahlen.

Katrin wendet sich ab, geht zum Fenster zurück, sieht

wieder hinaus in die Dunkelheit, als könne sie dort eine Antwort finden.

Lange sagen sie beide nichts, stehen nur da. Jeder für sich. Als wären sie nie eins gewesen.

Bernd hatte sich vorgenommen, Katrin etwas vorzuspielen, sie zu belügen. Aber als er ihr Gesicht gesehen hat, ihre Einsamkeit, ihre Sehnsucht, da hat ihn die Kraft verlassen. Da wollte er ihr die Wahrheit sagen. Seine Schuld von sich waschen.

Aber wie ein Geständnis beginnen, ohne alles zu zerstören? Wenn der erste Satz falsch läuft, geht es gleich abwärts. Er braucht Zeit.

»Kati, ich leg mich erst mal hin. Lass uns morgen sprechen. Jetzt bringt's nichts.« Er wendet sich ab, will gehen. Da schneidet ihm ihre Stimme in den Rücken.

»Du brauchst nicht mit mir reden. Ich bin ja nicht blöd.«

Er bleibt stehen.

»War's wenigstens nett?«, fügt sie nach einer kleinen Pause hinzu.

»Kati, es ist nicht, wie du denkst.«

Weiter kommt er nicht. Sie stößt einen Schrei aus, der ihm bis ins Mark fährt, stürzt sich auf ihn und krallt sich an seinen Armen fest. Dann beginnt sie, auf ihn einzuschlagen. Verblüfft über ihre Kraft, vergisst er anfangs, sich zu wehren. Staunend erträgt er die ersten Fausthiebe in sein Gesicht. Dann kommt er zu sich, packt ihre Arme und hält sie von sich ab. Sie tritt nach ihm, versucht, seine

Genitalien zu treffen, stößt mit dem Knie zu und knallt in seine Weichteile. Bernd schreit auf und sackt zusammen, umklammert seinen Kopf mit den Armen, um sich vor weiteren Schlägen zu schützen.

Besinnungslos prügelt Kati weiter auf ihn ein. Es ist die lang angestaute, unsägliche Wut, die sich nun auf Bernds Rücken entlädt. Ein Hass, der sich nicht nur gegen ihn richtet, sondern gegen alles.

Gegen das Leben.

Vor allem aber gegen sich selbst.

21. Kapitel

Später sitzt Katrin wieder am Fenster. Sieht hinaus. Langsam wird es hell.

Sie lauscht dem Klopfen ihres Herzens, dem Rhythmus ihres Atems. Ganz ruhig ist sie jetzt. Hat sich eingeschlossen in sich. Nur ihre Augen lassen ein wenig Licht ins Dunkel. Wie Lichtschächte, die den Glanz des Tages in einen Keller schleusen. Gebündelt in staubbewegten Strahlenspeeren, gefangen in den Gesetzen der Physik.

So fühlt sich das also an, wenn man dabei ist, aufzugeben, stellt sie beinahe verwundert fest. Wenn das Leben draußen an einem vorbeizieht. Und man selbst hat bis auf zwei kleine Öffnungen die Tore geschlossen.

Bernd liegt drüben im Schlafzimmer. Er schnarcht. Sie wundert sich, dass er Schlaf gefunden hat.

Im Haus gegenüber geht das Licht an. So spät ist es also schon, denkt Kati. Wie sich das wohl anfühlen mag, wenn das Leben in geordneten Bahnen verläuft? Wenn man zufrieden ist mit dem, was man hat, und sich dem Einerlei der Routine unterwerfen kann? Ohne Angst vor dem, was kommen mag. Ohne Angst vor den dunklen Wolken und den bösen Blicken.

Bei dem Gedanken an andere Menschen beschleunigt sich ihr Atem. Heiße Spucke sammelt sich in ihrem Mund. Übel ist ihr und kalt. Auf ihrer Stirn steht kalter Schweiß. Jetzt bloß nicht umkippen, denkt Katrin, während sie überlegt, wie sie am besten ins Schlafzimmer gelangt, um sich eine Jacke aus dem Schrank zu holen. Am liebsten würde sie sich ins Bett legen, aber da liegt Bernd und schnarcht. Der hat eine andere geküsst. Zu dem will sie nicht mehr.

Katrin zittert am ganzen Leib, alles dreht sich, und sie muss sich am Fensterbrett festhalten, um nicht vom Stuhl zu fallen. Sie schließt die Augen und wartet, bis der Schwindel vorüberzieht.

Später schleppt sie sich zum Küchenschrank und nimmt noch eine Lithium. Sie kann sich nicht mehr daran erinnern, ob sie schon welche geschluckt hat. Zumindest wirken sie nicht. Dann hat sie es wohl vergessen.

Sie nimmt ihren kleinen Notizblock und einen Stift aus der Schublade. Sie muss darüber Buch führen, wann sie die Tabletten schluckt.

Sie stutzt. Auf der ersten Seite des Blocks steht etwas.

Als sie den Satz liest, weiß sie nicht, wer ihn geschrieben haben könnte. Das ist nicht ihre Schrift. Außerdem hat sie keinen roten Filzschreiber. Bernd schreibt auch anders. Aber außer ihnen beiden war niemand in der Wohnung.

Immer wieder liest Katrin den Satz. Versucht vergeblich, die Nachricht zu entschlüsseln. Sie spürt, wie sich die Härchen auf ihren Armen aufstellen. Jemand war hier und hat das aufgeschrieben. Jemand, der sie beobachtet. Der genau weiß, wann sie die Wohnung verlässt und wann sie zurückkehrt.

Sie hört ein Geräusch hinter sich und schnellt herum. Ganz langsam bewegt sich die Tür. Schließt sich. Als würde sie von einer unsichtbaren Hand gezogen. Kati presst den Notizblock an ihre Brust, ohne die Tür aus den Augen zu lassen. Vielleicht wird sie verrückt, schießt es ihr durch den Kopf. Ist das nicht so, dass Menschen erst Halluzinationen bekommen und dann durchdrehen? Sie muss sich zusammenreißen.

Langsam gleitet Katrin zu Boden, stützt sich links und rechts mit den Händen ab, um nicht zur Seite zu kippen. Wenn sie sich nicht zur Wehr setzt, wird sie vor die Hunde gehen. Von allen Seiten kommen die anderen und zwingen sie dazu, ein Mensch zu werden, der sie gar nicht sein will. Der ihr selbst fremd ist. Und dann werden sie über sie herfallen und sie bei lebendigem Leib in Stücke reißen.

Vielleicht spioniert ihr die Alte deswegen nach. Frau Klammroth, die am Ende des Gangs wohnt. Um zu kontrollieren, ob Katrin sich unterwirft.

Katrin muss sie endlich in ihre Schranken weisen. Dem Hinterherspionieren ein Ende bereiten.

Sie hört ein Geräusch, hebt den Blick. Die Küchentür bewegt sich, gleitet langsam auf. Katrin kann in den Flur sehen. Merkwürdig, denkt sie. Bernd liegt doch noch im Bett, der kann die Tür nicht wieder geöffnet haben.

Dann hört Katrin das Knarzen des Betts, Bernds Schritte, das Quietschen der Badezimmertür. Gewöhnlich lässt er die Tür immer angelehnt. Sie haben nichts voreinander zu verbergen. Heute schließt er sich ein. Sie hört die Klospülung, das Prasseln der Dusche wie von fern. Das geht sie alles nichts mehr an.

Wo das wohl hinführen soll? Ihre Gedanken fliegen durcheinander, und sie hat Mühe, sie zu fassen und zu sortieren. Weil ihr Gehirn wohl nicht stillhalten kann. Es muss immer in Bewegung sein, aber was es ausspuckt, ist chiffriert. Sie hat den Code vergessen, um ihre Gedanken zu entschlüsseln.

Katrin betrachtet ihre Hände. Die sind rot und geschwollen. So sehr hat sie auf Bernd eingeschlagen, dass sie die eigenen Hände am Ende nicht mehr gespürt hat.

Bernd kommt aus dem Badezimmer. Er bleibt im Türrahmen stehen. »Ich geh los.«

Sie möchte antworten: »Wieso? Heute ist doch Samstag.« Aber stattdessen schweigt sie. Betrachtet ihn wie einen Fremden.

»Na dann«, sagt er.

Sie hört, wie er seine Jacke vom Haken nimmt. Die Wohnungstür öffnet und schließt sich. Seine Schritte auf der Treppe, die sich langsam entfernen.

Sie ist allein.

Nach einer Weile geht Katrin ins Bad, zieht sich langsam aus, dreht die Dusche an, kauert sich unter den heißen Strahl. Lange hockt sie da, genießt die Wärme auf der Haut. Dann steht sie auf, schaltet die Dusche aus, nimmt das Handtuch vom Haken und beginnt, sich abzutrocknen.

Zuerst nimmt sie das Geräusch nur am Rande wahr, ohne es zu erfassen. Ein Scharren. Dann hört sie es deutlicher. Drängend. Es ist vor der Tür. Ein Schaben, als würde jemand versuchen, unter dem Türschlitz durchzukriechen.

In der Küche liegt der Notizblock auf dem Boden, darin steht:

Das Mädchen tanzt im Kreis.

In der Hand die Schere, die ist noch ganz heiß.
Vom Blut, vom Blut, rufen die Vögel von den Bäumen.
Aber als es nach oben sieht, hängt da nur noch das Auge.
Aus den Schnäbeln tropft Gedärm.

22. Kapitel

»Ach, halt die Klappe«, murmelt Mel und haut auf den Wecker, dass er in die Ecke fliegt. Augenblicklich ist es still, und sie überlegt, ob er jetzt wohl kaputt ist und wie sie dann in Zukunft wach werden soll.

Sie liegt auf dem Rücken und starrt ins Dunkel. Eine Qual, dieses frühe Aufstehen. Vor allem an einem Montag. Warum hat sie nichts Anständiges gelernt? Dann überlegt sie. Fast alle arbeitenden Menschen stehen um fünf Uhr dreißig auf.

Vielleicht hätte sie was Künstlerisches machen sollen. Künstler können am Morgen bestimmt ausschlafen. Denn wer geht schon um acht Uhr früh ins Theater oder besucht morgens eine Vernissage? Leider ist sie überhaupt nicht künstlerisch veranlagt. Im Zeichenunterricht hatte sie eine Drei – und auch nur, weil die Lehrer ein Auge zugedrückt haben.

Mel atmet tief ein, wirft mit Schwung die Decke zurück und wälzt sich aus dem Bett.

Während sie die Zähne putzt, fällt ihr ein, dass sie früher immer gelacht hat, wenn in die Jahre gekommene Frauen über das Alter lamentierten. Über die Unbeweglichkeit, die Falten, den Verlust der Attraktivität.

»Das ist eben so«, hat sie gesagt. »Damit muss man sich abfinden, man bleibt nicht ewig jung.« Da war sie auch noch nicht Ende vierzig. Da hatte sie leicht lachen. Und dann setzte von einem Tag auf den anderen der Alterungsprozess bei ihr ein. Sie entdeckte die Krähenfüße um ihre Augen ungefähr zur gleichen Zeit wie die »Flügelchen« an ihren Oberarmen. Seitdem zieht sie nichts Kurzärmeliges mehr an. Ihre Knie geben neuerdings Knarzgeräusche von sich, wenn sie Treppen steigt. Das sei nur das Alter, hat ihr Hausarzt ihr am Telefon versichert. Nichts Alarmierendes. Im Alter produziere der Körper nicht mehr genügend Gelenkschmiere. Das Knarzen käme vom Aneinanderreiben der ungeschützten Knorpel. Damit könne sie aber noch einige Jährchen leben.

Während die Kollegen sie früher mit Komplimenten über ihr Aussehen überschüttet haben, zumindest in ihrer Erinnerung, sehen sie jetzt bei ihrem Eintreten kaum von ihren Akten auf.

Sie sitzt auf der Toilette und starrt auf die überquellende Wäschetruhe. Kann eine einzige Frau so viel Wäsche brauchen? Gut, sie zieht sich immer noch gerne schön an, aber wenn sie nicht bald wäscht, hat sie nichts mehr zum Wechseln.

Sie wirft ihren Morgenmantel über, schleppt sich in die Küche, schaltet die Kaffeemaschine ein, füllt Kaffee in den Behälter, gießt Milch in den Topf, stellt Tasse und Zucker bereit und sieht aus dem Fenster. Heute Morgen ist es heller als gestern. Im Haus gegenüber leuchten nur zwei Fenster. Wie zwei Augen, die nicht richtig in ein Gesicht passen. Mel nimmt das Fernglas und lässt ihren Blick über die Hauswand gleiten. Das Licht in der Küche des alten Mannes gegenüber brennt, aber er ist nicht zu sehen. Wahrscheinlich auf der Toilette. Oder er füttert den Hund.

Wobei er seit ihrem Einzug im Frühjahr letzten Jahres um diese Uhrzeit immer dort saß.

Merkwürdig. Sie lässt das Fernglas sinken und wendet sich ab. Eigentlich geht sie das ja nichts an. Sie muss sich fertig machen. Auf dem Weg zum Badezimmer sieht sie den Anrufbeantworter blinken. Sie zögert kurz, dann drückt sie auf die Taste.

»Hallo, liebe Mel, hier ist der Dirk. Kannst du dich bitte mal melden? Ich brauche einen Tipp von dir. Du hast doch immer die besten Ideen. Ich will dich nicht nerven, wirklich, aber ich brauche einen Freund, und mein bester Freund bist du. Tschau, das war der Dirk.«

Mel verharrt einen Augenblick, um das Gehörte zu verdauen. Ach, jetzt ist sie also *der beste Freund*. Der Ratgeber in Krisenzeiten. Jetzt, wo die junge Freundin ihm den Laufpass gegeben hat. Das hat er ihr neulich erzählt.

»Ja, und«, hat sie ihn angeblafft, »soll ich dich jetzt etwa trösten?«

»Du kannst mich mal«, sagt sie zu dem Anrufbeantworter, rauft sich das Haar und geht ins Bad. »Arschloch. Fick dich selbst.«

Aber als sie sich die Hände wäscht, kommen ihr die Tränen. Was ist das für eine verfahrene Situation. Kann er sie nicht einfach in Ruhe lassen? Für sie ist das Thema abgehakt. Das macht man mit ihr nur ein Mal.

Trotzdem fließen die Tränen weiter. Warum musste dieser Idiot alles zerstören.

Mel wäscht sich das Gesicht mit kaltem Wasser und

geht in die Küche. Vom Ofen her qualmt es, und es stinkt nach verbrannter Milch.

»Scheiße.« Sie kratzt die braune Milchkruste vom Herd und beschließt, auf den Kaffee zu verzichten. Sie ist sowieso wieder zu spät dran. Immer gerät ihr alles durcheinander. Das war früher nicht so. Früher hatte sie alles im Griff. Aber seit der Trennung von Dirk ist ihr Leben aus den Fugen geraten.

Sie wirft den Aluschwamm in die Spüle und geht zurück ins Bad, um sich anzuziehen. Was für ein beschissener Tag! Das wird heute nichts mehr, da ist sie sich sicher.

23. Kapitel

Mel sitzt auf ihrem Bürostuhl und betrachtet den riesigen Aktenberg vor sich. Er scheint jeden Tag ein paar Zentimeter zu wachsen, bald kann sie nicht mehr über ihn hinwegsehen. Was natürlich übertrieben ist. Der Stapel reicht ihr im Sitzen bis zur Brust. Sie verschränkt die Arme, dreht sich zum Fenster und schaut hinaus. Herrliches Wetter. Eigentlich müsste man sich in ein Straßencafé setzen und das Gesicht in die Sonne halten. Mel beugt sich ein bisschen vor, um die Bäume auf der anderen Straßenseite besser sehen zu können. Das satte Grün der jungen Blätter rührt etwas in ihr an, tief in ihrem Innern. Vielleicht ein Bild aus Kindertagen. Weit weg, schon lange nicht mehr wahr. Und doch … Warum muss das so sein, dass Erwachsene die Bilder aus der Kindheit verlieren? Geschlossenen Auges durch eine Steinwüste laufen, immer irgendwelchen selbst gesetzten Zielen hinterhereilend, taub für die Stimmen, die zum Einhalt mahnen?

Mel seufzt, schüttelt sich ein bisschen und dreht sich zu ihrem Schreibtisch zurück. Dann nimmt sie ihre Lesebrille aus dem Etui, setzt sie sich auf die Nase und öffnet die erste Akte. Der Überfall auf die Tankstelle vor zwei Monaten, auch noch nicht geklärt. Ein Todesopfer, Familienvater mit drei kleinen Kindern. Zwei vermummte Täter auf der Flucht. Die Beute: ein paar hundert Euro und zwanzig Tafeln Schokolade. Was Menschen einander antun, um an Schokolade zu kommen …

Dabei wollte Mel mal die Welt retten. Die Opfer sühnen, die Bösen bekehren. Inzwischen hat sich Mels Enthusiasmus in nichts aufgelöst. Schlimmer noch. Sie ist abgestumpft. Sonst würde sie die täglichen Bilder und Geschichten gar nicht aushalten.

Seit sie allein ist, fällt es ihr schwer, sich in ihrem Büro wohl zu fühlen, eingepfercht zwischen Aktenstapeln. Dem muffigen Geruch genauso ausgesetzt wie dem braunen Linoleumboden und den Spanholzschränken. Dabei war sie anfangs so stolz auf ihr kleines Refugium. Mel stützt das Kinn in die Hand. Gibt sich ihren Erinnerungen hin. Fünfzehn Jahre ist das jetzt her, dass sie zur Kriminalhauptkommissarin aufgestiegen ist. Zu Beginn ihrer Dienstzeit hat sie sogar Blumentöpfe aufgestellt und Poster an die Wand geklebt. Einen bunten Flickenteppich unter dem Schreibtisch ausgebreitet. Ihre Verschönerungsversuche haben bei den Kollegen nur verständnisloses Lächeln und zynische Bemerkungen hervorgerufen. Aber das war ihr egal. Sie war jung. Und sie war die einzige Kriminalhauptkommissarin weit und breit. Mit dem Neid der Männer in ihrem Umfeld konnte sie gut leben. Im Gegenteil. Sie war stolz darauf, durch Qualität zu provozieren.

Aber seit letztem Jahr würde sie am liebsten ihre Koffer packen und in einem fernen Land von vorn beginnen.

Das Leben zieht an ihr vorüber, und manchmal hat sie das Gefühl, vergessen worden zu sein. Sie sitzt tagein, tagaus in ihrem modrigen Büro, wühlt sich durch Aktenberge und produziert neue, fährt in stinkende Wohnungen, begutachtet Leichen oder das, was von ihnen übrig geblieben ist, findet ab und zu eine verlorene Seele, um sie dem Haftrichter vorzuführen. Aber streng genommen geht es ihr auch nicht viel besser als den Halbtoten und Toten. Wenn ihr morgen jemand den Schädel einschlüge, gäbe es niemanden, der an ihrem Grab stehen und auch nur eine Träne vergießen würde.

Mel lässt die Schultern kreisen. Es knackt. Sie unterdrückt ein Gähnen. Ihr verdammtes Selbstmitleid bringt sie nicht weiter. Heute Abend wird sie nachsehen, ob jemand auf ihre Kontaktanzeige geantwortet hat. Sie hat schließlich nichts mehr zu verlieren.

24. Kapitel

Nachmittags fahren Melanie Fallersleben und Steffen Müller durch Berlin. Ein anonymer Anrufer hat der Polizei einen Hinweis auf eine Frau gegeben, die der Trittbrettfahrerin des gefassten Bombenlegers ähnlich sehen soll – zumindest dem Phantombild nach zu urteilen. Sie wohnt in der Akazienstraße in Schöneberg, ist alleinstehend und arbeitet in einem Callcenter.

»Das ist praktisch«, sagt Herr Müller unvermittelt und deutet im Vorbeifahren auf einen Biosupermarkt an der Hauptstraße. Heute ist er merkwürdig aufgekratzt.

»Was?«, fragt Mel, obwohl sie schon ahnt, was kommt.

»Dass die hier den Discounter geschlossen und stattdessen einen Biosupermarkt eröffnet haben. So können sich die Bewohner hier gesünder ernähren.«

»Wenn sie es sich leisten können«, sagt Mel.

»Das ist in meinen Augen der falsche Ansatz, Chefin. Wenn man bedenkt, wie viel zusätzliche Lebenszeit einem durch gesunde Ernährung geschenkt wird, ist das Geld, das man darin investiert, doch ziemlich gut angelegt.«

»Das stimmt, Herr Müller. Aber wenn ich irgendwann meine Miete nicht mehr bezahlen kann und unter der Brücke schlafen muss, weil ich doppelt so viel für meine Lebenshaltungskosten ausgegeben habe, nützt mir ein längeres Leben nichts.«

»So viel teurer ist das jetzt auch nicht«, wendet Müller ein. Er ist ein bisschen beleidigt. Das merkt Mel daran, wie er auf dem Sitz hin und her ruckelt. Das macht er immer, wenn er nach Argumenten sucht. Als hätte er Ameisen in der Hose.

»Es gibt auch im Biobereich durchaus günstige Produkte«, erklärt er jetzt. »Und bevor ich Krebs bekomme, weil ich Fabriksalami esse, gebe ich lieber einen Euro mehr aus.«

Mel schaut kurz zu ihm hinüber. Dann sagt sie: »Niemand bekommt Krebs, weil er sich ab und zu eine Salamischrippppe gönnt, Herr Müller.« Sie hat den kleinen Seitenhieb schon verstanden.

»Das nicht. Aber Leute, die ab und zu so was essen, essen auch ab und zu bei McDonald's oder Burger King und kaufen sich Tütensuppen. Und das kann auf Dauer nicht gutgehen.«

Mel atmet tief durch. Sie muss sich beherrschen. »Ich esse nie in solchen Läden.«

»Nein, Sie essen gar nichts. Das ist noch schlimmer.«

»Herr Müller, finden Sie nicht, dass es meine Privatangelegenheit ist, was ich esse und was nicht? Und ob überhaupt?«

Müller hebt kurz die Hände vom Lenkrad und lässt sie dann resigniert sinken. »Ja, klar. Ich bin der Letzte, der Ihnen da reinredet. Ich habe nur sagen wollen: Ich finde es praktisch, dass jetzt auch hier in Schöneberg, also direkt im Zentrum sozusagen, ein Bioladen aufgemacht hat, wo es sonst nur Billigläden und türkische Obst- und Gemüsegeschäfte gibt. Und wo die ihr Obst und Gemüse herkriegen, ist doch völlig nebulös.«

»Im Zweifel aus der Türkei, Herr Müller. Wo fahren Sie eigentlich hin?«

»In die Akazienstraße, denke ich.«

»An der sind wir gerade vorbei.«

»Oh, ist mir gar nicht aufgefallen. Das ging aber schnell.«

Mel verdreht die Augen. Vielleicht sollte sie doch wieder mit dem Autofahren anfangen. Aber sie hasst es. Es hat ihr noch nie Spaß gemacht. Im Gegenteil, es stresst sie nur, und sie ist froh, wenn sie einen Chauffeur findet.

Nachdem sie etliche Zeit damit verbracht haben, eine der hauptstadtüblichen Baustellen zu umfahren, erreichen sie endlich das gesuchte Haus.

Es ist eingerüstet, und die Eingangstür steht offen. Ohrenbetäubender Lärm schlägt den beiden Ermittlern entgegen. Im Treppenhaus stoßen sie auf einen Handwerker, der, auf einer Leiter balancierend, ein Loch in die Wand bohrt. Steffen Müller hält ihm seinen Ausweis unter die Nase und sagt etwas, das im Kreischen des Bohrers untergeht. Der Handwerker schwankt und verliert fast das Gleichgewicht.

»Was?«

Steffen Müller zeigt ungeduldig auf das Gerät, und der Handwerker schaltet endlich aus. Wohltuende Stille breitet sich aus.

»Ob Sie eine Frau Lutschenko kennen.«

»Nee.«

Der Handwerker schnauft und steigt von der Leiter, klappt sie zusammen und trägt sie in die Ecke. Mel kann sich ein »Vielen Dank auch, sehr freundlich« nicht verkneifen.

Da kommt er zu ihnen zurück, baut sich vor Mel auf.

»Passen Sie mal auf, junge Frau, ich wohne hier nicht, ja? Ich arbeite hier nur, und deswegen kann ich nicht alle kennen, die hier wohnen, ja?«

»Das kann man auch freundlich sagen.«

Er tippt sich an die Stirn. »Hier drin is aber alles klar, ja?«

Damit wendet er sich ab und geht nach draußen.

»Arschloch«, entfährt es Mel.

Steffen Müller duckt sich weg und steuert die Treppe an. Die Chefin hat heute keinen guten Tag, das ist ihm gleich aufgefallen, als er in ihr Büro kam und vergessen hatte, vorher anzuklopfen. Himmel, hat das einen Anschiss gegeben. Als würde die Welt untergehen, wenn er mal nicht anklopft an ihrem piefigen Büro.

Aber jetzt dreht er sich ein bisschen zu ihr um und verdreht die Augen in gespieltem Einvernehmen.

»Leute gibt's, oder? Grauenhaft.« Weiter kommt Steffen nicht, denn in dem Moment muss er einer Person ausweichen, die ihm auf der engen Treppe entgegenkommt. Fast prallen sie aufeinander; hier ist es ziemlich duster, die wenigen Fenster sind mit Plastikfolie verklebt.

»Ups«, entfährt es ihm, er stolpert und fängt sich gerade noch am Treppengeländer. Hinter ihm klingelt ein Handy, da ist die Gestalt schon vorbei. Er dreht sich um und sieht Mel, die in ihrer Tasche nach dem Telefon sucht. Den Kopf hält sie gesenkt, deswegen nimmt sie die vorbeieilende Person nicht wahr.

Während Steffen ihr hinterherguckt, schießt ihm ein Bild

durch den Kopf. Eine Frau auf der Flucht, gedrungener Körper, kaftanähnlicher schwarzer Umhang, schwarzes, zotteliges Haar ... Bis auf die Haare stimmt die Beschreibung. Die Haare dieser Frau sind zu einem kleinen Knoten zusammengefasst und hellbraun. Trotzdem ...

»Chefin?« Er kommt ein paar Stufen herunter. Auf Mel zu, die ihr Telefon gefunden hat und den Ton ausschaltet. Sie schaut ungehalten zu ihm hoch, und er zuckt etwas zurück. Was hat er denn jetzt wieder angestellt? Er bleibt stehen.

»Was?« Mehr Knurren als Frage. Sie steckt ihr Handy ein. Wahrscheinlich wieder ihr Ex, das kennt Steffen schon. Auf den ist sie nicht gut zu sprechen.

»Die Frau da eben ...« Er weiß nicht weiter.

»Welche Frau?«

»Die gerade an uns vorbeigelaufen ist.«

Mel hat keine Frau gesehen, aber das kann sie natürlich nicht zugeben. »Ja, was ist mit der?«

»Das war sie.«

»Wer?«

Heute ist sie eindeutig in Bestform.

»Die vom Phantombild, Chefin. Die Frau, die wir suchen.«

Mel denkt »Scheiße« und sagt: »Noch lange kein Grund, hier rumzuschreien, Herr Müller. Na los, kommen Sie schon.«

Gemeinsam rennen sie die Stufen hinunter und aus dem Haus. Spähen nach links, nach rechts und sehen gerade noch, wie ein Schatten hinter der nächsten Häuserecke verschwindet.

25. Kapitel

»Wo steckt Frau Minkus eigentlich?«

Michael Stüve steht in der Tür.

»Weiß ich nicht. Vielleicht ist sie krank.«

»Hat sie angerufen?«

»Nein.«

»Dann versuchen Sie mal, sie zu erreichen. Die kann doch nicht einfach wegbleiben.«

Er zieht seine Jacke aus und hängt sie an den Haken.

»Okay«, sagt Moni und reißt die Folie von der Palette. Dann fängt sie an, Waschpulver ins Regal einzuräumen.

»Na los«, sagt Stüve und tritt hinter sie.

»Ich wollte nur noch das Regal fertig einräumen.«

»Was Sie wollten, interessiert mich nicht. Wenn ich sage: ›Rufen Sie die Minkus an!‹, dann machen Sie das, und zwar zackig.«

»Ja, ja«, murmelt Moni, richtet sich auf und geht in die Garderobe. Der ist ja wieder super drauf. Kotzbrocken. Und stinkt wie ein Aschenbecher.

Sie nimmt das Handy aus ihrem Schließfach und wählt Katis Nummer. Niemand nimmt ab. Also hinterlässt sie eine Nachricht auf dem Anrufbeantworter.

»Und?«, bellt Stüve, als Moni in den Verkaufsraum zurückkommt. Er hält sein Klemmbrett vor der Brust wie eine Auszeichnung.

»Nicht da.«

»Was soll das heißen: ›nicht da‹?«

»›Nicht da‹ heißt ›nicht da‹. Sie geht jedenfalls nicht ans Telefon.«

»Das wird Konsequenzen haben.« Stüve stößt Luft durch die Zähne und schaut auf das Regal mit den Deodorants.

»Na ja, es kann ja was passiert sein.« Moni nimmt Katrin meistens in Schutz. Sie findet sie ganz okay, auch wenn Katrin sich manchmal benimmt, als wäre sie nicht ganz richtig im Kopf. Dann kann man auf sie einreden, wie man will, sie reagiert nicht. Macht die Schotten dicht und ist nicht mehr ansprechbar. Moni vermutet, dass Kati dann an ihr totes Kind denkt. Ist ja auch nicht einfach, so was zu überwinden. Moni hat drei kleine Bälger zu Hause, und obwohl die oft nerven und einem die Haare vom Kopf fressen, würde sie durchdrehen, wenn einem von ihnen etwas zustoßen würde. Kinder sind etwas ganz Besonderes, das kann man mit Geld gar nicht aufwiegen, sagt sie immer zu ihrem Freund, wenn der wieder meckert. Der versteht das nicht. Männer sind eben anders. Das muss man akzeptieren als Frau.

Moni kniet sich wieder vor das Regal und will weiter einräumen, als Stüve erneut hinter ihr steht. »Sehen Sie mal zur Kasse. Fällt Ihnen was auf?«

Moni hebt den Blick. Sie war gerade wirklich ganz woanders.

»Da steht Kundschaft. Seit geschlagenen zwei Minuten«, fährt Michael Stüve fort.

»Ja, ja«, sagt sie und trollt sich.

»Und dass Sie mir das hier nachher aufräumen, ja?« Herr

Stüve betrachtet das Chaos zu seinen Füßen. Wie oft hat er seinen Angestellten schon gesagt, dass sie die Folie sofort entsorgen müssen, wenn sie sie von den Kartons geschnitten haben. Sieht aus wie eine Müllhalde, man kommt gar nicht mehr durch, wenn man an die Damenbinden will.

»Saustall.« Michael Stüve zieht seine Zigaretten aus der Brusttasche seines Polohemds. Erst mal eine rauchen. Er durchquert den Laden, den Aufenthaltsraum und öffnet die Tür zum Innenhof. Der liegt im Schatten, und es ist kalt. Trotzdem lehnt er sich an die Hauswand und zündet seine Zigarette an. Inhaliert tief. Diese Woche sieht er seine Kinder. Donnerstags darf er sie von der Schule abholen und zum Ballett fahren. Mehr Zeit verbringt er nicht mit ihnen. Seine Frau hat bei der Scheidung durchgesetzt, dass er seine Töchter nicht öfter sehen darf. Er habe ihnen schon während der Ehe nachgestellt und sie sexuell belästigt, war ihr Vorwurf. Stüve schüttelt den Kopf, während er den Rauch ausbläst. Alles kann man ihm nachsagen. Er ist kein Kind von Traurigkeit, manchmal reißt ihm auch der Geduldsfaden, das gibt er gern zu. Und seiner Frau hat er schon mal eine gelangt, wenn ihm ihr Gezanke zu viel wurde. Aber dass er sich an seine Töchter rangemacht haben soll, trifft ihn. Das wäre das Letzte, was ihm einfallen würde. Niemals würde er ihnen ein Haar krümmen. Sie sind sein ganzer Stolz. Aber auf diese Art konnte ihm seine Ex noch mal richtig eins auswischen. Und das alles nur, weil er ab und zu Spaß mit anderen Frauen gehabt hatte.

Der ist ihm nach der Trennung jedenfalls vergangen.

26. Kapitel

Der Widerwille ist der Frau ins Gesicht geschrieben, als Steffen Müller ihr einen Stuhl hinschiebt.

»Wozu soll ich mich setzen?«

»Das ist bequemer für Sie, eventuell wird die Befragung etwas länger dauern«, erklärt Mel, lehnt sich in ihrem Stuhl zurück und verschränkt die Arme.

»Ich habe nicht vor, länger hierzubleiben«, antwortet die Frau. Sie lächelt und entblößt dabei schlechte Zähne.

»Was Sie vorhaben, interessiert mich nicht, Frau Lutschenko. Also setzen Sie sich endlich, damit wir anfangen können.«

»Anfangen womit?«

»Mit der Befragung, Frau Lutschenko. Deshalb sind Sie hier.«

»Fragen Sie doch einfach.«

»Erst wenn Sie sitzen.«

»Ich steh lieber.«

Mel haut mit der Hand auf den Tisch. Langsam reicht es ihr. Seit ihrer vorläufigen Festnahme vor über zwei Stunden hat Frau Lutschenko kein Wort gesagt, nur blöde vor sich hin gegrinst. Und jetzt führt sie sich plötzlich auf wie die Prinzessin auf der Erbse? Mel reißt das Fenster auf. Sie braucht frische Luft.

Endlich setzt sich Frau Lutschenko. Mit ihren dicken Händen stützt sie sich auf der Tischplatte ab und plumpst mit einem Seufzer auf den Stuhl. Einen Moment lang starrt sie auf den Boden, als hätte sie etwas verloren, dann hebt sie den Blick wieder, sieht Mel aus triefenden Augen an und grinst.

»Also, schießen Sie los.«

Ihr Gesicht ist weiß und talgig. Das Kinn geht übergangslos in die Brust über, bei der kleinsten Bewegung vibriert die Fettschicht unter der Haut, als stünde sie unter Strom.

Irgendwie fehlt der Hals, denkt Mel.

»Wir würden gern von Ihnen wissen, wo Sie an den Nachmittagen des achten, fünfzehnten, zweiundzwanzigsten und neunundzwanzigsten Mai waren.«

»Woher soll ich das wissen?«

»Indem Sie nachdenken«, schaltet sich Müller ein und gesellt sich zu Mel ans offene Fenster.

»Ist zu lang her.«

»Haben Sie an den Tagen eventuell gearbeitet?«

»Weiß ich nicht.«

»Dann rufen wir mal Ihren Arbeitgeber an und fragen nach. Wer ist das noch mal?«

Mel greift zum Telefon.

»Hab gewechselt.«

»Was meinen Sie damit?«

»Hab die Arbeit gewechselt.«

»Wann?«

»Weiß ich nicht.«

»Und wo arbeiten Sie zurzeit?« Jetzt ist Steffen Müller an der Reihe. Er geht mit entschlossenem Gesichtsausdruck einen Schritt auf Frau Lutschenko zu und stützt die Hände in die Seiten.

Als sie nicht antwortet, bricht es kurz aus ihm heraus. »Ich hab Sie was gefragt, also antworten Sie gefälligst, ich will hier nicht übernachten!«

Er atmet tief ein und aus, dann schaut er zu Mel hinüber. Sein junges Gesicht zeigt Anzeichen aufkeimender Verzweiflung.

»Lassen Sie mal, Herr Müller. Wenn Frau Lutschenko nicht reden will, geben wir ihr ein Zimmer und reden morgen weiter.«

Damit winkt Mel dem Polizisten zu, der auf der anderen Seite der Glasscheibe steht und Wache schiebt. Er öffnet die Tür, streckt den Kopf herein.

»Leisten Sie Frau Lutschenko doch bitte Gesellschaft, bis ich ihr eine Übernachtungsmöglichkeit organisiert habe.«

Frau Lutschenko stößt einen pfeifenden Ton aus und erhebt sich überraschend schnell.

»Was denn? Was ist denn jetzt los?«

»Wir nehmen Sie vorläufig in Untersuchungshaft, Frau Lutschenko. Vielleicht können Sie sich morgen besser an Ihren Arbeitgeber erinnern.«

»Ich hab das alles zu Hause aufgeschrieben. Da müsste ich nur eben hin. Wie soll ich mir das denn alles merken?«

»Gut, Frau Lutschenko. Wir begleiten Sie jetzt nach Hause, und Sie suchen Ihren Kalender. Dann sehen wir weiter.« Mel sieht zu Steffen Müller rüber, der immer noch an der gleichen Stelle steht. Nur die Hände hat er mittlerweile in den Hosentaschen versenkt.

»Herr Müller?«

Er schreckt auf.

»Äh, ja?«

»Kommen Sie dann bitte mit?«

»Natürlich. Ich muss nur rasch daheim anrufen, dass ich heute nicht zum Essen komme.«

Mel hebt die Augenbrauen. »Tja, tut mir leid, dass ich Ihre Feierabendpläne durchkreuze.«

»Dienst ist Dienst, Chefin.«

»Das sehe ich genauso.«

Steffen stockt kurz und schaut zu ihr herüber. In letzter Zeit ist Kommissarin Fallersleben wirklich nicht ganz ausbalanciert. Er würde ja mal mit ihr darüber sprechen, aber sie lässt ihn nicht an sich ran. In Pankow gibt es einen super Qigong-Kurs. Da ist Helmut auch mal hingegangen, als er sich ausgebrannt fühlte. Das wird er seiner Chefin bei Gelegenheit nahelegen. Aber heute ist sie eindeutig zu aufgewühlt für ernsthafte Themen.

27. Kapitel

»Wollen wir noch was zusammen trinken?«

Sie haben Feierabend. Lissa steht vor Bernd im Flur und nestelt am Reißverschluss ihrer Tasche herum. Sie schaut von unten zu ihm hoch. Als sich ihre Blicke treffen, durchzuckt es ihn.

Das ganze Wochenende hat er bei ihr in der Wohnung verbracht. Er hatte einfach keine Lust darauf, nach Katis Anfall wieder nach Hause zu gehen. So schlimm war es noch nie.

Irgendwann ist es genug. Langsam muss er sie mal in ihre Schranken weisen und ihr einen Dämpfer versetzen.

»Ich kann nicht. Ich muss heim«, sagt er deshalb und bereut es im nächsten Moment, als er in ihre riesengroßen graugrünen Augen sieht.

Lissa antwortet nicht, sieht nur von unten zu ihm hoch. Sie ist kleiner als er, und wenn sie neben ihm steht, wirkt sie schutzbedürftig. Ganz anders, als sie im Bett ist. Eine kleine Wildkatze. Er musste sie zähmen in der ersten Nacht, sie war gar nicht zu bremsen. Das hat ihm gefallen. Endlich mal wieder Mann sein.

Er wartet, da ein paar Kollegen vorbeikommen. Als sie wieder alleine sind, fährt er ihr sacht mit dem Zeigefinger über die Nase.

»Tut mir leid, Lissa. Geht nicht anders.«

Sie lächelt breit, fast schelmisch, legt den Kopf schief und sagt: »Ist schon klar, kein Problem, Bernd.«

Sie will an ihm vorbei, aber er stellt sich ihr in den Weg. Von hinten kommen schon wieder Leute.

»Vielleicht morgen?«, platzt es aus ihm heraus.

»Da kann ich nicht, da hab ich schon was vor.«

Am liebsten würde er fragen, was das denn sei, denn in Gedanken sieht er sie im Bett mit einem anderen. »Wann dann?«, fragt er stattdessen.

»Weiß nicht, mach dir keinen Stress, hast ja meine Nummer.«

Und schon ist sie an ihm vorbei. Bernd dreht sich um, sieht ihr nach, sieht ihren prallen Hintern, ihre wiegenden Hüften.

»Hey!«, ruft er ihr nach. Sie dreht sich kurz zu ihm um und wirft ihm eine Kusshand zu. Dann ist sie auch schon um die Ecke gebogen.

Bernd streicht sich mit der Hand übers Kinn. Es kratzt. Er hat heute vergessen, sich zu rasieren.

Er geht Richtung Treppenhaus. Er hat überhaupt keine Lust auf zu Hause. Eigentlich hätte er ruhig noch einen mit Lissa trinken gehen können. Als er aus dem Gebäude tritt, sieht er gerade noch, wie sie in den Bus steigt. Dann ist sie weg.

War ein schönes Wochenende. Vielen Dank.

28. Kapitel

Die Wohnung ist dunkel und zu warm, und es riecht nach Katzenpisse. Oder kaputter Klospülung. Mel hält sich die Hand vor die Nase und tastet sich durch den engen Flur. Links und rechts an den Wänden sind Regale angebracht, auf denen sich Kisten stapeln. An der Vorderseite der Kisten kleben beschriftete Zettelchen. Mel sucht in ihrer Tasche nach der Brille. Wie lästig. Dann liest sie: Kerzen, Haartrockner, Spielzeug, Unterwäsche, Kleber, Pfannen, Einweckgläser, Konservendosen, Lampenschirme, Plastiktüten … Sie ist so vertieft in die Aufschriften, dass sie die Koffer zu ihren Füßen erst bemerkt, als sie mit dem Fuß dagegenstößt und beinahe stolpert. Sie bückt sich und kneift die Augen zusammen, um in der Dunkelheit etwas erkennen zu können. Fünf sind es. Sorgfältig unter einer Decke verstaut und unter dem Regal auf dem Boden aufgereiht.

In der Tür zum Wohnzimmer bleibt sie stehen und versucht, sich zu orientieren. Überall Kisten und Kartons, beschriftete Zettelchen, bunte Pfeile, Zahlen. Auf dem Boden Kleidungsstücke, Schuhe, Altpapier. Weiter hinten erkennt Mel ein zugehängtes Fenster. Reißzwecken halten den vergilbten Stoff an der Wand. Kein Lichtstrahl, kein Laut von draußen dringt in dieses Loch.

Mel folgt dem schmalen Pfad, schlängelt sich am Fenster vorbei und steht in der Tür zu einem Schlafzimmer. Zumindest vermutet sie das, denn zwischen den Kistenbergen blitzt die Ecke eines Bettgestells hervor. Irgendwo dahinter vernimmt sie Müllers Stimme. Er spricht sehr leise, und doch kann sie jedes Wort verstehen, so überdeutlich betont er jede Silbe. Als spräche er zu einem ungezogenen Kind.

»Sehen Sie noch mal in Ruhe nach, Frau Lutschenko. Wir haben Zeit. Wenn Sie es darauf anlegen, bleiben wir gern die ganze Nacht hier und helfen Ihnen beim Suchen.«

»Herr Müller?«

Mel stellt sich auf die Zehenspitzen, versucht, über die Kisten hinweg einen Blick auf ihren Kollegen zu erhaschen.

»Ja?« Seine Augen erscheinen über einem Kartonberg.

»Sie braucht nicht länger zu suchen. Ich hab was gefunden.«

»Was denn?« Steffen Müller steigt über das Bettgestell und kommt auf Mel zu. Hinter ihm erscheint Frau Lutschenko. Schweiß fließt ihr in Bächen übers Gesicht. Sie glänzt wie eine Speckschwarte. Mel wünscht sich in dem Moment, sie würde in ihrer Ecke bleiben. Aber da rollt sie schon heran.

»Was ist?«

Mel wendet sich ab, zwängt sich zum Flur zurück.

»Hier.« Sie zeigt auf die Koffer zu ihren Füßen. Steffen Müller kann wegen der schlechten Lichtverhältnisse nichts erkennen.

»Was ist da?«

»Sind Sie blind, Herr Müller?«

»Fast, zugegebenermaßen.« Steffen hüstelt verlegen, dann bückt er sich.

»Ah!« Er kommt wieder hoch, lächelt vielsagend und zwinkert. »Verstehe!«

»Wurde auch Zeit.«

Mel wendet sich ab und geht Richtung Eingangstür. Sie klopft kurz ans Holz, tritt nach draußen ins Treppenhaus und winkt Klingler von der Streife heran.

»Herr Klingler, kümmern Sie sich doch bitte um Frau Lutschenko. Sie kommt erst mal mit.«

»Alles klar.« Und bevor Frau Lutschenko begreift, wie ihr geschieht, zieht er sie schon zur Treppe.

Eine Weile hallt ihr Zetern noch durch den Treppenschacht, dann kracht die Außentür ins Schloss. Zurück bleiben Melanie Fallersleben und Steffen Müller. Sie treten auf den Treppenabsatz.

Mel dreht sich um und schließt die Tür.

»Die müssen wir heute noch durchsuchen und versiegeln lassen, Herr Müller. Kümmern Sie sich darum? Schönen Feierabend.«

»Wieso, ich dachte …«, fragt Müller.

»Mir reicht's für heute, ich muss an die Luft.«

29. Kapitel

Bernd riecht das Essen schon im Treppenhaus. Kohlrouladen. Sein Lieblingsgericht. Also ist Kati wieder zu Hause. Oder noch. Vor der Wohnungstür zögert er, starrt auf die Holzmaserung und spielt mit seinem Schlüssel. Immer wieder gleitet sein Daumen über die Metallzähne, so lange, bis die aufgeraute Haut weh tut und ihn wieder zu sich bringt. Er will da nicht rein. Irgendetwas macht ihm Angst, er kann es nur nicht benennen. Etwas lauert da drin.

Er atmet tief durch und schüttelt den Kopf. Dann lehnt er die Stirn an den Türrahmen. So ein Quatsch. Was soll da schon lauern? Kati ist seine Frau, und auch wenn sie sich in den letzten Monaten komisch benimmt, ist das noch lange kein Grund, auf der Straße zu schlafen.

Aber er macht keine Anstalten, die Tür zu öffnen. Katis Anspannung überträgt sich schon im Treppenhaus auf ihn. Wie eine dunkle Wolke. Er hat das Gefühl, ständig den Kopf einziehen zu müssen, wenn sie ihn ansieht. Immer glaubt er, etwas falsch gemacht zu haben.

Und plötzlich weiß er, was ihn so verunsichert, was den kalten Schauer verursacht, wenn er an sie denkt. Es sind ihre Augen. Das Starre in ihrem Blick. Als sähe sie gar nicht ihn. Sondern etwas anderes, das nichts mit ihm zu tun hat.

Er schluckt. Hebt den Kopf und sieht an die Decke. Seine Augen brennen, füllen sich mit Tränen. Das ist schon das zweite Mal innerhalb kürzester Zeit. Jammerlappen! Mit dem Ärmel wischt er sich übers Gesicht, schnieft einmal laut auf und starrt wieder auf die Wohnungstür, während er weitergrübelt.

Als Kati am Freitag auf ihn eingeschlagen hat, war in ihrem Blick eine Kälte, die ihm Angst gemacht hat. Als sei sie nicht mehr sie selbst.

Diesen Blick hat er das erste Mal nach der Fehlgeburt an ihr gesehen. Tagelang lag sie auf ihrem Bett und rührte sich nicht. Starrte nur die Decke an und durch Bernd hindurch. Er kam nicht mehr an sie ran.

Eines Abends, als er nach Hause kam, sah die Wohnung aus wie ein Schlachtfeld. Überall Scherben, die Schränke aufgerissen, Klamotten auf dem Boden verstreut. Er erschrak bis ins Mark, dachte zuerst an einen Überfall. Rufend lief er durch die Wohnung, bis er sie im Badezimmer entdeckte. Sie hatte Tabletten geschluckt und lag in ihrem Erbrochenen. Danach kam sie in die Geschlossene. Vier Wochen lang.

Ihrem Arzt erzählte sie von den Augen, die ständig über sie wachten. Manchmal seien da auch Stimmen, aber da sei sie nicht sicher, ob die vielleicht aus den Wänden kämen. Also von den Menschen, die um sie herum wohnten.

Eingestellt auf starke Medikamente und erst nach der schriftlichen Einwilligung, dass sie sich einer Therapie unterziehen werde, entließ man sie. Anfangs schien sich ihre Gemütslage zu bessern. Sie kochte wieder für ihn und sah abends mit ihm fern. Auch Freunde konnten sie treffen, ohne dass sie großes Theater machte. Aber dann begann sie wieder zu arbeiten und brach die Therapie ab.

Und obwohl sie steif und fest behauptet, sie brauche

keine idiotische Psychoanalyse, sie schaffe das allein, ist Bernd klar, dass das nicht stimmt. Sie braucht Hilfe.

Er strafft sich, atmet einmal kräftig durch und steckt den Schlüssel ins Schloss.

Die Wohnung ist hell erleuchtet. Jede Lampe brennt, und er ärgert sich ein bisschen über die Verschwendung. Noch in der Jacke betritt er die Küche. Kati steht am Fenster und schaut hinaus. Als sie sich umdreht, bemerkt er den Verband an ihrer linken Hand.

»Hast du dich verletzt?«

Sie hebt den Arm und schaut auf den Verband, als sähe sie ihn zum ersten Mal. »Ach ja, stimmt.«

»Was ist denn passiert?«

Aus dem Augenwinkel sieht er den gedeckten Tisch. Eine Kerze brennt.

»Nicht so wichtig.«

Sie beobachtet ihn, wie er da mitten im Raum steht und nicht weiterweiß.

Langsam geht sie auf ihn zu, will seinen Ärmel greifen. Aber er wendet sich ab.

»Lass mal.«

Sie folgt ihm in den Flur, beobachtet, wie er den Anorak auszieht, sich die Schuhe aufbindet.

Er hebt seinen Blick, schaut ihr von unten in die Augen.

»Was ist?«

»Ich hab für dich gekocht.«

»Ja, hab ich gesehen.«

»Hast du Hunger?«

»Klar.«

Er richtet sich auf und geht an ihr vorbei in die Küche, öffnet den Kühlschrank und holt sich ein Bier. Dann setzt er sich auf seinen Stuhl an den Tisch.

Kati holt das Essen aus dem Ofen und füllt seinen Teller. Sie stellt den Topf zurück, schließt die Klappe und setzt sich ihm gegenüber.

»Isst du nichts?«

»Hab keinen Hunger.«

Er sieht ihre magere Hand neben ihrem Teller, die blauen Adern wie Flüsse auf einer Landkarte. Ihre Wangen sind eingefallen, die Augen liegen in tiefen Höhlen.

Er rührt sein Essen nicht an, betrachtet sie lange. Schweigt.

»Willst du nicht essen?« Sie rutscht unruhig auf ihrem Stuhl herum.

»Nein. Ich hab auch keinen Hunger.«

Er schiebt den Teller von sich.

»Ich hab das extra für dich gekocht«, sagt sie wieder.

»Ich hab trotzdem keinen Hunger.«

Wie ihn das ankotzt, dass sie ihm ständig beim Essen zuschaut. Abgemagert bis auf die Knochen. Richtig schlecht fühlt er sich dabei, wenn er sich den Bauch vollschlägt und ihren ausgezehrten Blick auf sich spürt.

Lange schweigen sie. Durch das geöffnete Fenster hört er Vogelzwitschern, Tellerklappern, Stimmen. Es klingt anders als sonst. Als gehöre es nicht hierher.

Nichts ist mehr, wie es war.

»Das mit letzter Woche tut mir leid«, sagt sie plötzlich.

»Was genau?«

»Na, dass ich dich geschlagen hab. Das wollte ich nicht.«
»Ist egal, Kati.«

Er steht auf. Geht in den Flur, um sich eine Zigarette aus der Jackentasche zu holen. Schon steht sie wieder hinter ihm.

»Ich brauch dich, Bernd. Ich kann das nicht allein.«

Er dreht sich um, schaut ihr in die Augen, dann auf die Flamme seines Feuerzeugs. Zieht lang an der Zigarette, inhaliert den Rauch tief und bläst ihn über sie hinweg.

»Ich weiß.«

»Es tut mir so leid«, wiederholt sie. Sie umarmt ihn, presst den Kopf an seine Schulter. Unwillkürlich muss er an Lissa denken, die sich auf Zehenspitzen stellen muss, um ihn zu küssen.

»Lass mal«, wiegelt er ab und schiebt Kati sanft von sich. »So geht das nicht. Ich muss das erst mal verdauen mit neulich.«

Sie sieht ihn an. »Was musst du verdauen?«

»Deine Prügelei vielleicht?«

»Ich hab mich ja entschuldigt.«

»Nein, Kati, das reicht nicht. Irgendwas stimmt nicht mit dir.«

Sie hebt die Augenbrauen. »Ach ja?«

»Komm, wir setzen uns zusammen und reden.«

Er zieht sie ins Wohnzimmer. Sie lässt es geschehen, sackt in einen Sessel und starrt auf ihre Füße.

»Schau mal«, beginnt er nach einer Weile, »das ist doch nicht normal, dass du so auf mich eindrischst.«

»Was meinst du damit?«

»Ich meine damit, dass ...« Er weiß nicht mehr weiter, zieht wieder an seiner Zigarette und sieht dem Rauch nach, den er ausstößt.

»Wo warst du am Wochenende?«

Die Frage kommt überraschend, obwohl er sie erwartet hat.

Langsam hebt er den Blick. Sieht ihr in die Augen. Schweigt.

Nickt langsam.

»Ja.« Mehr sagt er nicht.

Zuerst reagiert sie nicht. Sieht an ihm vorbei, als wäre er gar nicht da. Dann verzieht sich ihr Mund zu einem Lächeln. Sie hält sich eine Hand vor den Mund, dreht den Kopf zur Seite, kichert leise.

Als er sich vorbeugt, um ihre Hand zu nehmen, sieht er den Glanz in ihren Augen, dann Tränen, die ihr übers Gesicht fließen. Wie ein Sturzbach.

»Ach Kati ...«

Sie schlägt seinen Arm beiseite. »Fass mich nicht an, du Schwein.«

»Kati, lass uns doch reden, bitte.« Wieder greift er nach ihrer Hand.

Sie schlägt nach ihm, springt auf, rennt ins Badezimmer und schließt sich ein.

Wie von fern hört er ihr Schluchzen, ihre erstickten Schreie. Aber es lässt ihn kalt. Irgendetwas tief in seinem Innern hat seine Gefühle für sie ausgeblendet. Er wundert sich selbst über seine Gleichgültigkeit. Aber es ist auch ein gutes Gefühl. Er fühlt sich beinahe befreit.

Er steht auf, geht in die Küche und holt sich ein neues Bier. Kehrt ins Wohnzimmer zurück, setzt sich und liest die Beschriftung auf der Bierdose. Ohne vom Bier zu trinken. »Sönneberger Pils«. Immer wieder liest er das, konzentriert sich auf jeden einzelnen Buchstaben, als hätte er den Namen noch nie gehört. So blendet er Katis Schreie aus.

Nach dem dritten Bier ist es still im Bad. Er nimmt seine Jacke vom Haken und öffnet die Wohnungstür. Es ist ihm gleichgültig, was jetzt passieren mag. Fast verwundert nimmt er diesen Zustand wahr. Er betrachtet sich wie von außen. In seinem Herzen herrscht Leere.

30. Kapitel

Mann um die fünfzig sucht Frau in annähernd gleichem Alter, um dem Leben noch ein bisschen Spaß abzutrotzen. Keine Theaterbesuche, kein Kino, keine Konzerte, keine Wanderungen, kein vegetarisches Essen, gern ein Glas Wein ab und zu; Nichtraucher, ganz gut in Form, aber keine Veranlagung zu Leistungssport, nicht unbedingt hässlich, aber Brillenträger. Kurz: (leider) unverbesserlicher Realist sucht eine Frau mit ähnlichen »Hobbys«. Gern auch mit Brille.

Mel lehnt sich in ihrem Stuhl zurück und fährt sich durchs Haar. Das ging ja schnell. Eigentlich hatte sie nach ihrer hingefetzten Annonce nicht wirklich mit einer Antwort gerechnet.

Wieder und wieder liest sie die Zeilen. Was soll sie jetzt machen? Gleich antworten? Ein paar Tage verstreichen lassen? Und was soll sie überhaupt schreiben? Dass sie ihn sehen möchte? Nein, das wäre ja die Wahrheit. Frauen sind nur dann interessant, wenn sie ihre Sehnsüchte verschleiern. Also nicht antworten. Aber damit käme sie auch nicht weiter.

Mel nimmt ihre Brille ab und dreht das Gestell zwischen den Fingern, während sie nachdenkt. Wenn sie nicht antwortet, wird sie ihn nie zu Gesicht bekommen und verschwendet womöglich ihre Gedanken an einen knochigen alten Tattergreis, der es noch mal wissen will. Sie versucht, ihn sich vorzustellen. Nein, die Mail klingt anders. Sie klingt aufrichtig und ein bisschen selbstironisch. Ziemlich sympathisch. Trotzdem … gleich zu antworten ist unklug. Besser, sie lässt ihn ein bisschen schmoren. Sie kann ja so tun, als komme sie mit dem Beantworten der unzähligen Anfragen gar nicht mehr nach. Muss ja keiner wissen, dass sie nur diese eine Antwort auf ihre Anzeige erhalten hat.

Mel schaltet den Computer aus, als das Telefon klingelt. Auf dem Display steht »Anonym«. Das ist typisch für Dirk, dass er denkt, sie erkennt ihn nicht, wenn er seine Nummer nicht preisgibt. Wer soll sonst schon um Mitternacht anrufen? Sie nimmt den Anruf entgegen. Vielleicht muss sie ihm endgültig klarmachen, dass seine Anrufe nichts ändern werden.

»Ja?«

Am anderen Ende ist es still.

»Hallo?«

Ein leises Knistern in der Leitung.

»Hallo?«

Täuscht sie sich, oder hört sie jemanden atmen?

»Dirk, ich weiß, dass du das bist. Lass mich einfach in Ruhe, ja? Ich hab keinen Bock auf solche Spielchen.«

Sie drückt den Aus-Knopf und steht auf. Arschloch! Wann wird er endlich damit aufhören, sie zu belästigen.

Da klingelt das Telefon erneut. Sie schaut auf das Display. Anonym.

»Herrgott noch mal«, entfährt es ihr, und sie schaltet auf lautlos.

Mit ihrem Weinglas in der Hand tritt sie ans Fenster.

Betrachtet die Häuserwand gegenüber. Ein paar Fenster sind erleuchtet, aber bei dem alten Mann ist alles dunkel. Wahrscheinlich schläft er und träumt von seinem früheren Leben. Von seiner Frau, von seinen Kindern. An seinen Beinen liegt der Hund, zusammengerollt und schnarchend. Mel dreht sich um und geht in die Küche. Betrachtet die wenigen Habseligkeiten, die sie nach der Trennung behalten hat: den Tisch, den Stuhl, das Gewürzregal. Wovon wird sie träumen, wenn sie alt ist? Zumindest nicht von ihren Kindern. Nicht mal von einem Hund.

Sie seufzt. Diese Schwermut, die sie immer wieder überkommt. Es macht das Leben auch nicht gerade vergnüglicher, wenn sie immer nur an das Morgen denkt. Diese Panik davor, allein zu bleiben. Allein zu sterben. Vielleicht war es ein Fehler, die Analyse bei Professor Tennfeld vorzeitig abzubrechen. Aber irgendwie wurde es ihr zu viel, ständig über sich nachdenken zu müssen. Gründe dafür zu finden, warum sie ist, wie sie ist. Und es ist auch praktischer, alles, was weh tut, beiseitezuschieben. Alles andere hält doch nur auf. Denkt Mel und hält ihr halbvolles Weinglas gegen das Licht. Sie betrachtet die purpurne Flüssigkeit. Tröstlich ist das. Jedenfalls sieht es schön aus, wie sich die Flüssigkeit im Licht spiegelt. Mel nimmt noch einen Schluck und schiebt den Wein mit der Zunge im Mundraum hin und her. Sie spürt, wie der Alkohol über die Schleimhäute in ihre Blutbahn gelangt, fühlt einen zarten Schwindel. Langsam wird sie ruhiger.

31. Kapitel

Die kleine Lichtung im Spandauer Forst ist gesäumt von Kiefernstämmen und Brombeergestrüpp. Kein Weg führt hierher. Die Stelle, an der die besten Steinpilze wachsen, kann man nur erahnen, da hilft kein ungeduldiges Herumrennen zwischen den Bäumen, man muss eins werden mit dem Wald.

Am Saum der Lichtung bleibt die Frau stehen, nickt zufrieden und greift in ihren kleinen Rucksack. Mit dem Messer in der Hand geht sie vorsichtig ein paar Schritte vorwärts, sucht, leicht vornübergebeugt, den Boden ab, bis sie weiter hinten die kleine Mulde entdeckt. Ihr Herz macht einen Satz. Mindestens zwei Dutzend glänzend brauner Prachtkerle. Gerade will sie sich bücken, um den ersten Pilz aus dem Boden zu schälen, als sie aus dem Augenwinkel etwas wahrnimmt. Links von ihr leuchtet etwas durchs Gebüsch. Etwas Rotes.

Die Pilzsammlerin richtet sich auf, wendet den Kopf. Aber noch ist sie zu weit entfernt. Sie kann nichts erkennen.

Also legt sie ihren Rucksack ab und bahnt sich einen Weg durchs Gestrüpp. Das Messer behält sie in der Hand. Dornen verhaken sich in ihrer Fleecejacke, sie reißt sich los und pirscht leise weiter.

Jetzt erkennt sie etwas. Ein Mensch lehnt an einem Kiefernstamm. Eine Frau. Die Frau trägt eine rote Jacke und sieht zu ihr herüber.

Die Pilzsammlerin bleibt stehen und ruft einen Gruß.

Die Frau bewegt sich nicht, antwortet nicht, starrt nur in ihre Richtung. Der Pilzsammlerin wird mulmig. Aber sie zwingt sich, noch ein kleines Stück näher heranzugehen. Sie ruft erneut. Die fremde Frau hat die Augen geöffnet und scheint zu lächeln. Sie trägt ein dunkles Halstuch. Noch einen Schritt näher. Vielleicht ist sie verletzt, steht unter Schock? Jetzt erkennt die Pilzsammlerin, dass der Kopf nicht richtig auf dem Hals sitzt, er hängt ein bisschen schief. Und das Halstuch ist auch kein Halstuch.

Noch bevor sie realisieren kann, was sie da vor sich sieht, wendet die Pilzsammlerin sich ab und rennt schreiend davon.

Die andere Frau bleibt zurück. In ihrem Hals eine klaffende Wunde. Schwarzes Blut. Jemand hat der Frau die Kehle durchgeschnitten.

32. Kapitel

»Haben Sie am Samstag schon was vor?«

Steffen Müller steht vor Mel in ihrem kleinen Büro. Er hat die Hände in den Hosentaschen und wippt nervös auf und ab.

»Warum?«

Mel sitzt an ihrem Schreibtisch und sortiert Akten. Oder versucht es zumindest. Ein Chaos.

»Äh«, das Wippen wird stärker, »da hab ich Geburtstag, und meine Mitbewohner wollen für mich kochen und haben mich gefragt, ob ich nicht noch jemanden mitbringen möchte.«

Mel hebt den Blick. »Ach, und da dachten Sie an mich?«

»Na ja, also nicht, dass Sie das jetzt missverstehen, aber ich kenn hier in der Stadt nicht so viele. Die meiste Zeit verbringen wir ja doch bei der Arbeit. Und wenn ich so überlege, verbringe ich tatsächlich die meiste Zeit mit Ihnen.«

»Dann müssen Sie mich doch nicht auch noch an Ihrem Geburtstag um sich haben. Aber danke für die Einladung, das ist wirklich sehr lieb.«

Mel kann sich etwas Schöneres vorstellen, als an einem Samstagabend für ihren halbreifen Kollegen mit dessen Studentenfreunden ein »Happy birthday« zu singen.

»Heißt das, dass Sie kommen?« Er kann sich ein Lächeln nicht verkneifen.

»Ich kann leider nicht, vielleicht nächstes Jahr.«

Das Lächeln erstirbt.

»Ich würde mich aber wahnsinnig freuen, wenn Sie kämen. Ich erzähle daheim immer so viel von Ihnen, und meine Mitbewohner sind ganz gespannt darauf, Sie kennenzulernen.«

»Das ist wirklich sehr nett von Ihnen, Herr Müller, aber ich bin am Samstag verplant. Da hab ich einen wichtigen Termin, schon seit Wochen.«

»Ach.« Steffen Müller hört auf zu wippen und fällt in sich zusammen wie ein Soufflé im Luftzug. Leise fügt er hinzu: »Es ist mein Dreißigster.«

»Oh, wie schade.« Das ist natürlich was anderes, aus der Nummer wird sie schwer rauskommen. »Aber Sie kennen doch bestimmt nette Leute, die sich über eine Einladung freuen würden«, setzt Mel wieder an, die nicht damit gerechnet hat, dass seine Enttäuschung über ihre Absage so groß sein würde.

»Nein. Eben nicht. Also schon, aber ich würde mich wirklich sehr freuen. Es gibt Chili sin Carne.«

Steffen hält kurz inne, um zu sehen, ob sie den Witz verstanden hat. Mel sieht ihn an und wartet.

»Na ja«, fährt er deshalb fort. »Das ist vegetarisches Chili. Das schmeckt phantastisch. Wir essen das ziemlich oft.«

»Wie schön, Herr Müller. Aber ich kann leider trotzdem nicht.«

»Es ist ohne Fleisch.« Er gibt nicht auf, lächelt vielsagend.

»Ich weiß, Herr Müller. Das haben vegetarische Gerichte so an sich.«

»Eben. Helmut arbeitet ja in einem veganen Restaurant. Als Chefkoch. Die Gerichte, die er fürs *Sinneslust* kocht, probiert er immer erst mal an uns aus. Wir sind also praktisch die Versuchskaninchen ...« Herr Müller lacht und wippt wieder mit den Füßen. Dann wird er plötzlich sehr ernst und sagt: »Bis jetzt hat alles phantastisch geschmeckt.«

»Das ist ja toll. Ach, und *Sinneslust* ist das Restaurant, ja?«

»Ja. Denn wenn man sich gesund ernährt, eröffnet sich einem ein ganz neuer Horizont. Im sinnlichen Bereich, meine ich.«

Steffen Müller kommt ein wenig ins Trudeln. »Also man ist ja, was man isst.«

Mel kommt nicht ganz mit, weil ihr gerade einfällt, dass sie nichts mehr zu essen zu Hause hat. Sie wird noch einkaufen gehen müssen. »Ah ja, toll«, sagt sie daher lapidar.

»Es ist wissenschaftlich erwiesen, dass falsches Essen einem buchstäblich auf den Magen drückt und infolge das natürliche Leistungsvolumen behindert. Also Wahrnehmungs- und Denkprozesse, weil der Körper alle Kraft dafür aufbringen muss, schlecht verdauliches Essen zu verarbeiten.« Er stemmt die Hände in die Hüften und beobachtet sie. Wartet auf eine Antwort.

Aber Mel weiß nicht, was sie darauf antworten soll, und sagt nur: »Ah. Verrückt.«

Eine kleine Pause entsteht, in der Mel so tut, als würde sie Akten sortieren. Er macht sie ganz nervös mit seinem esoterischen Gequatsche.

Steffen Müller versucht es erneut. »Oder mögen Sie kein Chili sin Carne?«

»Doch, eigentlich schon. Also ich kenne es jetzt nicht direkt. Ich kenne nur Chili con Carne. Aber das wäre sicher interessant, es auch mal ohne Fleisch zu versuchen.«

Sie weiß nicht, ob sie ihm sagen soll, dass sie Sojafleisch verabscheut. Ihrer Meinung nach schmeckt das wie nasser Pappkarton oder zumindest so, wie sie sich vorstellt, dass nasser Pappkarton schmecken müsste.

»Eben. Wir könnten für Sie auch was anderes kochen, Nudeln oder Sojaburger oder so was in der Art.«

Sein anfänglicher Enthusiasmus scheint verflogen. Er zuckt mit den Schultern und lächelt schüchtern. Er sieht aus wie ein großer, enttäuschter Junge, und Mel hat auf einmal Mitleid mit ihm. Was ist schon dabei, wenn sie den Abend in seiner Wohngemeinschaft verbringt und ein bisschen Kartonage mit Fleischgeschmack isst? Sie muss nicht lange bleiben, und es ist ja nicht so, dass sie ein besonderes Alternativprogramm hätte.

»Nein, Herr Müller, ich mag Chili. Auch aus Soja. Ich habe nur eigentlich keine Zeit. Aber wenn es Ihnen so wichtig ist, dann komm ich auf ein Stündchen vorbei, um zu gratulieren.«

Müller verschlägt es fast die Sprache. »Das würden Sie tun?«

Mel kommt nicht dazu, ihm zu antworten, weil das Telefon klingelt. Sie nimmt ab, lauscht und nickt.

Dann sagt sie: »Alles klar, bringen Sie sie bitte in mein Büro.«

Sie sieht Steffen Müller an, der sie die ganze Zeit beobachtet hat und wie ein Honigkuchenpferd strahlt.

»In der Anmeldung steht wohl eine durchgeknallte Frau, die behauptet, eine Leiche im Wald gefunden zu haben. Eine lächelnde, an einen Baumstamm gelehnt. Na ja, das wird wieder was sein.«

Rasch schließt Mel ihre Akten. »Wie das hier aussieht!«, sagt sie mehr zu sich.

Steffen Müller bückt sich und hebt ein paar Ordner vom Boden auf. Dann baut er sich vor Mel auf und strafft die Schultern in neu gewonnenem Selbstvertrauen.

»Gemeinsam werden wir das Kind schon schaukeln.«

33. Kapitel

Das Gestammel der Pilzsammlerin klingt Melanie Fallersleben immer noch in den Ohren, als sie am Tatort ankommen. Steffen Müller lässt sich viel Zeit beim Aussteigen und gibt vor, sein Handy nicht zu finden. Mel weiß, warum er nicht mitwill. Er hat panische Angst vor den Toten. Jedes Mal wird ihm übel, wenn sie einen Tatort besichtigen. Deshalb lässt sie ihn zurück und geht schon mal vor.

»Bin gleich da, Frau Fallersleben, sorry, ich hab's gleich!«, ruft er ihr hinterher.

Ja, ja, denkt Mel. Das sagt er immer, und dann geht er erst mal kotzen.

Als sie die Leiche sieht, findet sie, dass es so furchtbar ja nun auch wieder nicht ist. Da hat sie schon schlimmer zugerichtete Tote gesehen.

Es dämmert bereits. Und es ist neblig. Die Männer von der Spurensicherung haben Scheinwerfer aufgestellt. Jetzt ist das kleine Waldstück in kaltes Licht getaucht. Man sieht keine Farben mehr. Das satte Grün der Bäume ist einem schalen Milchgrau gewichen. Mel grüßt die Umstehenden. Die Leute der Verbrechensbekämpfung und vom Spurensicherungstrupp sind vor ihr eingetroffen; die meisten kennt sie. Kurz nicken die zurück und widmen sich dann wieder ihrer Arbeit. Mel bückt sich unter dem Absperrband hindurch und geht langsam auf die Frau in der roten Jacke zu.

Sie lehnt am Stamm einer Kiefer und sieht Mel an. Der

bleichen Farbe ihres Gesichts nach zu urteilen, könnte man auch denken, sie stehe nur unter Schock oder hätte sich eine Verletzung zugezogen, die sie am Aufstehen hindert. Sie scheint abzuwarten, was Mel von ihr will. Wäre da nicht der Schnitt im Hals in Höhe des Kehlkopfs, Mel würde ihr einen Gruß zurufen, um nicht unhöflich zu sein. Vorsichtig setzt sie einen Fuß vor den anderen, nähert sich behutsam, als wolle sie die Frau nicht erschrecken. Plötzlich wird es ganz still um sie. Kein Laut dringt mehr an Mel heran, als sie in die Knie geht und das bleiche Gesicht betrachtet. Sie hat das Treiben um sich her ausgeblendet. Durch das Scheinwerferlicht liegen die Augen der Toten im Schatten und sehen aus wie ausgestanzt. Der Mund ist leicht geöffnet. Nichts Panisches liegt im Ausdruck, keine Todesangst. Das ist Mel schon oft aufgefallen, dass die Toten meistens aussehen, als hätten sie, trotz allem, was sie erleben mussten, ihren Frieden gefunden. Mel hat ein Wort dafür: entrückt. Die Toten sehen aus wie entrückt. Sie wissen mehr als die Lebenden. Sie haben es hinter sich.

Mel betrachtet die Frau und lässt das Bild auf sich wirken. So intim sind die ersten Begegnungen, Mel muss sich manchmal zurückhalten, die Toten nicht zu berühren. Manche hat sie im Lauf der Ermittlungen besser kennengelernt als viele Lebende.

Auf den ersten Blick scheint diese Frau aus der gehobenen Mittelschicht zu kommen. Sie ist ungefähr in Mels Alter, also um die fünfzig, trägt blonde, kurze Haare, nass vom Regen. Brillantstecker in den Ohrläppchen.

Mel betrachtet die Hände der Toten. Die Rechte liegt zur Faust geballt in ihrem Schoß. Zwischen den Fingern quillt Erde hervor, so, als hätte die Frau vor dem Verlust des Bewusstseins Halt im Waldboden gesucht. Die Linke liegt schlaff neben dem Oberschenkel. Künstliche Fingernägel. Rosa lackiert.

Mel erhebt sich, als sie einen Beamten vom VB1 auf sich zukommen sieht. Trebitsch. Sie kennt ihn vom Sehen, und sie hat gehört, dass er vor kurzem seine Frau verloren hat. Krebs. Jetzt wohnt seine Schwester vorübergehend bei ihm, um sich um die zwei Kinder zu kümmern. *Das* ist ein Scheißleben, denkt Mel. Ich sollte dankbar sein, dass ich so was nicht durchmachen muss.

»Wie geht es Ihnen, Herr Trebitsch?«, fragt sie, als er ihr den Asservatenbeutel hinhält. Er stutzt. Die Fallersleben hat noch nie mit ihm gesprochen.

»Gut«, antwortet er deshalb prompt, ohne darüber nachzudenken.

»Klappt das denn zu Hause? Mit den Kindern?«

Er sieht sie an. Auf die Frage war er offensichtlich nicht vorbereitet. Mel sieht ein winziges Flackern in seinen Augen.

»So weit ist alles okay, ja.«

Er ist es nicht gewohnt, an einem Tatort über sein Privatleben zu sprechen.

Mel nimmt den Beutel und begutachtet den Inhalt.

Ein Autoschlüssel. »Ist das alles?«

»Ja. Kein Ausweis, kein Geldbeutel, nicht mal ein Handy.«

»Hm.« Mel gibt ihm den Beutel zurück. »Das dazugehörige Auto muss ja irgendwo hier sein.«

»Die Kollegen sind schon informiert und suchen das Gelände ab«, antwortet Trebitsch.

»Haben Sie sonst noch was gefunden? Die Tatwaffe wäre schön …«

»Nichts. Überhaupt nichts Interessantes. Nicht mal ein vollgeschneuztes Taschentuch.«

Sie betrachten die Tote.

»Dafür, dass man ihr die Kehle durchgeschnitten hat, hat sie kaum geblutet. Wie kommt das?«

Der Kollege deutet auf einen dunklen Fleck ein paar Meter weiter. Mit einer Ziffer markiert.

»Das hat er dort drüben erledigt und sie dann hier herübergeschleppt und an den Baum gelehnt.«

»Merkwürdig«, sagt Mel. Im nächsten Moment sieht sie eine männliche Silhouette gegen das Scheinwerferlicht.

»Allerdings. Ob das was zu bedeuten hat?«

Bevor Mel antworten kann, hört sie ihren Namen.

»Dr. Schubeck?«

Schubeck reicht Mel eine magere, feuchtkalte Hand. Er ist schon ziemlich alt. Seine Praxis hat er nach dem Tod seiner Frau bereits vor Jahren geschlossen. Jetzt lebt er allein in seinem Häuschen am Stadtrand und lässt keine Leichenschau aus. Er ist rund um die Uhr erreichbar, und Melanie wünscht sich manchmal, einige ihrer Kollegen würden sich eine Scheibe von seiner Zuverlässigkeit abschneiden.

»Wie geht es Ihnen?«, fragt er. Er ist von der alten Schule, immer höflich. Das imponiert ihr.

»Na ja, den Umständen entsprechend«, antwortet sie und deutet mit dem Kinn seitlich auf die Tote.

»Hm. Nicht schön.« Er nickt ihr aufmunternd zu und berührt leicht ihren Arm. Immer fürchtet er, sie könne den Anblick der Toten nicht ertragen. Das rührt sie ein bisschen. So einen Vater hätte sie sich gewünscht.

»Mal sehen, was Dr. Thiede später noch dazu zu sagen hat.« Dr. Thiede ist der Leiter der Rechtsmedizin.

Schubeck lässt sie stehen und geht zu der leblosen Frau, kniet vor ihr nieder, öffnet routiniert das Schnappschloss seines Köfferchens.

Mel beobachtet den erfahrenen Arzt, während sie ihren Gedanken nachhängt. Sie wendet sich um und sieht etwas abseits eine weitere Markierung, die neben einem dunklen Häufchen in der Erde steckt. Langsam geht Mel darauf zu, erkennt nasses Fell, beugt sich nieder.

Vor ihr liegt ein Yorkshireterrier. Auf dem Kopf trägt er ein rotes Schleifchen, die Beine hat er von sich gestreckt, und wären da nicht die halb geschlossenen, starren Augen, könnte man meinen, er schliefe nur.

Mel beugt sich zu ihm hinab, greift vorsichtig mit behandschuhter Hand ans Halsband und betrachtet eine kleine Metallplakette.

»Hier steht eine Telefonnummer, glaube ich«, ruft sie zu Trebitsch hinüber. »Da sollten wir es mal versuchen.«

34. Kapitel

Seit Stunden läuft Katrin in der engen Wohnung hin und her. Von der Küche aus geht sie in den Flur, dann in einer scharfen Rechtskurve ins Wohnzimmer, bis zum Fernseher und wieder zurück.

»Eins, zwei, drei, vier, ich bin bei dir. Fünf, sechs, sieben, acht, hab dich umgebracht.« Das ist ihr Trick, ihre Angst im Zaum zu halten. Solange sie die Schritte zählt und im Rhythmus bleibt, schweifen ihre Gedanken nicht ab. Dann ist in ihrem Kopf kein Platz für das andere. Der Text ihres kleinen Gedichts ist ihr gar nicht bewusst. Wichtig ist, dass es sich reimt.

Von einem ihrer Ärzte hat sie sich neben dem Amitriptylin und Lithium noch ein anderes Medikament gegen Angstzustände verschreiben lassen. Das geht ganz leicht. Sie erzählt denen von ihrer Fehlgeburt und davon, dass sie niemals Kinder haben kann. Von ihrem Schuldgefühl gegenüber dem toten Kind, weil sie nicht gleich den Notarzt gerufen hat, als es ihr so schlechtging in der Nacht damals, als die Schmerzen kamen. Und natürlich erzählt sie jedem Arzt, der es wissen will, von ihren Therapiestunden, die sie angeblich dreimal wöchentlich absolviert. Sie hat auch die Telefonnummer und Adresse ihres ehemaligen Therapeuten angegeben. Aber nachgeprüft hat das bis jetzt anscheinend noch keiner. Das Parotexin hat sie sich heute Morgen aus der Apotheke geholt. Es soll ihr helfen, ihr Schuldgefühl in den Griff zu bekommen. Eigentlich sollte es sie beruhigen, aber die Angst wird stündlich größer.

Dabei ist sie so erschöpft. Und trotzdem rast ihr Herz. Sie weiß nicht, wie lang sie schon durch die Wohnung tigert. Einmal hat sie sich kurz ausruhen wollen, da hatte sie wieder das Gefühl, beobachtet zu werden. Von allen Seiten. Sie hat darüber nachgedacht, die Wohnung zu verlassen, aber auch da sind Menschen mit hämischen Bemerkungen und bösen Blicken.

Katrin wischt sich mit der Hand übers Gesicht und schreit auf. Immer wieder vergisst sie die Wunde. Der Schnitt am Handgelenk ist ziemlich tief, das Fleisch drum herum hat sich entzündet und eitert. Mit der anderen Hand umfasst sie ihr Handgelenk und drückt fest zu, um den Schmerz zu lindern. Sie spürt das Pochen des Blutes unter dem Verband.

Wenn Bernd doch bloß nach Hause käme. Sie will ja alles richtig machen. Wenn er sie nur nicht mehr allein lässt.

Als sie sich wieder Richtung Flur bewegt, sieht sie den Schatten. Gerade noch rechtzeitig. Abrupt bleibt sie stehen und lauscht. Kati überlegt, ob sie dem Schatten folgen oder sich im Bad einschließen soll. Sie entscheidet sich dafür, nachzusehen, wer sich im Wohnzimmer versteckt. Leise öffnet sie die Küchenschublade und zieht das Fleischmesser heraus. Lautlos gleitet sie zur Tür, sieht vorsichtig um die Ecke und will gerade noch einen Schritt machen, als das Telefon neben ihr schrillt. Sie fährt herum, nähert sich dem Apparat und liest den Namen auf dem Display.

»Mama«, sagt sie leise, wie zu sich selbst. Ganz warm wird ihr ums Herz. Vielleicht ist das ein Zeichen?

Sie nimmt den Hörer ab. »Mama?«

»Katrin, du bist zu Hause?« Die Mutter klingt erstaunt.

»Ich bin krank.«

»Ach so. Ich wollte dir was aufs Band sprechen.«

Pause.

»Was hast du denn?«, fragt die Mutter.

Katrin zögert. Eigentlich hat sie ja nichts. Zumindest nichts, was andere verstehen können.

»Ich kann wieder nicht raus.«

»Ach Gott, das wieder.«

Kati schweigt. Sie hat sich umgedreht und starrt zum Wohnzimmer hinüber. Sie spürt, dass dort etwas lauert. Es wartet darauf, dass sie auflegt.

»Katrin, bist du noch dran?« Die Mutter klingt gereizt.

»Ja.« Katrins Stimme ist nur ein Hauch, sie hat Angst, dass *es* sie hört.

»Kannst du ein bisschen lauter reden?«

»Ja.«

Die Mutter schweigt. Dann sagt sie: »Hast du getrunken?«

»Nein, Mama. Ich trinke nichts, das weißt du doch.«

»Ja, ja, das sagen sie alle.«

Die Mutter weiß, wovon sie spricht. Seit Katis Kindheit säuft sie und bestreitet das vehement.

»Und wo ist dein Mann?«, fährt sie nun mit ihrer Befragung fort. Sie hat Bernd noch nie leiden können. Will nicht sehen, dass er Katis einziger Halt ist.

»Arbeiten.«

»Na, das ist doch schön. Wenigstens einer.«

»Ja.«

Nach einer Pause sagt die Mutter: »Kannst du noch was anderes sagen als ja?«

»Was denn?«

»Was weiß ich.«

»Du hast doch angerufen, Mama.«

»Ja, aber das hab ich ja nicht ahnen können, dass du zu Hause rumsitzt und wieder deine Wahnvorstellungen hast.«

»Ich mach das nicht mit Absicht, Mama.«

»Dann lass es doch!«

»Es geht nicht, Mama, verstehst du denn nicht? Es kommt und holt mich.« Jetzt bricht es aus Kati heraus, sie sackt neben dem Telefontischchen auf den Boden, versteckt das Gesicht in ihren Armen und weint.

Die Mutter stöhnt. Dann sagt sie: »Was erwartest du jetzt von mir? Soll ich durchs Telefon fliegen? Hör doch auf mit deiner ewigen Heulerei, du bist schließlich keine zehn mehr.«

Kurz schießt Kati ein Bild durch den Kopf. Der tote Vater im Bad, die Augen verdreht, den Kopf im Erbrochenen. Kati neben ihrer Mutter an der Tür. Tränen fließen ihr übers Gesicht, die Mutter schubst sie beiseite und schließt die Tür.

»Er kommt mich holen«, schluchzt sie.

Am anderen Ende der Leitung ist es still.

»Mama?«

»Hör auf damit, Katrin! Hör auf!«

Die Mutter klingt böse, und Kati weiß, dass sie einen Fehler gemacht hat. Sie hat das Tabu gebrochen. Was damals geschehen ist, ist begraben und vergessen. Sie hat ihrer Mutter versprochen, nicht mehr über die Vergangenheit zu reden. Nicht mehr darüber nachzugrübeln, was damals wirklich geschehen ist. Zu ihrem eigenen Schutz. Die Schuld werde über sie hereinbrechen und sie unter sich begraben wie eine Lawine. Katrin könne die Wahrheit gar nicht ertragen, hat die Mutter gesagt.

»Mama?«

»Was?«

»Ich hab Angst«, versucht Katrin es noch einmal.

Die Mutter stöhnt. Dann sagt sie: »Irgendwann stecken sie dich wieder in die Klapse.«

Katis Blick klebt an der Tür zum Wohnzimmer. Täuscht sie sich, oder hört sie da drin das Verrücken von Möbeln?

Sie nimmt das Telefon vom Ohr und lauscht.

»Katrin?«

Jetzt hört sie es ganz deutlich. Jemand schiebt den Sessel vors Fenster.

»Hey! Bist du noch dran?«

»Ja«, flüstert Katrin in die Muschel. Sie will weiterreden, der Mutter sagen, was im Wohnzimmer passiert, aber die schneidet ihr das Wort ab.

»Diese ewige Faulenzerei hilft dir nicht weiter, weißt du? Geh arbeiten! Wenn du arbeiten würdest, würden deine Spinnereien wahrscheinlich von allein verschwinden.«

Wieder entsteht eine Pause. Katis Hände sind kalt und nass. Sie zittert. Jemand hat das Fenster im Wohnzimmer geöffnet, sie spürt den Luftzug.

»Na ja, was red ich. So warst du schon immer. Deine Schule hast du ja auch nur mit Ach und Krach geschafft.«

»Ich hab solche Angst, Mama. Ich kann nicht mehr.«

Die Mutter unterbricht sie. Langsam wird es ihr zu bunt. »Weißt du eigentlich, was ich alles durchgemacht habe? Ich hab mich mein ganzes Leben lang abgerackert, um dich durchzubringen. Ich konnte es mir gar nicht leisten, ständig krank zu sein.«

Wieder entsteht eine Pause, und Katrin sagt: »Ja«, obwohl sie weiß, dass der Vater das Geld nach Hause gebracht hat.

»Bist du noch dran?«

»Ja.«

»Gott, mit dir zu telefonieren ist eine Strafe. Kannst du nicht reden? Mach den Mund auf!«

»Ich weiß ja nicht, was ich sagen soll.«

»Dann lass es und geh mir nicht auf die Nerven.«

»Aber ich komm da nicht mehr raus.«

»Dann geh halt zum Arzt, Herrgott noch mal, stell dich nicht immer so an.« Die Stimme der Mutter wird schrill.

»Ich war schon beim Arzt.«

»Na also.«

Nach einer Pause hört Katrin ihre Mutter schniefen.

»Mama?«

Das Schniefen wird lauter.

»Ich weiß wirklich nicht, was ich dir getan habe, dass du

mich immerzu mit deiner Heulerei bestrafst. Werd endlich mal erwachsen. Das muss doch mal ein Ende haben.«

»Ja.«

»Was ist überhaupt mit deinem Mann, kann der sich nicht um dich kümmern?«

»Ja.«

»Der soll sich mehr um dich kümmern und nicht nur machen, was ihm gerade passt. Genau wie dein Vater. Und trotzdem«, setzt die Mutter nach einer kleinen Pause hinzu, »das hat er nicht verdient.«

Kati presst sich den Hörer ans Ohr.

»Es tut mir so leid, Mama, bitte, leg nicht auf. Es tut mir leid!«

Da hört sie das Klicken in der Leitung.

»Mama, bitte, bitte, lass mich nicht allein.«

Aber die Leitung ist tot.

35. Kapitel

Ein Geräusch hat sie geweckt. Ganz still liegt sie da und starrt in die Dunkelheit. Hält den braunen Stoffhund fest in ihren Armen. Versucht, nicht zu atmen, und lauscht. Da ist es wieder. Etwas kratzt an ihrer Tür. Vorsichtig richtet sie sich auf. Langsam gewöhnen sich ihre Augen an die Dunkelheit, ein schwacher Lichtstrahl bahnt sich seinen Weg durch den Vorhangschlitz am Fenster zur Tür hin. Sie erkennt die Türklinke, beobachtet, wie sie sacht nach unten gedrückt wird. Dazu ein Geräusch, als würde jemand von außen mit den Fingernägeln am Türrahmen entlangkratzen. Sie hält den Atem an, krallt die Finger in die Bettdecke. Überlegt, ob sie um Hilfe rufen soll, aber die Angst schnürt ihr die Kehle zu. Außerdem wird die Mutter böse, wenn sie sie mitten in der Nacht aufweckt. Sie hasst Katis Angstattacken und schimpft jedes Mal, wenn Kati nassgeschwitzt und zitternd in ihrem Bett liegt und sie um Trost anfleht. Nein. Sie muss das allein schaffen. Also rührt sie sich nicht und wartet.

Langsam öffnet sich die Tür. Eine Hand erscheint und sucht nach dem Lichtschalter. Plötzlich ist das Kinderzimmer hell erleuchtet. Wie von Geisterhand haben sich Hunderte Kerzen entzündet, und das Zimmer gleicht einem Flammenmeer. Da öffnet sich die Tür ganz, und der Vater erscheint. Er trägt seinen Pyjama. Anscheinend kommt er gerade aus dem Bett. Aber eigentlich, denkt sie dann, kann das ja nicht sein, weil er doch tot ist. Langsam bewegt er sich auf Kati zu. Das Herz schlägt ihr bis zum Hals, aber sie beschließt, tapfer zu sein. Den Vater nicht dadurch zu verärgern, dass sie ihm ihre Angst offenbart. Also versucht sie ein Lächeln und sagt leise: »Hallo, Vati, warum schläfst du denn nicht?«

Er bleibt ganz nah vor ihr stehen und lächelt sie an. Dann schüttelt er sacht den Kopf und zieht die Hand hervor, die er bis jetzt hinter dem Rücken versteckt gehalten hat. Er hält etwas darin, aber Kati kann nicht erkennen, was es ist. Ein dunkler Klumpen. Rhythmisch schlägt er gegen die Finger des Vaters. Schwarze Tropfen klatschen auf den Boden. Es riecht nach altem Metall. Kathi senkt den Blick und erkennt eine Blutlache auf dem Holzlaminat. Immer weiter tropft es aus der Hand des Vaters, und Kati denkt an die Mutter. Die wird am nächsten Tag schimpfen, wenn sie die Sauerei sieht. Das wird Dresche geben. Deshalb sagt Kati: »Vati, was machst du denn da? Da tropft Blut aus deiner Hand.«

Der Vater schaut auf seine Hand, dann sieht er Kati in die Augen und lächelt. »Das hab ich dir zu verdanken.« Er hält ihr die Hand nah vor die Augen, und jetzt erkennt sie, was er darin verbirgt. Es ist ein Herz, das sich rhythmisch dehnt und zusammenzieht. Ein schmatzendes Geräusch begleitet die Konvulsion, während das Blut weiter auf den Boden tropft. Kati weicht zurück, stößt an die Wand hinterm Bett. Sie ahnt nun, warum der Vater gekommen ist.

»Es tut mir leid, Vati, es tut mir leid.«

Der Vater lächelt sanft, öffnet seinen Pyjama und deutet auf seine Brust. Zwischen den Rippen klafft ein großes

Loch. Es sieht aus, als hätte es jemand mit einem Skalpell ausgeschält.

»Leg es zurück«, flüstert er und hält ihr sein Herz hin.

Kati bekommt kaum Luft, weil sich ihre Mundhöhle anfühlt, als hätte jemand flüssigen Beton hineingefüllt. Sie versucht, die Masse herunterzuschlucken, aber es gelingt ihr nicht. Sie glaubt zu ersticken. In Todesangst streckt sie die Hand aus und greift nach dem Herzen des Vaters. Sie wird es zurück in seine Brust legen, damit er Frieden mit ihr schließt. Aber als sie es in ihrer Hand spürt, wölbt es sich auf wie eine fette Kröte kurz vor dem Sprung. Sie nimmt die andere Hand zu Hilfe und drückt fest zu, damit das Herz nicht entfliehen kann. In dem Moment sieht sie das Rinnsal, warme Flüssigkeit tropft ihr in den Schoß. Das Herz löst sich auf, es schmilzt. Wieder blickt sie zum Vater. Der lächelt immer noch. Dann sagt er: »Dafür steht mir was zu.« Mit einem schnellen Griff fasst er ihr zwischen die Beine und zieht das Baby aus ihrem Leib. »Nein!«, schreit Kati und versucht, ihn daran zu hindern. »Nicht Nana!« Aber er ist schon auf dem Weg zur Tür. Sie hört sein Gelächter, als er die Wohnungstür hinter sich zuschlägt.

Kati krümmt sich in ihrem Bett zusammen. Der Bauch tut ihr weh. Es ist, als würde jemand mit einem Messer in ihrem Unterleib herumstochern. Sie umschlingt ihren Stoffhund, hält ihn fest. Tränen fließen ihr übers Gesicht, während ihr klarwird, dass das, was geschehen ist, passieren musste. Weil sie schuldig ist.

36. Kapitel

Mitten in der Nacht wacht Bernd auf. Zuerst weiß er nicht, wo er ist, aber dann spürt er Lissas Arm auf seiner Brust, riecht den Duft ihres Haars. Ihr Parfum ist süß. Es riecht nach Blumen und Vanille und passt zu ihr, zu ihrer Leichtigkeit und ihrem frechen Mundwerk. Nein, sie nimmt wahrlich kein Blatt vor den Mund. Gestern Abend hat sie einen Typen in der Kneipe so abgekanzelt, dass dem Hören und Sehen vergangen ist. Dabei hatte er nur eine schlüpfrige Bemerkung über ihren Hintern gemacht. Bernd fand das nicht so schlimm, im Gegenteil. Er war stolz darauf, so ein Kaliber an seiner Seite zu haben. Wenn Lissa einen Raum betritt, kriegen die Herren der Schöpfung Stielaugen.

Er streicht ihr über den leicht gewölbten Bauch. Er mag ihre Rundungen, ihre strammen Schenkel. Lissa stöhnt leise. Sie ist noch nicht richtig wach, aber durchaus empfänglich für ihn. Vorsichtig nimmt er ihren Arm von seiner Brust, dreht ihren Körper zur Seite. Dann beginnt er, ihre Pobacken zu massieren, lässt seine Hände von dort über ihre Hüften bis zu ihren kleinen Brüsten gleiten. Knetet sie ein bisschen und drückt ihre Brustwarzen, als wolle er sie melken. Lissa stöhnt auf und presst sich an ihn. Rhythmisch reibt sie ihren Hintern an seinem Unterleib. Das Blut in seinem Schwanz pocht. Er kann sich kaum beherrschen. Fest drückt er Lissa an sich, spreizt ihre Pobacken und schiebt sein hartes Glied in ihre weiche Scheide. Gierig nimmt sie ihn in sich auf. Er umklammert sie wie ein Ertrinkender, presst sich an sie, stößt immer wieder zu, bis sie aufschreit. Da kommt er zu sich, vergräbt sein Gesicht in ihrem Nacken, flüstert: »Entschuldige, ich wollte dir nicht weh tun.«

Sie antwortet leise: »Macht nichts, ist schön.«

Und in dem Moment, als er die rhythmischen Bewegungen wieder aufnimmt, weiß er, warum ihn der Sex mit Lissa so aggressiv macht. Und andererseits so glücklich.

Er sieht dabei ständig Kati vor sich, wie sie sich an die Bettkante zwängt, wenn er sie anfassen will, ihre Hände, wenn sie seine Finger beiseiteschiebt. Ihren fremden Blick, mit dem sie ihn betrachtet. Es ist, als würde er Kati ficken, nicht Lissa, und er ist mit Absicht so grob, weil er sie endlich bezwingt.

Nie mehr wird er so lieben. Nie mehr wird er ein Kind mit einer Frau wollen. Eine Träne quillt aus seinem Auge, als er kommt. Laut schreit er auf, schlägt Lissa mit der flachen Hand mehrmals auf den Hintern. Dann sinken sie übereinander zusammen, halten sich fest und lauschen ihrem Atem. Er leckt Lissa den Schweiß von der Stirn, küsst ihre Lider. Die Augen hat er dabei geschlossen, denn so nah sich ihre Körper sind, so fern und einsam fühlt er sich mit einem Mal.

Er hat Kati verloren.

37. Kapitel

Mel sitzt an ihrem Küchentisch und starrt ins Leere. Seit Stunden ist sie wach. Irgendwann ist sie aufgestanden, hat sich ein Glas Wein eingeschenkt und sitzt seither in der dunklen Küche. Jetzt gähnt sie und schaut auf die Uhr am Herd. Rot leuchtende Ziffern. Vier Uhr dreißig. Bis zum Arbeitsbeginn sind es nicht mal mehr vier Stunden. Sie wendet den Kopf und sieht aus dem Fenster. Das Haus gegenüber ist dunkel.

Die tote Frau geistert in ihrem Kopf herum. Deshalb ist sie auch aufgewacht und konnte nicht mehr einschlafen.

Am Abend haben die Polizisten ein führerloses Fahrzeug am Waldrand entdeckt. Fast gleichzeitig hat die Einsatzsteuerung beim VB1 die Telefonnummer an dem Hundehalsband analysiert.

Der Name der Toten ist Sibylle Czernowitz. Zweiundfünfzig Jahre alt, alleinstehend, Besitzerin von gut zwei Dutzend Wohnungen im Raum Berlin. Neukölln, Reinickendorf, Kreuzberg, teilweise sozialer Wohnungsbau. Drei in Dahlem. Da lebte die Tote auch. Im Haus der verstorbenen Eltern. Kinderlos, ein Hund. Frau Czernowitz war allem Anschein nach vermögend. Die Nachbarn sind schon befragt worden, heute wird Mel sich mit einer Handvoll Kollegen daranmachen, die Mieter der Wohnungen aufzusuchen.

Im Kommissariat sind schon die ersten Wetten abgegeben worden: Beziehungstat, Eifersucht, Raub ... Mel hält sich da raus. Sie hat keine Lust auf solche Spielchen.

Wieder denkt sie an die Tote. Und plötzlich sitzt die vor ihr. Ganz nah ist ihr bleiches Gesicht, ein bisschen zur Seite geneigt. In den Ohrläppchen funkeln Brillanten. Die Augen liegen in dunklen Höhlen, kaum zu erkennen. Sie lächelt ein wenig, der Mund ist leicht geöffnet, und Mel schaudert, weil eine tote Frau keinen Grund zum Lächeln hat. Aber Mel reißt sich zusammen. Versucht, sich nichts anmerken zu lassen und so zu tun, als wäre mit ihrem Gegenüber alles in Ordnung. Sie kann ja schlecht aufspringen und schreiend aus der Wohnung rennen. Am Ende kommt ihr die Tote hinterher?

Also setzt Mel zu einer Begrüßung an. Vielleicht kommen sie ins Plaudern, und die Frau erzählt, was ihr widerfahren ist? Das wäre der einfachste Weg. Gerade öffnet Mel den Mund, als der Kopf der Leiche noch ein Stück weiter zur Seite sackt. Jetzt liegt er schon fast auf der Schulter, und Mel fragt sich, wie das sein kann, denn es sieht äußerst unbequem aus. Da sieht sie den Schlitz im Hals. Langsam reißt er immer weiter auf, der Kopf neigt sich immer mehr. Mittlerweile hängt er fast auf Höhe der Achselhöhle.

Mel ist wie betäubt. Sie weiß nicht, was sie tun soll. Den Kopf festhalten, damit er nicht ganz abfällt? Aber wird die Frau ihre Berührung dulden?

Plötzlich reißt die Fremde die Augen auf. Sie starrt Mel von unten her an, öffnet dann den Mund und beginnt zu schreien. Während Mel sich Sorgen darüber macht, was die Nachbarn wohl denken werden, sieht sie eine Bewegung in dem geöffneten Mund. Sie kneift die Augen zusammen und erkennt Totenkäfer und Maden, die eifrig über die Unterlippe krabbeln, um in die Freiheit zu gelangen. Haben sie die Wölbung der Lippe überwunden, halten sie kurz inne und fallen dann mit einem leisen Klacken auf den Küchentisch. Sofort kriechen sie weiter. Auf Mel zu. Stürzen in ihren Schoß.

Mel sieht nach unten und nimmt mit Entsetzen wahr, dass sie nackt ist. Zwischen ihren Beinen schlängeln sich Würmer, die Käfer beißen kleine Fleischstückchen aus ihren Schenkeln. Verzweifelt versucht sie, ein Tier nach dem anderen zwischen den Fingern zu zerquetschen. Plötzlich schreit die Frau vor ihr auf: »Meine Augen!« Mel hebt den Blick und sieht in blutige Augenhöhlen, dann schaut sie auf ihre Hände und erkennt die zerquetschten Augäpfel der Toten. Im selben Moment kracht der Kopf auf den Tisch. Mel schießt vor und greift danach, bekommt ihn aber nicht zu fassen. Er kullert seitlich unter ihren Fingern weg und zerspringt klirrend auf dem Küchenboden. Blut und Hirnmasse spritzen an Mels nackten Beinen hoch. Jemand schreit.

Mel schlägt die Augen auf. Sie ist allein. Draußen dämmert es bereits. Noch im Halbschlaf sieht sie vorsichtig unter den Tisch. Da liegt eine zerschlagene Weinflasche. Überall Scherben und rote Flüssigkeit.

Langsam kommt Mel zu sich. Sie vergräbt den Kopf in den Händen und versucht, ihren Atem zu beruhigen. Das war mit Abstand der schlimmste Alptraum, den sie je hatte. Schade, dass sie die Therapie bei Professor Tennfeld abgebrochen hat. Der könnte ihr vielleicht einen Hinweis darauf geben, was es mit den Würmern auf sich hat.

Aus dem Schlafzimmer tönt der Wecker.

Fünf Uhr dreißig. Zeit aufzustehen.

38. Kapitel

Um acht Uhr früh sind die Beamten aufgebrochen, um die Mieter der toten Frau Czernowitz zu befragen. Mel hat sich für den Bezirk Kreuzberg eingeteilt. Steffen Müller sitzt am Steuer und schweigt. Anscheinend ist es bei ihm am Vorabend etwas später geworden. Er hat verquollene Augen und eine ungesunde Gesichtsfarbe. Melanie Fallersleben sieht nicht viel besser aus. Der Alptraum hat sie mitgenommen, sie wird die Bilder nicht los. Außerdem hat sie Kopfschmerzen und ständig ein Pfefferminzbonbon im Mund, obwohl ihr davon morgens schlecht wird. Aber es braucht ja keiner zu merken, dass sie letzte Nacht Alkohol getrunken hat.

Sie schaut aus dem Fenster, doch das hebt ihre Laune auch nicht. Dunkel ist es heute und windig. In den Nachrichten haben sie Regen vorhergesagt. Mel will endlich Wärme und Sonne, das schlechte Wetter hängt ihr zum Hals heraus. Hinzu kommen die düsteren Häuserfassaden längs der Straße. Abweisend stehen sie da, und sie kann sich schwer einen einzigen glücklichen Menschen hinter den grauen Mauern vorstellen. Gebückt laufen die Passanten gegen den Wind an, die Mienen düster, gebeutelt vom Leben.

Mel seufzt. Eigentlich müsste man auswandern. Aber wohin? Und woanders ist es auch nicht besser, wenn man sich selbst mitnehmen muss.

Steffen Müller niest. Geradeheraus, ohne die Hand vor

den Mund zu nehmen. Mel wendet sich angewidert ab. Jetzt noch krank werden, das gäbe ihr den Rest.

Der Kollege sieht kurz zu ihr herüber, wendet sich rasch wieder der Straße zu und murmelt ein scheues: »'tschuldigung, Chefin.« Nach einer Weile fügt er hinzu: »Und sonst?«

Mel sieht ihn an. »Was?«, fragt sie.

»Ich meine, sonst alles schön bei Ihnen?«

Mel fixiert ihn. »Was meinen Sie damit, Herr Müller?«

Müller zuckt mit den Schultern. »Gar nichts eigentlich, nur, ob sonst alles schön ist.«

»Schön?«

»Na ja, okay eben ...«

Müller niest wieder, dann zieht er die Nase hoch.

Mel sieht geradeaus und antwortet nicht. Wieso kann Müller sich nicht so ausdrücken wie andere Menschen auch? Wieso muss er immer nach etwas Besonderem in seiner Ausdrucksweise suchen? Schön. Was soll man antworten, wenn man gefragt wird, ob alles »schön« sei?

Mel will ihn zunächst ignorieren, aber dann lässt sie sich doch zu einem »Ja, Herr Müller, danke der Nachfrage. Alles *schön* bei mir. Bei Ihnen auch?« herab.

Müller strahlt. »Ja. Danke. Ganz toll. Wir haben gestern Abend meinen Geburtstag geplant. Es kommen ziemlich viele Leute, mindestens zehn.«

Er hält kurz inne.

»Wenn Sie auch kämen, wären es zumindest zehn. Aber ich hab die Hoffnung ja noch nicht aufgegeben.«

Er lächelt sie schüchtern an.

»Wie gesagt, Herr Müller. Ich versuche sehr gern zu kommen.«

»Das wäre phänomenal«, sagt Müller.

Mel schweigt und überlegt, was phänomenal daran wäre, wenn sie in seiner WG aufkreuzte. Wirklich nett ist sie ja eigentlich nicht zu ihm. Genauso wenig wie zu den meisten Kollegen. Sie kann momentan niemanden an sich ranlassen, vergräbt sich hinter dem Schutzwall der Unnahbarkeit. Sie muss erst mal ihre Wunden lecken.

Endlich erreichen sie die Nostitzstraße. Auf dem Parkplatz hinter dem grauen Gebäude stehen vereinzelt Fahrzeuge. Autos, die nicht in diese Gegend zu passen scheinen. Zu teuer. Aber die Deutschen lieben ihre Autos nun mal, denkt Mel, während sie die Namensliste aus ihrer Tasche hervorkramt. Sie lässt ihren Blick über die Häuserfront gleiten, um die Fenster abzuchecken. Keine Menschenseele weit und breit. Wie eine Geisterstadt. Mel denkt daran, dass Dirk und sie nur ein paar Straßen weiter gewohnt haben. Sie spürt einen kleinen Stich im Herzen, dann geht sie mit Steffen Müller auf die Klingeltafel zu.

Systematisch durchkämmen sie die Stockwerke. Die Wohnungen sind klein und sauber. Keine Auffälligkeiten. Von den neun zu befragenden Mietparteien treffen sie acht an. Keine ist mit der Miete im Rückstand oder hatte vor dem Tod der Vermieterin eine Auseinandersetzung mit Frau Czernowitz. Eine alte Frau im vierten Stock wirkt sehr bestürzt über den Todesfall. Sie glaubt, sich daran zu erinnern, dass Frau Czernowitz des Öfteren Probleme mit dem jungen Pärchen auf der anderen Seite des Flurs gehabt habe. Vor allem die junge Frau habe sich mal lautstark mit Frau Czernowitz gestritten. Die Frau Minkus würde sich aber auch standhaft weigern, den Treppendienst zu erledigen. Darüber habe sie sich selbst auch schon aufgeregt. Aber mit der Frau Minkus sei nicht zu reden. Die sei ziemlich unfreundlich, und neulich habe sie ihr sogar die Tür vor der Nase zugeknallt, als sie sie an den Treppendienst erinnern wollte.

Mel und Müller schauen zu der besagten Tür am Ende des Flurs.

»Da waren wir schon, Frau Klammroth. Da ist niemand zu Hause«, sagt Müller.

»Das kann eigentlich nicht sein«, erwidert Frau Klammroth. »Ich hab die Frau heute früh erst nach Hause kommen sehen. Um acht. Da bin ich gerade zum Friedhof gegangen, um das Grab von meinem Mann zu richten. Furchtbar hat sie ausgesehen, die Frau Minkus. Irgendwie schmuddelig. Was komisch ist, denn eigentlich achtet sie schon auf ihr Aussehen. Aber der Mann kommt ja auch immer weniger nach Hause.«

Mel und Müller verabschieden sich und klingeln zum zweiten Mal an der besagten Wohnungstür.

Obwohl Mel das Gefühl hat, hinter der Tür etwas zu hören, öffnet niemand. Sie klingeln nochmals. Und jetzt hört Mel es ganz deutlich. Jemand steht hinter der Tür und atmet.

»Hören Sie das?«, flüstert sie Steffen Müller zu, ohne die Tür aus den Augen zu lassen. Sie glaubt, hinter dem Spion eine Bewegung zu sehen.

Dann schrickt sie zusammen.

Neben ihr scheint eine Bombe zu explodieren, so laut ist Müllers Niesattacke. Als er sich beruhigt hat, fragt er eifrig: »Entschuldigung. Was soll ich hören?«

»Mein Gott, Herr Müller. Müssen Sie so einen Krach machen?«

»Entschuldigung, Heuschnupfen«, stottert der Kollege und schneuzt sich hingebungsvoll die Nase. »Das sind die Birken, ganz furchtbar, dieses Jahr. Helmut hat schon gesagt, ich solle doch mal so eine Desensibilisierung machen, aber ich komm ja zu nichts und …«

Mel hat sich abgewendet.

»Chefin?«

Steffen Müller folgt ihr.

»Kommen Sie, Herr Müller.«

»Hab ich was falsch gemacht?«

Mel antwortet nicht, sie läuft die Treppen hinunter bis zum Erdgeschoss und tritt auf den Parkplatz. Legt den Kopf in den Nacken und schaut hoch zum vierten Stock. »Was meinen Sie, Herr Müller, wo liegt die Wohnung vom Ehepaar Minkus? Ist es das dritte Fenster von links? Das mit den weißen Vorhängen?«

In dem Moment sieht sie es. Der Vorhang bewegt sich leicht, als würde er von unsichtbarer Hand losgelassen. Schwingt sacht zurück in seine ursprüngliche Position.

Mel kneift die Augen zusammen.

»Der Vorhang hat sich bewegt«, sagt Müller.

»Richtig, Herr Müller. Die Eheleute Minkus werden wir uns noch mal näher ansehen müssen, glauben Sie nicht auch?«

»Ja. Da haben Sie recht. Merkwürdig, dass die nicht geöffnet haben.« Er niest wieder. »Entschuldigung. Kann ich wohl schon mal zurück ins Auto? Da ist mein Kortisonspray, ich geh gleich vor die Hunde bei dem Pollenflug.«

Mel sieht ihn an und nickt. »Das wollen wir nicht hoffen, Herr Müller, was? Ich brauch Sie noch ein bisschen.«

Steffen Müller lächelt dankbar.

Dann gehen sie zum Wagen.

39. Kapitel

Sie hat die Rote schon gesehen, als das Auto auf dem Parkplatz vorgefahren ist. Seit Stunden sitzt Kati am Küchenfenster und wartet. Worauf, weiß sie nicht. Sie fixiert die Menschen auf der Straße, beobachtet die Autos, die ankommen und abfahren.

Kurze Zeit später klingelt es. Kati erstarrt. Dann erhebt sie sich lautlos, schleicht zur Tür. Lauscht. Linst durch den Spion. Im Flur erkennt sie die Rote und den dünnen Mann, der sie begleitet. Die Gesichter draußen wirken durch das Glas des kleinen Fensterchens verzerrt, und Kati weiß einen Moment lang nicht, ob sie sich in der Realität befindet oder einen Alptraum hat. Unheimlich sehen die beiden aus. Aber dann schrillt die Türklingel ein weiteres Mal. Dicht über ihrem Kopf. Kati zuckt zusammen, als hätte man sie geschlagen.

Nach einer Weile wenden sich die beiden ab und gehen zur Tür von Frau Klammroth.

Kati steht hinter der Wohnungstür und lauscht. Sie umklammert ihr schmerzendes Handgelenk, drückt das Ohr gegen das Holz. Sie hat geahnt, dass sie kommen würden. Eigentlich hat sie es erhofft. Und trotzdem wird sie sich nicht so schnell geschlagen geben. Sie hat sich eine Liste gemacht. Die muss sie noch abarbeiten.

Sie presst ihr Auge gegen den Türspion und versucht, in der Dunkelheit des Treppenhauses etwas zu erkennen. Frau Klammroth ist aus ihrer Wohnung getreten und schlägt nach den ersten an sie gerichteten Sätzen die Hände zusammen.

Dann blickt sie zu Katis Tür. Kati zuckt zusammen, obwohl sie weiß, dass die Alte sie nicht sehen kann. Die macht ihr wirklich Angst. Das muss aufhören.

Jetzt deutet die Klammroth mit dem Finger zu ihrer Wohnung herüber. Die Rote und der Dünne wenden die Köpfe. Dann verabschieden sie sich von der Alten und kommen wieder auf Katis Tür zu. Klingeln erneut.

Katis Herz klopft so laut, dass sie befürchtet, man müsse es auf der anderen Seite der Tür hören können. Ihr Atem geht schneller, als sich das Gesicht der Roten von außen dem Guckloch nähert. Eine Sekunde lang sind sich die beiden Frauen ganz nah. Jede auf ihrer Seite der Tür pressen sie ihre Gesichter gegen das Holz und sehen sich ins Auge, ohne etwas erkennen zu können. Dann kracht es neben der Roten. Es wird wieder hell, weil sie vom Spion zurückweicht, und Kati hört sie sagen: »Mein Gott, Herr Müller. Müssen Sie so einen Krach machen?«

Kati zuckt zurück. Es ist zum einen Mels Äußeres, das rote Haar, das Katis Alarmglocken schrillen lässt. Sie hat das Gefühl, die Frau zu kennen. Nur woher? Als sie kurz darauf die Stimme vernimmt, ist sie wie elektrisiert. Und dann taucht das Bild auf. Ungefähr zwei Jahre muss das her sein, denn sie hatte Nana gerade verloren und war auf dem Weg zur Arbeit. Sie sieht die Bushaltestelle vor sich. Das Ticket, das ihr aus der Hand gefallen ist, und die Rote, die es aufgehoben und ihr hingehalten hat. Das aufmunternde Lächeln, als wisse sie Bescheid. Als kennte sie Katis

Geschichte. Eigentlich mag sie keine Menschen, die ihr zu nahetreten. Aber die Frau mit dem Flammenmeer auf dem Kopf war anders. Der hat sie sich irgendwie nah gefühlt. Kati reibt sich das Handgelenk. Warum nur? Was hatte diese Frau an sich, dass sie nicht wie üblich einen Rückzieher gemacht hat? Es lag wohl an ihren Augen. Nie hatte sie so warme Augen gesehen. So wissend. Und so traurig. Da hat sie sich geborgen gefühlt. Die Frau hielt ihr das Ticket hin und sagte: »Ich möchte mich nicht aufdrängen, aber wenn Sie Hilfe brauchen, können Sie mich gern anrufen. Wenn Sie mit jemandem reden möchten ...« Dann steckte sie ihr eine Visitenkarte zu, wandte sich ab und mischte sich wieder unter die wartenden Menschen. Kati ist die Frau lange nicht aus dem Kopf gegangen. Aber angerufen hat sie trotzdem nicht.

Kati wartet, bis sich die Schritte der beiden entfernen, und schleicht in die Küche. In der Küchenschublade bewahrt sie ein Heftchen mit Telefonnummern auf. Das zieht sie heraus und blättert darin. Fast augenblicklich fällt ihr die Karte entgegen. Darauf steht neben dem Stadtwappen:

Der Polizeipräsident Berlin und darunter:
Kriminalhauptkommissarin
Melanie Fallersleben
Mordkommission
Landeskriminalamt Berlin

40. Kapitel

Während sie zum Präsidium fahren, lässt Mel die Befragungen noch mal vor ihrem inneren Auge Revue passieren. Übermäßig beliebt scheint Frau Czernowitz nicht gewesen zu sein. Die Menschen schienen nicht sonderlich schockiert, als sie von ihrem Tod erfuhren. Größer als das Mitgefühl war anscheinend die Angst davor, bald auf der Straße zu sitzen, weil die Wohnungen eventuell in andere Hände fallen werden. Eine Mieterhöhung können sich die wenigsten hier leisten.

Mel blickt zu Müller, der wieder am Steuer sitzt. Seine Niesattacke hat sich gelegt, auch die Nase läuft nicht mehr, und er widmet sich voller Inbrunst dem Straßenverkehr. Seit geraumer Zeit versucht er, einen Lastwagen zu überholen, der vor ihnen die Straße blockiert. Dauernd kommen ihnen auf der Gegenfahrbahn Fahrzeuge entgegen. Sein Mund ist verkniffen, und wäre er allein, würde er bestimmt laut fluchen. Jetzt sieht er zu Mel rüber. Die sagt nur: »Scheißtag, was?«

Er fühlt sich ertappt, grinst schief und antwortet: »Kann man wohl sagen.« Dann fügt er hinzu: »Was halten Sie von einer kleinen Kaffeepause?«

»Gute Idee, Herr Müller, aber wir haben eine Pressekonferenz. Schon vergessen?«

»Mist. Ich meine, ja, vergessen. Oder besser verdrängt. Frau Lutschenko. Kann das nicht jemand anders machen? Wir können ja sagen, dass wir keine Zeit haben.«

Er schaut sie an, grinst schief. Er hasst Pressekonferenzen.

»Ihre Ausreden waren auch schon mal besser, Herr Müller.«

Er wird ein bisschen rot und sagt: »Ja. Früher. Als ich noch nicht bei der Polizei gearbeitet habe, da war ich ein richtig origineller Vogel.« Er meint das ernst.

Mel sieht ihn an und antwortet: »Das kann ich mir vorstellen.«

Dass er in ihren Augen seinen Beruf verfehlt hat, sagt sie natürlich nicht. Gerade will sie ihn fragen, wann sie am Samstag zu seiner Geburtstagsfeier erscheinen soll, als das Telefon klingelt. Ohne aufs Display zu sehen, nimmt sie den Anruf entgegen. Sie ahnt, dass es ihr Ex-Mann ist, noch bevor sie seine Stimme hört. Diesmal scheint er an einem Bahnhof zu sein. Sie hört Fetzen einer Lautsprecherdurchsage, das schrille Kreischen eines bremsenden Zuges.

Sie wartet. Sie hat keine Lust, den Anfang zu machen.

»Mel?«

Sie schweigt.

»Mel, bist du dran?«

»Was willst du?« Ihre Stimme klingt heiser, sie räuspert sich, schielt zu Steffen Müller hinüber, der es endlich geschafft hat, den Lastwagen zu überholen, und mit diesem Triumph beschäftigt ist.

»Ich kann dich nie erreichen. Wo bist du?«

»Ich arbeite.«

»Aber doch nicht Tag und Nacht?«

»Doch.«

Es folgt eine Pause. Wieder lauscht sie den Hintergrundgeräuschen und fragt sich, was er will.

»Was willst du?«

»Wir müssen uns sehen.«

»Das wird nicht gehen, Dirk.«

»Wieso nicht?«

»Weil ich keine Zeit habe.«

»Warum nicht?«

»Weil ich arbeite. Und jetzt lass mich!«

Ihre Stimme ist lauter geworden, sie spürt für den Bruchteil einer Sekunde, dass Müller zu ihr rüberlinst. Dann schaut er wieder geradeaus. Seiner Chefin bei so einem privaten Telefonat zuhören zu müssen ist ihm offensichtlich unangenehm.

»Mel, was machst du heute Abend? Wir müssen reden. Ich kann nicht mehr.«

»Ich kann heute Abend nicht.«

»Warum nicht?«

»Weil ich arbeite.«

»Du hast einen anderen.«

Mel verdreht die Augen.

»Komm, gib's zu, du hast einen anderen. Deswegen willst du mich nie sehen.«

Sie reißt sich zusammen, richtet sich etwas auf, strafft die Schultern. »Und wenn es so wäre, es geht dich nichts an. Kapier das endlich und lass mich in Ruhe!«

»Ich lass dich in Ruhe, aber ich brauch jemanden zum Reden. Mir geht's nicht gut.«

»Dir ging's noch nie gut.«

Müller ruckelt ein bisschen auf seinem Sitz hin und her. Er würde gewiss liebend gern aussteigen und zu Fuß weitergehen.

»Das stimmt nicht. Aber das ist ein anderes Thema. Also, wann kannst du?«

»Weiß ich jetzt nicht. Vielleicht nächste Woche.«

Sie beißt sich auf die Zunge. Scheiße. Jetzt wird sie ihn nicht mehr los.

»Wann?«

»Ich ruf dich an.«

»Darauf kann ich mich nicht verlassen.«

»Ich hab jetzt echt keine Zeit. Ich melde mich, wenn es passt.«

Blitzschnell nimmt sie das Handy vom Ohr und drückt den Aus-Knopf. Dann schließt sie die Augen und lehnt den Kopf an die Kopfstütze. Sie versucht, ruhig zu atmen, lässt das Fenster herunter und lehnt sich hinaus. Der Fahrtwind schneidet ihr kalt ins Gesicht, treibt ihr Tränen in die Augen. Wie durch einen Schleier erkennt sie die Umrisse des Präsidiums.

41. Kapitel

»Alles in Ordnung, Chefin?« Steffen Müller stapft hinter Mel die Treppen zum Presseraum im zweiten Stock hoch. Er ist außer Atem und hat Mühe, Schritt zu halten.
»Ja, Herr Müller, was soll denn nicht in Ordnung sein?«
»Sie haben gerade mit sich selbst gesprochen.«
»Ach ja? Oh, Verzeihung, hab ich gar nicht gemerkt. Ich muss noch einkaufen nachher, wahrscheinlich hab ich die Einkaufsliste laut vor mich hin gesagt.«
»Ich kann Ihnen was abgeben, ich hab noch was im Spind.« Steffen macht einen großen Schritt und ist schon neben ihr.
»Aha, was denn?«, fragt Mel und sieht augenblicklich Dörrpflaumen und Sojapudding vor sich.
»Brötchen und Aufstrich und so was. Ich geb's Ihnen nachher.«
»Ach, lassen Sie mal, Herr Müller, ist wirklich lieb von Ihnen, aber ich hab bestimmt noch was im Kühlschrank. Irgendwas liegt da immer in einer Ecke ...« Sie hat Herrn Müllers Aufschnitt schon mal gekostet. Er schmeckt nach Leberwurst. Aber es ist keine Leberwurst. Und das ist bedenklich. Zumindest in Mels Augen, die für ihr Leben gern Leberwurstschrippen isst.
»Wie Sie wollen, Chefin, das Angebot steht.«
»Danke, Herr Müller. Ich komm gleich nach. Ich bin noch kurz auf der Siebzehn.«
»Alles klar«, sagt Müller und läuft schon mal vor.

Später steht sie vor dem Spiegel in der Bürotoilette und bindet sich das Haar zusammen. Während sie sich ein bisschen Farbe auf die Lippen tupft, denkt sie über die bevorstehende Pressekonferenz nach. Niemand, den sie kennt, nimmt gern daran teil.

Zusätzlich zu der Pressemitteilung, die sie über Frau Lutschenko herausgeben, steht noch diejenige über die Tote im Wald an. Die ist etwas dürftig, das weiß Mel selbst. Andererseits ist es in der Regel besser, so wenig Informationen an die Öffentlichkeit herauszugeben wie möglich, solange der Täter noch nicht gefasst ist. Sie hat keine Lust, dem nächsten Trittbrettfahrer hinterherzurennen. Eine echte Plage. Vor ihrem Eintritt in den Polizeidienst hätte Mel nie gedacht, dass es so viele Irre gibt, die jede Gelegenheit nutzen, sich eine fremde Identität überzustülpen. Die sich in die Gedankenwelt eines Mörders träumen und im Geiste Taten verüben, für die es keine Zeugen gibt.

Am unerträglichsten ist es, wenn Kinder die Opfer sind. Wenn die kranken Phantasien der Namenlosen das Internet überschwemmen. Dieser schale Geschmack im Mund, wenn man Geständnisse liest, die in Wirklichkeit keine sind. Ausgeburten widerwärtiger Sehnsüchte. Das Bild eines Menschen vor Augen, der sich einen runterholt, während er die Schreie eines Kindes beschreibt.

Mel schüttelt sich, wendet sich vom Spiegel ab und öffnet die Tür zum Flur. Müde ist sie. Die Telefonate mit Dirk nagen immer noch Stunden später an ihr. Professor Tennfeld könnte ihr sicher erklären, warum das so ist.

Aber Professor Tennfeld ist passé. Sie schließt die Tür und läuft den Gang entlang zum Raum 202. Lieber würde sie sich jetzt in ihrem Bett verkriechen.

42. Kapitel

Frau Klammroth braucht nicht einmal mit dem Finger darüberzustreichen, um zu wissen, dass sich Dreck zwischen den Treppenstufen angesammelt hat. Und sie muss genauso wenig nachsehen, wer in dieser Woche Treppendienst hat. Das weiß sie auswendig. Frau Minkus von gegenüber. Immer wenn die Treppendienst hat, strotzt alles vor Dreck. Und das auch noch an so einem schrecklichen Tag. Das würde der guten Frau Czernowitz, Gott hab sie selig, gar nicht gefallen, dass ihr Haus vermüllt. Die arme Frau Czernowitz! Frau Klammroth bleibt kurz stehen und wischt die Tränen weg, die ihr heute immer wieder die Sicht nehmen. Wer das wohl war, denkt sie? Die Frau hat doch niemandem was zuleide getan.

Nachdem sie ein paar Sekunden verschnauft hat, macht sie sich daran, die restlichen Treppenstufen bis zum vierten Stock zu erklimmen. Von weitem sieht sie die Wohnungstür des Ehepaars Minkus. Sie ist einen Spalt weit geöffnet.

Merkwürdig, denkt Frau Klammroth. Hoffentlich ist dem jungen Paar nicht auch noch etwas zugestoßen. Zwar kann sie Frau Minkus nicht leiden, aber dennoch ... Vielleicht ist die junge Frau gestürzt oder – bei dem Gedanken bleibt Frau Klammroth fast das Herz stehen – auch überfallen worden?

Die alte Frau atmet tief durch und beschließt, sich leise der Tür zu nähern und zu lauschen, ob sie verdächtige Geräusche hört.

Heute geht es deutlich schwerer mit dem Atmen. Sie wird gleich mal einen neuen Arzttermin machen. Die junge Sprechstundenhilfe ist zwar dumm wie Stroh und unverschämt noch dazu, aber der Arzt hat seine Praxis um die Ecke. Da muss sie nicht mit dem stinkenden Bus durch die halbe Stadt fahren. Vanessa heißt die Sprechstundenhilfe, blond und vollbusig. Das kann beides nicht echt sein. Frau Klammroth liest in letzter Zeit oft, dass an den jungen Dingern kaum noch was echt ist. Früher hatten sie andere Sorgen. Neulich, als sie einen Termin für den gleichen Tag haben wollte, weil die Atemnot wegen der ersten Pollen kaum auszuhalten war, wollte diese Vanessa ihr doch tatsächlich einen Termin zwei Wochen später geben. Ein dummes Huhn!

Frau Klammroth ist vor der Wohnungstür der Minkus angekommen. Vorsichtig klopft sie gegen das Holz.

»Hallo? Frau Minkus?«

Nichts rührt sich. Da drückt sie zaghaft mit dem Zeigefinger die Tür ein wenig auf und versucht, einen Blick ins Innere der Wohnung zu erhaschen. Dunkel ist es da drin. Und es riecht nach abgestandener Luft. Ihr wird mulmig.

»Hallo?«, ruft sie etwas lauter. Und jetzt hört sie ein Geräusch. Aber nicht aus der Wohnung, sondern hinter sich. Richtung Treppe. Sie wendet sich um und kneift die kurzsichtigen Augen zusammen. Nichts. Keine Menschenseele.

Gerade will sie zu ihrer Wohnung gehen, als sie ein Schaben von der Treppe her vernimmt. Als würde sich jemand die Stufen hochziehen. Frau Klammroth läuft es kalt den Rücken herunter. Besser, sie geht schnell in ihre Stube und überlässt Familie Minkus ihrem Schicksal. Immerhin hat sie zwei Enkelkinder, für die sie noch ein bisschen am Leben bleiben muss.

Sie schlurft zu ihrer Tür. Gleichzeitig sucht sie in ihrer Einkaufstasche nach dem Hausschlüssel. Wieder das Schaben. Jetzt ist es etwas lauter. Es kommt langsam die Treppe hoch. Hektisch wühlt sie in ihrer Tasche, kann den Schlüssel nicht finden. Ach nein, sie hat ihn ja in die Manteltasche gesteckt. Mit einer Hand fasst sie danach, spürt das kühle Metall schon zwischen den Fingern. Sieht wieder zur Treppe hinüber und erstarrt.

Da steht etwas. Etwas Dunkles, ein Mensch. Der war eben noch nicht da, da ist sie ganz sicher. Die Person scheint sie zu beobachten. Vorsichtig schiebt Frau Klammroth mit zwei Fingern ihre dicken Brillengläser zurück zur Nasenwurzel. Vor lauter Aufregung und Angst ist ihr die Brille fast von der Nase gerutscht. Dabei kann sie ohne die nichts sehen. Die Augen haben in den letzten Jahren ziemlich nachgelassen. Blind wie ein Maulwurf ist sie.

Frau Klammroth steht ganz still. Mit einer Hand sucht sie Halt an der Tür, lehnt sich dagegen. Ihre Einkaufstasche fällt zu Boden, polternd kullern die Äpfel übers Linoleum. Die Äpfel für den Kuchen, denkt sie. Jetzt haben die Druckstellen. Sie schwitzt. Ihre Brille beginnt wieder zu rutschen.

Das Treppenlicht geht aus.

Sie ist so überwältigt von der Angst, dass sie nicht einmal mehr schreien kann. Ein jämmerliches Krächzen entringt sich ihrer Kehle, dann kracht ihr etwas ins Gesicht. Während sie zusammensackt, sieht sie ihre Enkelkinder vor sich. Sie halten einander an den Händen und laufen lachend auf sie zu. »Nicht so stürmisch«, will sie sagen. Sie wollte doch noch den Kuchen fürs Wochenende backen, sie muss die Äpfel aufsammeln.

Wie ein nasser Sack liegt sie auf dem Boden. Jetzt würde sie gern schlafen. Da greift ihr jemand von hinten um den Hals. Frau Klammroth ringt nach Luft, schlägt um sich und japst. Hart packt sie der Fremde am Genick, zwingt ihren Blick in den Abgrund. Verschwommen erkennt die alte Frau das Treppengeländer, das sich wie ein Schneckenhaus bis zum Kellergeschoss kringelt.

Ein letztes Mal bäumt sich ihr Körper in Todesangst auf, aber der Mensch hinter ihr ist stärker, hebt ihren knochigen alten Körper über die Brüstung.

Er lässt los.

43. Kapitel

Es dämmert bereits, als sie das Haus erreichen. Hübsch sieht es aus. Eine alte Villa mit Hortensien vorn und Obstbäumen im hinteren Teil des Gartens.

Zwei Beamte schieben Wache und heben das Absperrband an, um Melanie Fallersleben und Steffen Müller durchzulassen. Die Spurensicherung hat die Nacht im Haus der ermordeten Frau Czernowitz durchgearbeitet und bis jetzt nichts Auffälliges gefunden. Keine zweideutigen Briefe. Keine privaten Mails. Die Frau scheint keine Freunde gehabt zu haben. Das Regal im Büro voller Hefter. Mieteinnahmen, Versicherungen, Quittungen über Reparaturen.

Müller steht vor dem Schreibtisch. Vor ihm der Ordner mit den Kontoauszügen. Er pfeift durch die Zähne.

»Scheiße.«

Mel tritt hinter ihn.

»Was?« Sie kneift die Augen zusammen, hält den Auszug weit von sich und versucht zu lesen.

»So 'ne Tante hätte ich gern gehabt.«

Sie versteht nicht.

»Drei Millionen!«

»Herr Müller, konzentrieren Sie sich auf Ihre Arbeit und halten Sie bitte die Klappe.«

»Entschuldigung.«

Er zappelt ein bisschen herum, kratzt sich im Nacken. Das macht er immer, wenn ihm was peinlich ist. Und das ist nicht selten.

Mel klappt den Ordner zu und stellt ihn ins Regal zurück.

»Es ist nur«, versucht Müller, sich zu rechtfertigen, »drei Millionen! Stellen Sie sich mal vor, Sie würden so viel auf einmal erben!«

Mel sieht ihn kurz an. Ein Blick wie Rasierklingen. »Ihnen ist aber nicht entgangen, dass man der Frau die Kehle aufgeschlitzt hat?«

»Entschuldigung.« Er schrumpft ein bisschen.

Mel lässt ihn stehen und geht ins Wohnzimmer.

Eine breite Fensterfront mit Aussicht auf den Obstgarten. Davor eine Couchgarnitur, bezogen mit blauer Seide. Neben dem Sofa steht eine Kopie desselben. Exakt das Gleiche – nur in klein. Wie für Kinder.

Mel stutzt. Müller tritt neben sie.

»Ich dachte, die hatte keine Kinder«, sagt er. »Wofür braucht man dann so was?«

Mel schweigt und sieht sich um. An der Wand über dem Kamin hängt ein Yorkshireterrier in Öl. Er liegt auf dem blauen Miniatursofa und streckt eine winzig kleine Zunge heraus. Auf dem Kopf trägt er ein rotes Schleifchen.

Müller grinst. »Ach so, ja klar«, sagt er und schüttelt den Kopf.

Wieder trifft ihn Mels Blick. Er kratzt sich unbehaglich im Nacken.

»Gut«, meint sie nach einer Weile, nimmt ihre Umhängetasche und läuft zum Eingang. Als sie hinausgeht, unterbrechen die Polizisten ihr Gespräch.

»Na?«

Mel ignoriert ihre Aufforderung zum Smalltalk, nickt stumm zu ihnen hinüber und geht weiter, durch den Vorgarten zum Auto. Als sie die Tür öffnen will, hält sie inne.

Sie hat keinen Schlüssel.

Mel dreht sich nach Müller um, der oben auf der Treppe zum Vorgarten steht und am Reißverschluss seiner Jacke herumnestelt.

»Jetzt kommen Sie schon.« Mels Stimme klingt etwas blechern. Es nervt sie, dass er so trödelt. Die Polizisten beobachten sie. Reglos. Hinterher werden sie über die Szene lachen.

Die Kommissarin, die nicht in ihr Auto kommt.

Frauen und Technik.

Müller stolpert die Treppen runter.

»Jawoll, bin schon da!«

Er betätigt den Schlüssel, die Türen öffnen sich mit einem Klack. Bloß weg von hier!

44. Kapitel

Es ist kalt. Und es regnet Bindfäden. Aber Kati spürt weder Kälte noch Regen, wischt sich nur ab und zu mit dem Handrücken über die Augen, um besser sehen zu können. Der Haupteingang der Polizeidirektion auf der anderen Straßenseite ist hell erleuchtet. Wenn die rothaarige Frau von der Bushaltestelle nach Anbruch der Dunkelheit herausgekommen wäre, hätte sie sie in jedem Fall bemerkt. Und vorher sowieso. Wie hieß die noch mal? Kati überlegt. Irgendwas mit M. Ach ja, Melanie. Schöner Name. Melanie.

Seit vier Uhr nachmittags sitzt Kati in ihrem Versteck, lässt das Gebäude nicht aus den Augen. Sie hat sich hinter einem Späti verschanzt. Da wuchert dickes Gebüsch, und außer ein paar Hunden, die kurz vor dem Blätterwerk stehen geblieben sind, um Witterung aufzunehmen, hat sie niemand bemerkt. Zum Glück gibt es in der Hauptstadt Leinenzwang, so haben die Tiere keine Möglichkeit, näher an sie heranzukommen.

Jetzt ist es ruhiger geworden, vereinzelt kreuzen ein paar Autos ihre Sicht. Fußgänger kommen kaum noch vorbei. Wenn es nach ihr geht, kann sie auch die ganze Nacht hier sitzen bleiben. Und wenn Melanie gar nicht im Präsidium ist, kommt sie eben morgen Abend wieder. Sie hat Zeit.

Nach einer weiteren Stunde öffnet sich die Glastür. Die rothaarige Frau tritt heraus, bleibt kurz stehen und sieht in den Himmel. Sie scheint tief einzuatmen, dann streckt sie sich ein bisschen und geht die paar Meter bis zur Bushaltestelle.

Kati kriecht ein bisschen vor, um schneller aus dem Gebüsch zu kommen, wenn der Bus hält. Nach einer Weile hört sie das tiefe Brummen des Dieselmotors, dann erleuchten die Scheinwerfer das Schwarz des Asphalts. Der Bus hält. Er ist fast leer. Melanie steigt vorn ein, setzt sich in die dritte Reihe und schaut aus dem Fenster.

Kati rennt über die Straße und schafft es gerade noch, durch die offene Bustür zu schlüpfen, bevor die sich schließt. Sie zeigt dem Fahrer ihre Monatsfahrkarte, zieht ihre Kapuze tief ins Gesicht und geht an Melanie vorbei, wobei sie so tut, als würde sie etwas in ihrer Manteltasche suchen, und ihr so halb den Rücken zukehrt.

Kati setzt sich in die vorletzte Reihe, zieht ihren nassen Kragen über Mund und Nase und beobachtet Melanie von hinten. Die scheint nichts bemerkt zu haben. Sie schaut nach wie vor gedankenverloren aus dem Fenster.

Nach etwa fünfzehn Minuten steht Melanie auf und stellt sich an die Tür in der Wagenmitte. Kati duckt sich und hält die Luft an. Der Bus bremst, Melanie steigt aus und läuft in Fahrtrichtung weiter. Sekunden bevor die Türen sich schließen, springt Kati nach draußen. Nimmt die Verfolgung auf.

45. Kapitel

Steffen Müller schließt die Haustür auf und macht Licht. Mitchi und Helmut schlafen sicher schon, denkt er und ist für einen Augenblick enttäuscht. Gern hätte er noch ein bisschen geplaudert. Er zieht seine Jacke aus und hängt sie an den Garderobenhaken. Dabei fällt ihm auf, dass er nach Schweiß riecht. Wie unangenehm. Vielleicht ist es besser, dass er allein ist.

Er geht in die Küche. Er wird sich noch einen Melissentee machen, danach schläft er besser. Und duschen muss er. Auf dem Fenstersims haben sie einen kleinen Kräutergarten angesetzt. So haben sie immer frische Kräuter zur Hand. Steffen nimmt die Gießkanne, die neben dem Fenster steht, füllt sie mit Wasser und beginnt andächtig, die Pflänzchen zu wässern. Er ist so versunken in seine Arbeit, dass er gar nicht bemerkt, wie Helmut hinter ihm die Küche betritt.

»Hallo.«

Steffen fährt herum und lässt beinahe die Kanne fallen.

»Helmut! Gott, hast du mich erschreckt.«

Helmut steht im Türrahmen und beobachtet ihn. Er ist kleiner als Steffen. Das Haar hat er raspelkurz geschoren, und im linken Ohrläppchen trägt er einen silbernen Knopf.

»Na?«, fragt er und verschränkt die Arme.

»Wieso schläfst du noch nicht? Du musst doch morgen früh raus«, sagt Steffen und stellt seine Gießkanne ab.

»Ich hab auf dich gewartet.«

Ganz ruhig sagt er das und mustert Steffen unverwandt.

»Oh«, erwidert Steffen. »Das ist aber lieb.« Er zögert.

»Warum denn?«

»Ich wollte mal allein mit dir sein.«

»Oh«, sagt Steffen wieder. Er merkt, wie sein Gesicht knallrot anläuft. »Das ist ja nett von dir.«

»Sonst ist ja immer Mitchi dabei«, fährt Helmut fort.

»Ja, klar.« Steffen denkt an den Schweißgeruch unter seinen Achseln. Dann überlegt er, ob es sehr unhöflich wirkt, wenn er jetzt Wasser für seinen Tee aufsetzt. Er ist auf einmal sehr müde.

»Aber du siehst erschöpft aus, ich lass dich mal.«

Steffen fällt ein Stein vom Herzen. Er findet Helmut wirklich toll. Vom ersten Moment an, seit er hier eingezogen ist, hat ihm Helmut gefallen. Aber das geht ihm jetzt doch zu plötzlich. So ungeduscht und mitten in der Nacht.

»Ja, wir sehen uns morgen.«

»Na klar«, sagt Helmut. Dann geht er, und Steffen hört ihn die Treppe zu seinem Zimmer hochsteigen.

Steffen tritt an den Herd und zündet die Gasflamme an. Jetzt ist ihm ganz leicht ums Herz. Der Sommer steht vor der Tür. Hell und verheißungsvoll.

46. Kapitel

Als die Polizistin sich ihrem Haus nähert, schließt Kati lautlos auf, bis sie nur noch wenige Meter hinter ihr ist. Melanie öffnet die Haustür und verschwindet im Innern des Hauses. Rasch duckt sich Kati und läuft zu der sich schließenden Tür. Greift dazwischen, bevor sie ins Schloss fällt. Lauscht den verklingenden Schritten im Treppenhaus, schiebt sich sacht ins Haus. Vor den Briefkästen hält sie inne, greift in ihre Jackentasche und zieht etwas hervor. Das steckt sie in den Briefkasten von Melanie Fallersleben. Dann dreht sie sich um, schleicht durch die Tür. Verschwindet genauso leise, wie sie gekommen ist.

47. Kapitel

Heute hat Mel wirklich Mühe, die Augen aufzubekommen. Die Erschöpfung hat sich in ihrem Körper festgesetzt wie ein Virus. Sie ist gerade auf dem Weg zur Haustür, als ihr einfällt, dass sie am Vorabend nicht nach der Post gesehen hat. Sie öffnet den Briefkasten und holt den Inhalt heraus. Rechnungen. Werbung. Alles Post, die sie auch abends noch durchgehen kann. Gerade will sie den Stapel zurück in den Kasten legen, als ihr eine Postkarte auffällt, die sie zuerst übersehen haben muss. Es ist eine Karte, die man normalerweise verschickt, um die Geburt eines Kindes anzuzeigen. Ein Storch ist darauf abgebildet. Er trägt ein rosafarbenes Bündel im Schnabel und breitet seine Flügel aus, als wolle er gerade landen. Mel dreht die Karte um. Sie kann es nicht lesen, seufzt, kramt ihre Brille aus der Tasche und setzt sie auf. Da steht, mit ungelenker Handschrift geschrieben:

Der Storch ist davongeflogen mit dem blutigen Säcklein. Keine Störche mehr. Nur Blut. Da hängen die Vögel in den Bäumen und haben blutige Augen und schreien. Kannst Du es hören? Sie singen. Da könnt Ihr nur weglaufen. Aber die Vögel sehen Euch im Blut.

Mel muss den Text mehrmals lesen. Die Sätze berühren sie tief. Vielleicht hat sich jemand einen schlechten Scherz erlaubt oder den Briefkasten verwechselt? Es steht keine Adresse auf der Postkarte. Mel steckt die Karte in ihre Tasche und schließt den Briefkasten. Dann geht sie zur Tür.

48. Kapitel

Am Morgen sitzt Kati lang vor der Schublade im Schlafzimmerschrank. Sorgfältig hat sie die Sachen, die sie für ihre Tochter gekauft hatte, um sich ausgebreitet. Prüfend nimmt sie jeden einzelnen Gegenstand in die Hand, wendet ihn hin und her, legt ihn zurück. Heute weint sie nicht. Als sie das rosafarbene Stoffhündchen hochnimmt, lächelt sie. Sie streicht zärtlich über das kleine Köpfchen, küsst behutsam die glänzenden Knopfaugen. Dann räumt sie alle Sachen bis auf das Hündchen zurück in den Schrank, schiebt die Schublade zu und schließt das kleine Vorhängeschloss sorgfältig ab. Sie steht auf und geht in die Küche. Holt die Alufolie aus dem Küchenbord. Dann setzt sie sich an den Küchentisch, küsst das Hündchen ein letztes Mal und wickelt es in die Alufolie.

Später steht Katrin vor Mels Haus und drückt wahllos auf ein paar Klingelknöpfe. Als der Summer ertönt, wirft sie sich gegen die schwere Eingangstür und gleitet ins Haus. Leise huscht sie die Treppen hinauf. Das Licht macht sie nicht an; sie weiß, wohin sie muss. Am Abend hat sie Mels Schritten gelauscht. Deshalb weiß sie, dass sie im zweiten Stock wohnt. Als sie das zweite Stockwerk erreicht, wendet sie sich der Tür zu ihrer Rechten zu. Das ist die Wohnung, die nach vorn rausgeht. Zur Straße hin. Die Wohnung von Melanie Fallersleben. Behutsam legt Kati das Ohr ans Holz und lauscht. Totenstill ist es. Melanie ist nicht zu Hause.

Langsam wendet Kati sich ab und huscht die Treppen hinunter. Genauso leise, wie sie gekommen ist. Vor den Briefkästen bleibt sie stehen und steckt etwas in den Kasten von Melanie Fallersleben.

Kati gleitet durch die Haustür nach draußen. Gleißendes Licht schlägt ihr ins Gesicht. Sie setzt ihre Sonnenbrille auf, schiebt die Kapuze zurecht und läuft los.

Sie hat noch einiges zu erledigen.

49. Kapitel

Die Kellnerin lehnt am Tresen und beobachtet ihren Gast missmutig. Zwei Kännchen Tee in vier Stunden, das rentiert sich nicht gerade. Dabei erhält sie eine Umsatzbeteiligung. Dreimal hat sie schon versucht, der dürren Frau am Fenster die Speisekarte unterzujubeln. Aber die scheint nichts zu essen, so wie die aussieht. Geisterhaft.

Bezahlt hat sie immer gleich, aber nicht mal Trinkgeld hat sie gegeben. Das sind der Kellnerin die Liebsten. Den Tisch dreckig machen, Plätze blockieren und kein Cent Trinkgeld. Da hebt die Dürre plötzlich die Hand und winkt die Kellnerin zu sich. Aha. Vielleicht bestellt sie ja jetzt doch was zu essen. Langsam setzt sie sich in Bewegung und bleibt nah am Tisch stehen, guckt auf die Geisterhafte hinab. Die sieht nicht mal auf, bestellt mit kaum hörbarer Stimme ein Glas Wasser.

»Still oder Sprudel?«, fragt die Kellnerin.

»Leitungswasser.«

Die Kellnerin verkneift sich die Antwort, die ihr auf der Zunge liegt. Nämlich: »Können Sie sich in der Toilette holen.«

Stattdessen schlurft sie wortlos zum Tresen, füllt ein Glas mit Leitungswasser und bringt es der jungen Frau.

Nicht mal »danke« sagt die. Kramt in ihrer Tasche herum. Später schluckt sie Tabletten, das beobachtet sie ganz deutlich vom Tresen aus. Und dann schreibt sie was in ein Notizheft. Voll durchgeknallt. Solche Typen kennt sie. Wahrscheinlich ein Ex-Junkie.

Außer der Dünnen sitzt noch der Alte mit dem Schnupftabakbeutel im Raum. Der kommt täglich, seit seine Frau gestorben ist, trinkt immer nur Kaffee und liest stundenlang in der Zeitung, die am Haken an der Tür hängt. Der gibt auch kein Trinkgeld. Hoffentlich ist bald Schichtwechsel. Die Kellnerin schaut auf ihre Armbanduhr. Noch drei Stunden. Um zwanzig Uhr ist Ablösung. Sie würde lieber abends arbeiten, das wirft mehr ab. Aber als Alleinerziehende mit zwei kleinen Gören kann sie das nicht. Sie gähnt und wischt sich ein paar Krümel von der Schürze. Wie gern würde sie sich mal hinsetzen. Die Füße tun ihr weh. Aber der Chef hat das verboten, und wenn er mitkriegen würde, dass sie hier herumsitzt, wäre sie ihren Job gleich los.

Die Kellnerin rückt zum hundertsten Mal die Flaschen auf der Anrichte zurecht und poliert den Tresen. Dann nimmt sie ihr Telefon zur Hand und schreibt sich auf Facebook ihren Frust von der Seele. Fast augenblicklich treffen die ersten Antworten ein. Als hätten ihre Freunde nur darauf gewartet, sich selbst über das Leben auszukotzen. Wie tröstlich, sie ist nicht allein. Beinahe entsteht ein Wettbewerb darüber, wessen Leben am beschissensten ist. Sie lehnt sich an den Tresen und beteiligt sich eifrig daran.

Plötzlich zuckt die Kellnerin zusammen. Die Frau am Fenster ist aufgesprungen, so schnell, dass der Stuhl mit einem Krachen auf den Boden fällt. Sie lässt ihn liegen, reißt nur ihren Anorak von der Lehne und ist schon zur Tür hinaus. Nicht mal verabschiedet hat die sich. Der Alte hebt kurz den Kopf, blickt irritiert um sich und liest dann weiter. Er hört nicht so gut, und richtig helle ist er auch nicht mehr.

Missmutig geht die Kellnerin an ihm vorbei, stellt den umgekippten Stuhl wieder auf, nimmt die benutzte Tasse und wischt einmal mit der Handfläche über die Tischplatte. Dann sieht sie aus dem Fenster. Düster ist es da draußen. Der Regen wie eine Wand. Gern hätte sie gewusst, warum die Frau es plötzlich so eilig hatte. Aber die ist wie vom Erdboden verschluckt.

Katrin weiß, dass Michael Stüve am Donnerstagnachmittag freihat. Da holt er seine Töchter von der Schule, kocht ihnen was und bringt sie danach zum Ballettunterricht. Sie hat seine Kinder noch nie gesehen. Es interessiert sie auch nicht, wie die aussehen. Was sie interessiert, ist nur, wann er allein in seine Wohnung zurückkehrt.

Jetzt hat sie sein Auto gesehen. Grün ist es, und am Heck klebt ein Deutschlandsticker. Daran erkennt sie es. Ganz langsam ist er am Fenster der Kneipe vorbeigefahren. Wahrscheinlich auf der Suche nach einem Parkplatz.

Die Haustür hat ein Schnappschloss. Praktisch, denkt Katrin, drückt kurz dagegen und steht schon im Treppenhaus. Ganz still ist es hier und stockfinster. Sie könnte das Licht einschalten, aber sie muss vorsichtig sein. Sie schleicht zu der Wand, an der sie die Umrisse der Briefkästen erkennt, kramt eine Streichholzschachtel aus ihrer Anoraktasche und zündet ein Hölzchen an. Die Flamme wirft einen hellen Schein gegen die Wand. Katrin hält das Streichholz hoch und sieht sich um. Unter der Treppe befindet sich ein Hohlraum, darin sind Fahrräder und ein Kinderwagen geparkt. Ansonsten gibt es noch zwei Türen, eine scheint in den Keller zu führen, neben der anderen klebt ein Schild. Katrin geht näher heran und liest. Druckerei Schmittke. Das Streichholz erlischt. Die Dunkelheit umfängt sie wie eine schützende Haut. Niemand sieht das Lächeln, das ihre Lippen umspielt.

50. Kapitel

Als Michael Stüve seine Kinder beim Ballettunterricht abgegeben hat, fühlt er sich leer. Seine Ex holt die beiden nachher wieder ab und nimmt sie mit. Das ist das Schlimmste, dass sie ihm seine Töchter vorenthält. Das kann er ihr nicht verzeihen. Seine Kinder sind sein ganzer Stolz. Ohne die beiden fühlt er sich nackt. Oder jedenfalls nicht mehr wie ein Mann.

Er fährt noch rasch bei der Tankstelle vorbei, um sich ein paar Filme für den Abend zu holen. Dann noch ein paar Bier. Zigaretten. Tiefkühlpizza hat er noch. Das wird wieder ein Superabend. Zum Glück trifft er sich morgen mit Freunden zum Kegeln, sonst würde ihn die Einsamkeit allmählich auffressen.

Stüve parkt seinen Wagen in einer Seitenstraße. Vor dem gelben Mietshaus in der Müllerstraße, in dem er seit der Scheidung lebt, war wieder kein Parkplatz frei. Er steigt aus, Regen schlägt ihm ins Gesicht, und er hat Mühe, die Autotür zuzuschlagen, so stark ist der Wind inzwischen. Das hat er schon in den Nachrichten gehört, ein Sturmtief über Deutschland.

Er läuft um ein paar Ecken, dann auf die Haustür zu und stößt sie auf. Klatschnass ist er. Scheißwetter. Jetzt fällt ihm auf, dass er die Tüte mit dem Bier im Auto vergessen hat. Die muss er später holen, wenn er einen Schirm dabei hat. Seine neue Velourslederjacke ist wahrscheinlich jetzt schon ruiniert. Er flucht leise, während er unterhalb der Treppe stehen bleibt und sich das Regenwasser aus den Augen wischt. Dunkel ist es trotzdem. Er hält nach dem Lichtschalter Ausschau, der normalerweise neben den Briefkästen leuchtet.

Aber da ist nichts. Alles schwarz.

Er dreht sich um, zwinkert mit den Augen, sucht. Verdammt noch mal. Ist er jetzt völlig bekloppt? Ah, da ist er ja. Merkwürdig. Vorhin war da nichts. Er geht einen Schritt auf den erleuchteten Schalter zu und streckt die Hand danach aus. Aber dann wird es wieder dunkel.

Langsam wird ihm mulmig. Er bleibt stehen und lauscht. Außer dem Tosen des Windes und dem Klappern der Haustür hört Stüve nichts. Und doch, irgendetwas ist da, genau vor ihm. Er spürt eine Bewegung, macht einen Schritt zurück. Scheiße, was soll das hier? Vorsichtig geht er noch ein paar Schritte rückwärts, dorthin, wo er die Treppe vermutet. Dann muss er eben im Dunkeln zu seiner Wohnung finden. Da fällt ihm sein Feuerzeug ein. Kurz überlegt er, ob das vernünftig ist. Die Flamme wird ihn verraten, wenn ihm wirklich einer auflauert. Aber dann wischt er den Gedanken beiseite, greift in seine Jackentasche und holt das Feuerzeug hervor. Er hält es ein bisschen von seinem Körper weg und zündet es an.

Sie steht an der Wand und hat ihm den Rücken zugekehrt. Das braune Haar ringelt sich über ihren Schultern. Michael Stüves Herz macht einen Satz. Damit hat er nun gar nicht gerechnet.

Er geht einen Schritt auf sie zu.

»Frau Minkus? Das ist ja eine ...«

Sie dreht sich zu ihm um, aber sie sieht ganz anders aus. Ihr Gesicht ist kalkweiß, und die Augen liegen in tiefen Höhlen. Vielleicht ist sie krank?

Da kommt Kati Minkus schon auf ihn zu. Ihr Gang ist schleppend. Unheimlich sieht das aus. Letzte Woche hat er einen japanischen Horrorfilm gesehen, da lief eine Frau genauso durch die Gegend und hat Leute abgeschlachtet. Aber das war nur ein Film, versucht er sich zu beruhigen. Trotzdem weicht er ein bisschen zurück, stolpert über die unterste Treppenstufe, fängt sich wieder und geht langsam rückwärts die Treppe hoch.

»Was machen Sie denn hier, Frau Minkus?«

Sie antwortet nicht, sondern sieht ihn von unten an, den Kopf leicht geduckt, kommt sie näher.

»Ich habe mir schon Sorgen um Sie gemacht.« Michael Stüve versucht ein kleines Auflachen, das ihm im Hals stecken bleibt. Da geht das Feuerzeug aus. Panisch dreht er an dem Rädchen, bis die Flamme erneut auflodert.

Sie muss im Dunkeln auf ihn zugekommen sein, denn jetzt steht sie dicht vor ihm. Täuscht er sich, oder fletscht sie die Zähne? Nein, sie versucht zu lächeln. Es scheint ihr wirklich nicht gutzugehen. Wenn er das hier überstanden hat, wird er sofort ihre Kündigung aussprechen. Fristlos. Die spinnt wohl.

»Wegen der Fehlstunden, da machen Sie sich mal keine Sorgen, das können wir unter uns regeln.«

Weiter kommt er nicht. Der Hieb ist so stark, dass sein Kopf seitlich auf die Schulter fällt. Augenblicklich erlischt das Licht.

Kati duckt sich weg, tritt ein paar Schritte zurück, damit der Blutstrahl sie nicht trifft. An der Wand bleibt sie stehen und lauscht, wie Michael Stüve noch ein paar Schritte die Treppe hinaufwankt und dann zusammenbricht. Er röchelt, schnappt heiser nach Luft, gurgelnd wie ein verstopfter Ausfluss. Dann schlägt er im Todeskampf rhythmisch gegen das Holz. Immer schneller, bis sein Körper in der Dunkelheit zu vibrieren scheint, als hätte man ihn unter Strom gelegt. Sie lauscht gebannt und umklammert das Fleischermesser in ihrer Hand. Sie wartet.

Langsam wird es stiller, das Klopfen schwächer. Ertönt nur noch ab und zu wie ersterbender Regen.

Sie packt das Messer in ihren Rucksack und will gerade zur Tür gehen und in die Nacht hinaus, als im Stockwerk über ihr eine Tür aufgeschlossen wird. Das Licht geht an, und die Tür fällt ins Schloss. Das Klirren von Schlüsseln, sich nähernde Schritte.

Katrin wirft einen Blick auf Stüve, der reglos und blutüberströmt auf dem ersten Treppenabsatz liegt. Er starrt zu ihr herüber. Der Schnitt am Hals ist tief, der halb abgetrennte Kopf so verdreht, dass er ein Stück weit neben dem Körper zu liegen scheint. Wie hässlich er ist, denkt Kati.

Sie schlüpft durch die Haustür nach draußen. Der Wind fährt ihr durchs Haar wie ein alter Bekannter. Leidenschaftlich küsst der Regen ihr Gesicht, wäscht das Blut von ihren Händen.

Sie breitet die Arme aus und rennt los.

51. Kapitel

»Scheiße.«

Melanie Fallersleben und Steffen Müller haben beim Schnellimbiss um die Ecke gerade etwas zu essen geholt und sind mit ihren Tabletts auf dem Weg zu einem freien Tisch, als Mels Telefon klingelt. Bis auf einen Schokoriegel hat sie heute noch nichts gegessen, und entsprechend schlecht ist ihre Stimmung. Herrn Müller scheint es ähnlich zu gehen. Er tut so, als höre er das Klingeln nicht, und setzt sich schon mal hin. Sein Tablett ist ziemlich leer, außer einem Becher Naturjoghurt, einem Tomatensaft und Besteck ist da nichts. Aber während Mel den Anruf entgegennimmt, beobachtet sie aus dem Augenwinkel, wie er seinen Rucksack öffnet und eine Dinkelstange und ein Stück Biokäse daraus hervorzaubert. Hoffentlich merkt das keiner.

Sie lauscht. Dann bedeckt sie ihr freies Ohr mit der Hand, um besser hören zu können, und wendet sich ab.

Müller beobachtet sie, wie sie sich durch die Tischreihen einen Weg zum Fenster bahnt. Gerade hat er sich ein Stück von seinem Biokäse abgeschnitten und will es zum Mund führen, als seine Chefin wieder vor ihm steht. Sie nimmt ihren Mantel und die Tasche und schaut ihn an. Er hält immer noch die Gabel mit dem Käse in der Luft, jetzt lässt er sie schweren Herzens sinken.

»Was Schlimmes?«

Er hat so gar keine Lust darauf, jetzt wieder loszumüssen.

»Das wird nichts mit unserer Pause, Herr Müller, es gibt schon wieder einen Todesfall.«

»Oh, nein.« Steffen Müller schenkt seinem Käse noch einen wehmütigen Blick, dann erhebt er sich seufzend. Er will seiner Chefin bereits folgen, besinnt sich dann aber eines Besseren. Er kehrt zum Tisch zurück und packt sein Essen wieder ein. Zumindest einen Teil, den Käse verschlingt er im Stehen, während er nach den Autoschlüsseln sucht.

Mel wartet an der Tür. »Halten Sie das für eine gute Idee?«

»Was?«

»Sich jetzt den Bauch vollzuschlagen?«

»Kleine Grundlage«, antwortet Steffen Müller und lächelt beschämt.

»Das kotzen Sie doch sowieso gleich wieder aus«, sagt Mel und wendet ihm den Rücken zu.

Steffen erbleicht. Hoffentlich behält die Fallersleben nicht recht.

Auf dem Parkplatz treffen sie Kriminalhauptkommissar Behling.

»Hey, Melanie, auch unterwegs?«

Behling sieht gut aus. Er ist Mel gleich zu Beginn aufgefallen, als er vor drei Jahren von Mannheim nach Berlin versetzt wurde. Er ist groß und nicht zu dünn, hat ein markantes Gesicht und braune Augen. Volles braunes Haar, an den Seiten leicht ergraut. Leider ist er angeblich glücklich verheiratet und hat zwei heranwachsende Kinder. Aber Mel genießt es trotzdem, mit ihm zusammenzuarbeiten. Er ist nicht so oberflächlich und präpotent wie die meisten anderen Männer der Belegschaft. Er ist ein richtiger Kerl. Und er hat ein offenes Ohr für die Sorgen anderer. Dass Mel seit über einem Jahr allein ist, hat sie ihm allerdings nicht gesagt. Das weiß keiner. Es geht niemanden an, dass sie sitzengelassen wurde. Damit muss sie allein klarkommen.

»Hallo, Rudi!«, ruft sie zu ihm hinüber. Jedes Mal fällt es ihr schwer, ihn bei seinem Namen zu nennen. Wie kann man nur Rudolf heißen? Rudi ist zumindest ein bisschen erträglicher. Das ist der einzige Makel, den Behling hat. Dass er Rudolf heißt.

»Wie geht's?«, fragt sie und bleibt stehen. Es gibt nicht allzu oft Gelegenheit, mit ihm allein zu sein. Steffen Müller zählt sie jetzt mal nicht mit.

»Gut, danke.« Behling kommt zu ihr und gibt ihr die Hand. Sie ist groß und warm, und Mel würde sie am liebsten nicht mehr loslassen.

»Und bei dir?«

»Auch. Aber wir haben jetzt schon den zweiten Mordfall innerhalb kürzester Zeit, das ist schon ungewöhnlich.«

»Ja, hab ich gehört. Viel Glück, Mel. Ich muss los.«

»Was ist bei dir?«

»Treppensturz in Kreuzberg, alte Frau.«

»Aha.«

Sie rührt sich nicht, würde gerne noch etwas sagen. Aber nichts fällt ihr ein. Er scheint ihren Blick zu bemerken, lächelt, nickt, verharrt kurz.

»Na dann«, sagt er schließlich.
»Na dann«, antwortet Mel und wendet sich ab.
»Ruf mich an, wenn's was Interessantes gibt, ja?«
»Mach ich!«, ruft Mel, und ihr Herz macht einen kleinen Sprung. Das ist eine gute Idee.

»Ist schon merkwürdig«, sagt Mel auf dem Weg nach Neukölln. »Zwei Tote in zwei Tagen. Wochenlang nichts und dann zwei auf einmal.«
»Ja. Verrückt. Ob das irgendwie zusammenhängt?« Müller nimmt einem Fahrradfahrer die Vorfahrt. Seit Mel Rudi Behling so überschwenglich begrüßt hat, hat er schlechte Laune. Zumindest fährt er wie ein Berserker. Um ein Haar macht er den Fahrradfahrer platt. Der Mann schreit Verwünschungen hinter ihnen her.
»Herr Müller?«
»Ja?«
»Wenn Sie so weitermachen, haben wir auf der Fahrt zum zweiten noch einen dritten Toten.«
»Oh, Entschuldigung. Ich hab den gar nicht gesehen. Hatte der sein Licht an?«
»Ja, Herr Müller. Alles vorschriftsmäßig.«
»Komisch.«
»Was?«
»Na, dass ich ihn trotzdem nicht gesehen habe.«
Mel hebt die Augenbrauen und sieht aus dem Fenster. Manchmal ist es besser, Unterhaltungen mit Steffen Müller vorzeitig zu beenden.

Stockfinster ist es. Es hat aufgehört zu regnen, aber der Wind rüttelt am Auto und zerrt an den Schildern am Straßenrand.

Melanie Fallersleben und Steffen Müller fahren die Müllerstraße entlang.

Schon von weitem erkennen sie den Tatort. Ein Menschenauflauf wie bei der Eröffnung einer neuen Ikea-Filiale. Blaulichter kreisen durchs Dunkel und brechen sich an den Häuserwänden, werfen gespenstische Schatten auf die bleichen Gesichter der Schaulustigen. Die drängeln sich am Absperrband und warten mit ihren Mobiltelefonen auf die nächste Gelegenheit, ein Foto von der Leiche zu machen. Denn dass dort jemandem die Kehle durchtrennt wurde, hat sich im Viertel in Rekordzeit herumgesprochen.

»Wo soll ich denn da parken?«, fragt Steffen Müller und hält erst mal mitten auf der Straße.

»Wo Sie wollen, Herr Müller. Aber machen Sie bitte schnell. Ich geh schon mal vor.« Mel steigt aus, knallt die Autotür zu und bahnt sich einen Weg durch die Schaulustigen.

52. Kapitel

Bernd will nur kurz nach Katrin sehen. Sein schlechtes Gewissen lässt ihm keine Ruhe. Er hat Scheiße gebaut, das ist klar. Andererseits kann es so nicht weitergehen. Er will sie zur Rede stellen. Sie muss einsehen, dass sie so nicht mit ihm umspringen kann.

Außerdem sollte er wenigstens versuchen, herauszufinden, was sie umtreibt.

Er hat Lissa gesagt, dass er vielleicht später zu ihr kommt. Falls er es daheim nicht aushält. Aber insgeheim wünscht er sich, er und Katrin würden sich wieder vertragen. Ihm kommt der unangenehme Gedanke, dass sie womöglich die Schlösser ausgetauscht hat. Darüber zermartert er sich das Hirn, während der Bus sich seinem Zuhause nähert. Beim Discounter steigt er aus. Wie immer. Und doch ist es heute anders als sonst. Er fühlt sich wie ein Fremder, der in unerlaubtes Terrain eindringt.

Kaum ist Bernd um die Ecke gebogen, wird ihm klar, dass etwas geschehen sein muss. Er sieht den blauen Lichterschein, der sich rhythmisch an den Hauswänden bricht, den Menschenauflauf vor seinem Haus, die Einsatzfahrzeuge und die Ambulanz. Und als sei das noch nicht genug, überholt ihn von hinten ein Leichenwagen.

Der Schock ist so groß, dass Bernd stehen bleiben muss. Schwindlig ist ihm, und er lehnt sich an einen Laternenpfahl.

Die Gewissheit schlägt ihm mit solcher Wucht in die

Magengrube, dass ihm fast die Currywurst wieder hochkommt, die er zu Mittag gegessen hat: Kati hat sich was angetan.

Bernd umklammert die kalte Metallstange, um nicht umzukippen, und überlegt, was er tun soll. Dann hat er eine Eingebung, kramt nach dem Handy in seiner Tasche und wählt Katis Nummer. Nichts. Anscheinend hat sie ihr Telefon ausgeschaltet. Das macht sie manchmal, wenn ihr alles zu viel wird. Er steckt das Handy wieder ein und beobachtet die Menschentraube vor der Absperrung. Die werden ihn sowieso nicht durchlassen.

Aber dann setzt er sich wieder in Bewegung. Ein paar Schritte macht er, bleibt zwischen den Menschen wieder stehen. Traut sich nicht weiter. Wendet den Kopf und sucht nach bekannten Gesichtern, Hausbewohnern, die ihn darüber aufklären können, was passiert ist.

Er kennt niemanden.

Er wartet noch eine Weile, dann gibt er sich einen Ruck, drängelt sich durch die Umstehenden und nähert sich dem Polizisten, der vor dem Eingang Wache schiebt.

»Was ist denn passiert?«

Seine Stimme klingt ganz fremd. Viel höher als sonst. Und er lallt, als käme er gerade aus der Eckkneipe.

»Das kann ich Ihnen nicht sagen.«

»Aber ich wohne hier.«

»Aha.«

Der Polizist beäugt Bernd mit unverhohlener Abneigung. Als würde er ihm gleich Handschellen anlegen, nur weil der in seine Wohnung will. Bestimmt hat Kati einen

Abschiedsbrief geschrieben, und darin wird stehen, dass sie sich wegen ihm, ihrem Mann Bernd, das Leben genommen hat. Weil er ein Schwein ist.

»Darf ich mal nach Ihrem Namen fragen?«

»Minkus. Bernd. Ich wohne im vierten Stock.«

Bernd bekommt kaum die Lippen auseinander. Seine Zunge klebt dick und trocken zwischen den Zähnen.

»Ich kann Sie ganz schlecht verstehen, junger Mann. Zeigen Sie mir mal Ihre Papiere.«

Bernd gehorcht. Mit zitternden Fingern zieht er seinen Ausweis aus der Geldbörse und reicht ihn dem Beamten.

»Ah, okay, Sie wohnen hier. Sagen Sie das doch gleich.«

Aber der Polizist lässt ihn trotzdem nicht durch. »Da müssen Sie sich leider noch ein bisschen gedulden, bis wir da drin klar Schiff gemacht haben.«

Endlich kriegt Bernd die Zähne auseinander und fragt noch einmal: »Was ist denn passiert?«

»Da ist jemand die Treppe runtergefallen.«

Bernd überläuft es kalt.

»Wer denn?«

»Das können Sie morgen in der Zeitung lesen.«

In dem Moment wird Bernd zur Seite geschubst. Hinter ihm stehen die Bestatter und wollen mit der Metallwanne durch. Als der Polizist die Tür öffnet, um sie reinzulassen, linst Bernd an ihnen vorbei ins Treppenhaus. Aber er kann die Leiche nicht sehen, die muss im Treppenschacht liegen.

Da nimmt er all seinen Mut zusammen, haut dem Bullen den Ellbogen in die Magengrube und sprintet ins Haus. Stolpert. Stürzt. Und ehe er wieder aufstehen kann, ist der

Polizist über ihm und dreht ihm die Arme auf den Rücken.

Bernd knallt mit dem Kopf auf den Steinboden und brüllt. Dass er da rein muss.

Dass er sie sehen muss.

Der Polizist drückt ihm das Knie in den Rücken, während er sich den Dreck von den Ärmeln wischt.

53. Kapitel

Als Katrin den Menschenauflauf sieht, beschließt sie, sich von ihrer Wohnung zunächst fernzuhalten. Sie läuft eine Straße weiter, klettert über einen Zaun, durchquert mehrere Vorgärten, bis sie endlich vor einem rostigen Törchen steht, dem Eingang zum Innenhof des Mietshauses. Von vorne würde man nicht vermuten, dass sich hinter den düsteren Gebäuden ein wahres Vorgartenparadies versteckt. Gepflegte Gärten mit sorgfältig geschnittenen Hecken.

Kati läuft geduckt an den erleuchteten Fenstern im Erdgeschoss entlang, bis sie die unscheinbare Tür erreicht, die direkt zu den Kellerverschlägen führt. Dort haben sie und Bernd ein Abteil gemietet, in dem sie die Sachen aufbewahren, die nicht in die kleine Wohnung passen, unter anderem ein altes Sofa, das Bernd von seiner Mutter geerbt hat. Es ist so ziemlich das einzige Erbstück, das sie ihm nach ihrem Tod hinterlassen hat, und deshalb wird er sich vorerst auch nicht davon trennen.

Kati hat oft über das sperrige Möbel geschimpft, weil es den ganzen Verschlag ausfüllt. Aber heute ist sie froh darüber.

Sie schlüpft in das Kellerabteil, zieht sorgfältig das alte Leinentuch an der Tür zurecht, damit von außen niemand hereingucken kann, und schluckt ihre Tabletten. Sie zerrt den staubigen Überwurf vom Polster, legt sich aufs Sofa und wickelt die alte Decke über sich. Kalt ist es hier unten.

Sie zieht die Beine fest an den Oberkörper, umschlingt sie mit den Armen und legt den Kopf an die Knie. So hat sie schon als Kind geschlafen. Das ist ihre Art, Schutz vor der Welt zu suchen. Aber Schutz vor den Träumen bietet diese Stellung nicht

54. Kapitel

Mel fährt herum, als ihr jemand an die Schulter tippt.

»Ach, Sie sind es, Herr Dr. Schubeck. Ich war gerade ganz woanders mit meinen Gedanken.« Freundlich lächelt sie den alten Arzt an.

»Entschuldigen Sie, Frau Fallersleben. Ich wollte Sie nicht erschrecken, aber haben Sie nicht auch das Gefühl, dass wir ein ähnliches Szenario vor ein paar Tagen schon einmal erlebt haben?«

»Ja, das habe ich auch gerade gedacht. Der gleiche Schnitt, oder? Täusche ich mich?«

»Das muss die Rechtsmedizin klären. Aber es scheint da durchaus Parallelen zu geben. Wurde denn eine Tatwaffe gefunden?«

»Nein.«

Dr. Schubeck räuspert sich. »Schade.« Er lächelt, und die Enden seines grauen Schnurrbarts biegen sich ein bisschen nach oben.

Dann sieht er Mel an und fährt fort: »Komischer Tag heute. Haben Sie schon von dem Treppensturz in Kreuzberg gehört?«

»Ja, was ist damit? Das war doch ein Unfall, oder?«

»Ich hab mir die Tote angesehen, bevor ich hierhergerufen wurde. Sie ist mit dem Hinterkopf auf dem Boden aufgeschlagen. Der sah auch dementsprechend aus. Aber im Gesicht hat sie ein Hämatom, das Hinweise auf eine Fremdeinwirkung gibt.«

»Kann das nicht beim Sturz entstanden sein? Vielleicht ist sie mit dem Gesicht aufs Geländer geknallt?«

»Eher nicht. Auf dem Gesicht ist ein Abdruck zu sehen, der Hinweise darauf gibt, dass die Frau mit einem geformten Gegenstand geschlagen wurde. Solch einen Abdruck kann man sich nicht bei einem Sturz zuziehen, wenn Sie mich fragen. Aber ich will natürlich nicht spekulieren. Merkwürdig finde ich das allerdings schon.«

Mel schweigt und denkt nach.

Deshalb sagt er mit einem Schulterzucken: »Na ja, ist nur so eine krude Vermutung.«

»Nein, das ist interessant. Danke, Dr. Schubeck.« Sie wird sich das alles später noch mal durch den Kopf gehen lassen.

Mel lässt Schubeck stehen und hockt sich an den Fuß der Treppe. Sie betrachtet den Toten, dessen Augen wiederum in ihre Richtung zu blicken scheinen. Als wolle er ihr etwas mitteilen. Das Geheimnis um seinen Tod, von dem nur er allein weiß.

Anders als die Tote im Wald liegt er in einer Lache schwarzen Blutes. Auch seine Kleidung ist durchtränkt. Blutspritzer verteilen sich über die ganze Treppe bis zur Wand. Eigentlich müsste der Mörder genauso aussehen wie die Leiche.

Trebitsch von der Verbrechensbekämpfung kommt mit einer Geldbörse auf sie zu.

»'n Abend, Frau Fallersleben. Schauen Sie mal, das hatte der Tote in der Gesäßtasche.«

Sie nimmt das Portemonnaie entgegen. Abgegriffen.

Altes braunes Leder. Sie zieht einen Ausweis hervor und zückt ihre Brille.

Der Ausweis ist ausgestellt auf Michael Stüve. Geboren am 2.10.1975 in Halle.

»In welchem Stock hat er gewohnt?«

Mel hebt den Blick zu Trebitsch, als sie die Frage stellt. Da wird ihr bewusst, wie unangebracht ihre Position ist, und sie erhebt sich.

»Dritter Stock. Ein paar Kollegen sind schon dabei, die Mieter zu befragen.«

»Hat er Familie?«

»Ja. Besser gesagt, gehabt. Er war geschieden und hatte zwei Töchter, die ihn jeden Donnerstag besuchen durften. Die hat er zum Ballettunterricht gebracht. Er arbeitet als Filialleiter in einem Drogeriemarkt. Mehr wissen wir noch nicht.«

»Mmh. Da müssen wir gleich morgen früh hin.«

Mel sucht nach Parallelen zwischen den beiden Mordopfern. Schubecks Worte gehen ihr nicht aus dem Kopf. Sie versucht, sich zu konzentrieren. Die Morde hängen augenscheinlich unmittelbar zusammen, und wenn sie sich nicht beeilt, waren es eventuell nicht die letzten. Zurzeit kann sie sich jedenfalls nicht darüber beklagen, dass in ihrem Job nichts passiert.

Sie sieht zu Michael Stüve hinüber. Er hat rein äußerlich nicht das Geringste mit Frau Czernowitz gemein. Er ist unauffällig gekleidet. Braune Wildlederjacke, beige Hose. Absoluter Durchschnitt. Auch beruflich trennen die beiden Welten. Erfolgreiche Unternehmerin, Angestellter im

Drogeriemarkt. Familie, wenn auch getrennt lebend, auf der einen, alleinstehend mit Hund auf der anderen Seite. Prenzlauer Berg gegen Dahlem.

Was tun? Zuerst Stüves Wohnung durchsuchen. Es muss etwas geben, worüber sie noch nicht Bescheid weiß.

Mel sucht die Eingangshalle nach Müller ab. Sie sieht ihn schließlich in der hintersten Ecke zwischen den Fahrrädern und winkt ihn zu sich heran.

»Herr Müller, was ist?«

Krampfhaft versucht er, nicht auf die Leiche zu gucken.

»Alles gut, Chefin. Bin bereit.«

»Dann besorgen Sie mir einen Durchsuchungsbeschluss. Aber fix, wenn's geht.«

»Schon unterwegs.«

Er dreht sich abrupt um und eilt nach draußen, wobei er in seiner Jackentasche nach dem Handy sucht.

Die Spurensicherung hat ihre Arbeit beendet. Während sich die Männer zurückziehen und ihre Plastiküberschuhe abstreifen, bahnen sich die Bestatter einen Weg zu dem Toten. Mit unbeweglichen Mienen heben sie den leblosen Körper aus seinem Blutbett und legen ihn in die Metallwanne.

Von oben kommen die Beamten, die die Befragung durchgeführt haben. Mel stellt sich ihnen in den Weg.

»Und?«

Viel ist es nicht, was die Männer herausgefunden haben. Stüve lebte ziemlich zurückgezogen, war höflich, aber nicht sehr gesprächig, wenn er einem Mitbewohner im

Treppenhaus begegnete. Ansonsten erfährt Mel nichts über ihn.

Sie stellt sich etwas abseits in die Ecke und wartet. Ihr Handy klingelt. Die Telefonnummer kennt sie zwar nicht, aber sie geht trotzdem ran. Es ist Rudi Behling.

»Hey, Mel, ich bin's, Rudi. Wir wollten doch telefonieren, wenn uns etwas spanisch vorkommt, stimmt's?«

»Ja.« Mehr fällt ihr nicht ein. Augenblicklich sieht sie Rudis Gesicht vor sich. Sie muss sich zusammenreißen.

»Der Treppensturz in der Nostitzstraße …«

Bei Mel klingeln die Alarmglocken.

»Wo?«

»Nostitzstraße, Kreuzberg. Die Tote hat Verletzungen im Gesicht, die eigentlich nicht von dem Sturz herrühren können. Und sie wohnt in einem Haus, das dem ersten Mordopfer, also dieser Frau Czernowitz, gehört hat.«

Mel reibt sich über die Stirn, versucht, sich zu konzentrieren.

»Ja, ich weiß.«

Dann schießt ihr eine Ahnung in den Kopf. »Wie heißt die Tote?«

»Das war eine Frau Klammroth. Wieso?«

»Ach du je«, entfährt es Mel.

»Was denn?«

Aber Mel antwortet nicht. Ihre Gedanken überschlagen sich.

»Rudi, könntest du mir einen Gefallen tun?«

»Klar. Was denn?«

»Mal bei den Minkus klingeln. Die Wohnung liegt auf dem gleichen Stockwerk wie die von der Klammroth. Das Paar haben wir neulich nicht angetroffen, nach dem Tod von der Czernowitz. Und ich hab so ein Gefühl, dass die uns meiden.«

»Mach ich sofort, Mel. Die Kollegen klingeln sich ohnehin gerade durchs ganze Haus. Ich melde mich, tschau.«

»Tschau«, sagt Mel und drückt den Aus-Knopf.

Nostitzstraße, denkt sie. Das kann kein Zufall sein.

55. Kapitel

Vorsichtig schließt Katrin die Tür auf und schlüpft in die Wohnung. Der Flur ist dunkel, aber aus der angelehnten Badezimmertür dringt Licht. Sie muss achtgeben, dass die Eltern sie nicht hören, sonst setzt es Schläge. Sie darf nicht früher als erwartet nach Hause kommen. Aber heute sind zwei Schulstunden ausgefallen, und wo soll sie hin bei dem Wetter?

Leise schleicht sie näher, späht um die Ecke. Da sieht sie den Vater. Er liegt vor dem Klo und wimmert. Einen Arm hat er ausgestreckt und versucht mit gespreizten Fingern, eine Tablettenschachtel zu erreichen. Die liegt etwa zwei Meter von ihm entfernt auf dem Badvorleger.

Jetzt erblickt er Kati. Er reißt die Augen auf, hebt den Arm und deutet zu ihr hin. Lallt etwas, das sie nicht verstehen kann. Ein Speichelfaden hängt ihm seitlich aus dem Mund. Die Augen sind ganz gelb.

Sie muss nicht verstehen, was er sagt, sie weiß auch so, was er will. Er braucht seine Herztabletten. Sie soll ihm die Packung geben.

Ganz schwindlig ist ihr, und sie muss sich am Türrahmen festhalten. Noch nie war sie so ungehorsam. Gleichzeitig spürt sie, dass in der Ungeheuerlichkeit ihres Ungehorsams ihre einzige Chance liegt. Denn sobald sie ihrem Vater hilft, wird er aufstehen und sie weiter so behandeln wie bisher. Er wird nicht dankbar sein. Er wird sie schlagen und beschimpfen und sie nachts wecken, damit sie die Kotze der Mutter aufwischt.

Katrin hasst ihren Vater. Nichts wünscht sie sich sehnlicher, als dass er endlich aus ihrem Leben verschwindet.

Aber dann besinnt sie sich. Sie kann ihn da nicht liegen lassen. Sie macht einen Schritt auf ihn zu, will sich gerade nach den Tabletten bücken, um sie ihm zu geben, da spürt sie einen harten Griff an der Schulter. Jemand reißt sie zurück. Sie stolpert. Fängt sich wieder, dreht sich langsam um. Vor ihr steht die Mutter. In ihrem Gesicht Tränen und Rotz. Sie blutet aus der Nase, ein Auge ist zugeschwollen. Kati weiß, dass sie jetzt lieb zur Mutter sein muss, um sie nicht zu sehr zu reizen. Anscheinend ist sie wieder stockbesoffen, und wenn sie Dresche vom Vater gekriegt hat, lässt sie danach ihre Wut an Kati aus.

Also streckt Kati die Hand nach der Mutter aus, berührt sie zaghaft und fragt: »Mami, was ist passiert?«

Anstatt zu antworten, schlägt ihr die Mutter ins Gesicht.

»Tu nicht so, als hättest du Mitleid mit ihm, du falsches Stück. Ich hab's genau gesehen.«

Kati weiß nicht, was sie meint.

»Was gesehen, Mami?«

»Du bist schuld!«

»Woran denn, Mami?«

»Dass er da jetzt liegt. Das ist deine Schuld!«

»Aber ich bin doch gerade erst heimgekommen.« Kati weiß ganz genau, dass der Vater schon auf dem Boden lag, als sie nach Hause gekommen ist. Und sie ahnt, warum er da liegt. Er hat sich wieder mit der Mutter geprügelt, da kriegt er es manchmal mit dem Herzen vor Aufregung.

»Red nicht so wirres Zeug. Hau schon ab!«

»Aber ich wollte ihm seine Medizin geben.«

»Glaubst du, das weiß ich nicht? Raus hier! Hau schon ab! Das mach ich selbst.«

Die Mutter haut Kati mit der flachen Hand gegen die Brust, so hart, dass das Mädchen rückwärts gegen den Türrahmen knallt. Dann dreht sie den kleinen Körper Richtung Flur und verpasst ihr einen Stoß in den Rücken.

Kati rennt in ihr Zimmer. Aber sie schließt die Tür nicht sofort, sondern dreht sich um, blickt zurück zur Mutter, die immer noch in der Tür zum Badezimmer steht und den Vater beobachtet.

Da sieht sie, wie die Mutter den Schlüssel innen aus dem Schloss zieht. Von außen steckt sie ihn wieder ein, schließt die Tür behutsam und dreht den Schlüssel zweimal um. Dann läuft sie Richtung Küche. Obwohl sie viel getrunken haben muss, geht sie sehr gerade. An ihrer Körperhaltung merkt man nie, wie viel sie intus hat. Nur an ihrer Reizbarkeit. An ihren unkalkulierbaren Wutausbrüchen. Der Härte ihrer Schläge.

Kati schließt die Tür zu ihrem Kinderzimmer. Sie setzt sich auf ihr Bett, nimmt den kleinen Teddy in den Arm und beobachtet den Sekundenzeiger auf dem Wecker. Nach sechzig Sekunden macht es leise »Klack«. Dann ist eine Minute um. Nach sechzig Minuten eine Stunde. Die ganze Nacht sitzt sie da und lauscht dem Takt der Zeit. Irgendwann, das weiß sie, wird es wieder hell.

56. Kapitel

Stüves Wohnung ist fast leer. Die spärlichen Möbel scheinen lediglich danach ausgesucht worden zu sein, ob sie ihren Zweck erfüllen. Nichts passt zusammen. Mel fröstelt. Diese Lieblosigkeit schlägt ihr oft entgegen, wenn sie die Wohnungen fremder Menschen betritt. Das Desinteresse für Details, für die kleinen Dinge, die das Leben manchmal erträglicher machen. Wie kann man so leben?, denkt sie. Dann sieht sie ihre eigene Wohnungseinrichtung vor sich. Wenn sie ganz ehrlich ist, lebt sie zurzeit auch nicht viel besser. Sie bleibt kurz stehen, um diese Einsicht zu verarbeiten. Dann geht sie ins Wohnzimmer. Sie sieht sich um.

Eine alte Couchgarnitur aus Lederimitat, ein Glastisch mit überquellendem Aschenbecher. Der abgetretene Teppichboden, die Brandlöcher. Eine vertrocknete Pflanze. Keine Bücher. Dafür ein XXL-Fernseher. Eine Spiele-Konsole

Mel geht zum Schlafzimmer und lässt ihren Blick über das ungemachte Bett gleiten. Auf dem Nachttisch ein weiterer schmutziger Aschenbecher und ein Wecker. Sie entdeckt einen Haufen Schmutzwäsche neben dem Bett, geht zum Fenster und öffnet es.

Als sie sich umdreht, steht Müller in der Tür. In den Händen einen Karton.

»Schauen Sie mal, Chefin. Das ist ganz interessant. Eine Kiste mit alten Fotos.«

»Zeigen Sie mal«, sagt Mel und zieht ihre Lesebrille aus ihrer Tasche. Sie nimmt ihm den Karton aus der Hand, geht zum Couchtisch und zieht die ersten Bilder hervor.

»Das müssen die Töchter sein«, meint Müller und deutet auf ein Bild von zwei Mädchen im Alter von ungefähr sieben und zehn Jahren. Sie tragen ihre langen Haare zu Zöpfen geflochten und grinsen in die Kamera.

»Sehen brav aus«, sagt Mel.

»Sehen ihm ähnlich«, ergänzt Müller.

»Wie kommen Sie darauf? Sie haben ihn doch gar nicht richtig angeschaut, als er da unten lag.«

»Nein, nur von fern«, gibt er zu. »Aber weiter unten sind Fotos, wo er mit drauf ist.«

»Aha«, sagt Mel. »Gibt es auch eins von seiner Frau?«

»Hab keins gesehen. Aber ein Gruppenfoto von der Belegschaft der Drogeriefiliale, wo er Filialleiter war. Am Alex.«

»Zeigen Sie mal.«

Auf dem Foto steht Stüve im Kreis seiner Angestellten vor der Filiale. Es scheint die Einweihung des Geschäfts gewesen zu sein, neben der Eingangstür sind bunte Luftballons befestigt. Um Stüve herum haben sich vier Mitarbeiterinnen gruppiert, alle etwas jünger als er. Sie haben ihre Arbeitskittel an und lachen in die Kamera.

Mel starrt auf das Gesicht einer hübschen jungen Frau in den Zwanzigern. Das lange braune Haar hat sie zurückgesteckt, nur an einer Seite fällt es ihr auf die Schulter. Sie ist etwas größer als ihre Kolleginnen und schlank. Sie kommt Mel bekannt vor, aber im ersten Moment weiß sie nicht, wo sie sie hinstecken soll. Ihr fällt etwas auf. Unter dem Kittel der jungen Frau wölbt sich ein Bauch. Mel beugt sich vor, um besser sehen zu können, dann sieht sie hilfesuchend zu Müller hinüber, der inzwischen sämtliche Fotos auf dem Tisch ausgebreitet hat.

»Sagen Sie mal, Herr Müller, täusche ich mich, oder ist die Frau hier schwanger?«

Steffen Müller hält sich das Bild unter die Nase. »Schwanger. Eindeutig. Wieso ist das wichtig?«

Mel antwortet nicht. Stattdessen fragt sie: »Von wann sind die Fotos?«

Müller dreht ein Bild um und sieht auf die Rückseite. »April 2012. Circa zwei Jahre.«

Mel zuckt zusammen, kratzt sich am Kopf. »Verdammt noch mal. Da war doch was. Scheiße.«

»Was denn, Chefin? Wegen der Schwangeren?«, versucht Steffen Müller zu helfen.

»Ja, da klingelt was bei mir. Seien Sie mal bitte kurz leise, Herr Müller, ich muss mich konzentrieren.«

Steffen Müller schweigt und beobachtet sie ehrfürchtig. Aber dann kommt ihm doch ein wichtiger Gedanke, und er kann nicht länger an sich halten. »Ach so. Sie meinen, von Stüve?«

Mel versteht nicht. »Was, von Stüve?«

»Das Kind. Wenn sie doch schwanger ist. Oder wie ...«

Mel hebt langsam den Kopf und sieht ihn an. Sie ist kurz davor, die Fassung zu verlieren.

»Herr Müller, es wäre hilfreich, wenn Sie mal in ganzen

Sätzen sprechen könnten. Kein Mensch versteht, was Sie meinen.«

Müller knickt ein bisschen ein. »Natürlich. Schon klar. Ich dachte nur, Sie meinen vielleicht, dass die junge Frau eventuell von Herrn Stüve schwanger gewesen sein könnte.«

»Wie kommen Sie denn darauf?« Langsam verliert Mel die Geduld.

»Na, weil Sie so aufgeregt sind.«

»Ich bin nicht aufgeregt, Herr Müller. Zumindest nicht, wenn es keinen Grund dafür gibt. Aber wenn Sie weiter so einen Blödsinn von sich geben, könnte es sein, dass das heute noch passiert. Und dann würde ich an Ihrer Stelle in Deckung gehen.«

Sie nimmt die Brille ab.

»Herrgott, Sie schaffen es immer wieder, dass ich den Faden verliere. Wie wäre es denn mal, in Zukunft erst zu denken und dann zu reden, das ist ja furchtbar mit Ihnen.«

Sie steht auf und lässt Müller inmitten seines Fotoarrangements sitzen.

57. Kapitel

Mel muss allein sein. Ihre Gedanken ordnen. Das Foto geht ihr nicht aus dem Kopf.

Mel setzt sich in Stüves Badezimmer auf den Badewannenrand und schließt die Augen. Versucht, sich zu erinnern. Wo hat sie die schwangere junge Frau schon mal gesehen?

Im Kopf durchläuft sie die letzten Monate ihres Lebens. Lässt Menschen, Situationen, Gesichter vorübergleiten.

Nichts.

Vielleicht hat sie sich getäuscht. Das Gesicht der Frau auf dem Foto war ja auch nicht besonders gut zu erkennen.

Mels Handy klingelt. Auf dem Display steht »anonym«.

Wenn Dirk glaubt, dass sie ans Telefon gehen wird, nur weil er seinen Namen nicht preisgibt, täuscht er sich. Sie drückt auf »Ablehnen« und steckt das Handy wieder in die Tasche. Und da fällt es ihr plötzlich ein. Das erste Mal seit ihrer Trennung ist sie Dirk für seine Störung dankbar.

Mel erinnert sich an die Zeit vor etwa zwei Jahren. In ihrer Beziehung kriselte es bereits, wahrscheinlich hatte Dirk das Techtelmechtel mit seiner Dreißigjährigen schon angefangen. Sie hat nie herausgefunden, wann genau das losging. Vielleicht hatte sie auch mit Absicht die Scheuklappen aufgesetzt, um der Wahrheit nicht ins Gesicht sehen zu müssen.

Sie fuhr fast jeden Morgen mit dem Bus zum Präsidium, von der Haltestelle in der Gneisenaustraße. Damals hatte sie begonnen, ein Paar zu beobachten, das dort wie sie jeden Morgen auf den Bus wartete. Immer zur gleichen Zeit. Die jungen Leute waren kaum älter als Anfang dreißig und sehr verliebt. Für Mel wurde es zu einem festen Bestandteil ihrer morgendlichen Routine, die beiden an der Bushaltestelle anzutreffen. Dass es so eine Beziehung geben konnte, beeindruckte sie. In einem Winkel ihres Herzens spürte sie einen Stich, den das Bild dieses Paares in ihr auslöste. Gleichzeitig war sie in gewisser Weise dankbar dafür, das Glück dieser beiden beobachten und dadurch teilen zu können. Es führte sie ein Stück weg von ihrem eigenen verpfuschten Leben.

Sie sprach nie mit den jungen Leuten. Grüßte auch nicht. Das hätte den Zauber gebrochen. Trotzdem wurde ihr das Paar im Lauf der Zeit vertraut. Die Frau war hübsch. Nicht im herkömmlichen Sinne, eher auf den zweiten Blick, dann aber wirkte sie umso interessanter. Die großen braunen Augen standen in einem markanten Gegensatz zur Blässe ihres Gesichts, das eingerahmt wurde von dunklem, langem Haar. Mel fiel bald auf, dass die junge Frau direkten Augenkontakt mit fremden Personen mied. Das erhöhte ihren Reiz aber noch. Manchmal ertappte sich Mel dabei, dass sie sie regelrecht anstarrte.

Der Mann war kräftig gebaut, muskulös. Nicht besonders groß. Gutaussehend.

Es wurde Frühling, die Menschen auf den Straßen trugen leichtere Kleidung, die die Körper darunter erahnen ließen. Da fiel Mel auf, dass die junge Frau schwanger war.

So vergingen die Wochen, es wurde wärmer, und eines

Tages war die Frau nicht mehr dabei. Wahrscheinlich hat sie den Mutterschaftsurlaub angetreten, dachte Mel damals. Der Mann sah nach wie vor ganz zufrieden aus. Dann kam auch er nicht mehr zur Haltestelle. Ein paar Tage vergingen, eine Woche, dann tauchte er wieder auf. Mel hätte ihn beinahe nicht wiedererkannt. Sein Gang war schleppend, der Körper gebeugt. Er wirkte übermüdet und ungepflegt.

So sieht kein Mann aus, der gerade Vater eines gesunden Kindes geworden ist, dachte Mel damals.

Im Herbst, Mels Beziehung zu Dirk hatte inzwischen mehr Risse als Glanz, war die Frau plötzlich wieder da. Sie hatte sich das Haar ein ganzes Stück abgeschnitten, glanzlos lag es auf ihren Schultern, umrahmte das aschfahle Gesicht. Sie war so dürr, dass die Kleidung nicht mehr passte. Die Hosen schlotterten an ihren Beinen und wurden nur durch einen Gürtel gehalten. Die Augen, vormals groß und strahlend, waren verquollen, der Blick trüb und in sich gekehrt.

Eines Morgens hatte die junge Frau ihre Monatsfahrkarte verloren. Mel bemerkte das, hob sie auf und drückte sie ihr in die Hand. Dabei sagte sie: »Ich möchte mich nicht aufdrängen, aber wenn Sie Hilfe brauchen, können Sie mich gern anrufen. Wenn Sie mit jemandem reden möchten ...« Sie hatte gar nicht vorgehabt, die junge Frau anzusprechen. Es war ihr so herausgerutscht. Und sie meinte es ernst. Sie hatte sie im Lauf der Zeit ins Herz geschlossen.

Die junge Frau reagierte kaum, bedankte sich nicht einmal, sondern nahm die Karte und ging zu ihrem Bus. Plötzlich jedoch drehte sie sich um und sah Mel zum ersten Mal in die Augen. Mel hatte das Gefühl, als schreie ihr daraus die Verlorenheit einer verwundeten Seele entgegen.

Und sie wusste sofort Bescheid. Diese Art Augen kannte sie. Diesen starren Blick, der die Schutzschilde des Gegenübers durchbricht und bis in dessen Innerstes eindringt. Als würde man von innen durchleuchtet. Unaufhaltsam. Bedrohlich. Der Blick von Menschen, die vollgepumpt sind mit Medikamenten. Die nur existieren können, wenn sie die Blicke der Fremden am eigenen Auge abprallen lassen, bevor sie sich in ihr Bewusstsein bohren können.

Lange schaute sie dem Bus hinterher. Genau wie der junge Mann, der ein paar Meter neben ihr stand. Ganz verloren.

Am nächsten Tag kam die Frau nicht mehr. Mel sah sie nie wieder.

58. Kapitel

Schweißgebadet wacht Katrin auf. Kalt ist es. Sie weiß nicht, wo sie ist. Im Kinderzimmer? Sie lauscht auf die Schritte der Mutter. Kein Laut. Totenstille. Sie hält den Atem an. Rührt sich nicht. Versucht, die Dunkelheit mit den Augen zu durchdringen. Die Angst streckt ihre kalten Finger nach ihr aus. Kati ist ein willfähriges Opfer. Wie gelähmt liegt sie da und wartet.

Da kommt ihr ein Gedanke. Wenn sie nicht im Kinderzimmer ist, liegt sie vielleicht in ihrem Schlafzimmer? Aber wie ist sie da hingekommen? Und wo ist der Vater? Vielleicht neben ihr? Der Ekel schnürt ihr die Kehle zu. Schon spürt sie seine warme, weiche Hand an ihrem Hals. Seinen heißen Atem. Ihr ist übel. Sie dreht den Kopf zur Seite und starrt ins Dunkel. Sie versucht, ganz leise zu atmen, damit er sie nicht hört. Aber je mehr sie sich darum bemüht, umso lauter werden die Geräusche in ihrer Brust.

Die Erinnerungen an die Kindheit vermischen sich mit der Jetztzeit. Sie weiß nicht mehr, was wozu gehört. Die Etappen ihres Lebens gleiten durcheinander, und sie steht mittendrin und kann die Bilder nicht anhalten. Wie ein Karussell.

Schwindlig ist ihr. Dennoch besinnt sie sich. Erinnert sich an die Lampe auf dem Nachttisch. Tastet danach. Aber da ist nichts neben dem Bett. Nicht mal die kleine Kommode.

Kati ist kurz davor, die Fassung zu verlieren. Kerzengerade sitzt sie jetzt. Jede Faser ihres Körpers gespannt. Bereit zur Flucht. Nur, wohin? Sie greift hinter sich, in der Hoffnung, Bernds warmen Körper zu finden. Aber da ist nur ein Widerstand. Eine Art rauhes Polster.

Sie schluckt. Starrt ins Dunkel.

Als sie erneut erwacht, sitzt ihr die Kälte immer noch in den Knochen. Vorsichtig tastet sie nach ihrer Bettdecke. Kann sie nicht finden. Wundert sich, dass sie noch angezogen ist.

Da wird ihr klar, wo sie ist.

Langsam beruhigt sie sich. Atmet behutsam ein und aus, streicht sich die Haare aus dem Gesicht. Liest die Leuchtziffern ihrer Armbanduhr. Zweiundzwanzig Uhr dreißig.

Es ist Zeit.

59. Kapitel

Am späten Abend ist noch eine Besprechung im Präsidium angesetzt. Die Kollegen sind erschöpft, andererseits werfen die Todesfälle so viele Fragen auf, da ist jede Sekunde kostbar.

Auf dem Weg zum Besprechungsraum kommt Mel am Verhörzimmer vorbei. Durch das Glasfenster sieht sie Rudi Behling mit einem Mann dort sitzen, der ihr bekannt vorkommt. Sie bleibt stehen, mustert ihn. Da sieht er sie direkt an, und es fällt ihr schlagartig ein. Es sind seine Augen. Es ist die Traurigkeit in seinem Blick. Der Mann, den sie früher fast jeden Morgen an der Bushaltestelle getroffen hat. Was der wohl hier macht? Ausgerechnet heute, wo sie das Bild seiner Frau in Michael Stüves Wohnung gesehen hat?

Als sie die Tür öffnet, sehen die beiden Männer auf.

»Guten Abend, entschuldigen Sie die Störung.«

»Kein Problem, Melanie, was gibt es?« Rudi lächelt ihr zu, dass ihr ganz warm ums Herz wird.

»Ich war gerade auf dem Weg zur Besprechung, und da habe ich Sie beide hier sitzen sehen.«

»Ja, wir unterhalten uns ein bisschen«, sagt Rudi und deutet auf einen Stuhl. »Setz dich ruhig, darf ich vorstellen?«

»Ich glaube, das ist nicht nötig«, sagt Mel und reicht dem jungen Mann, der Rudi gegenübersitzt und sie aufmerksam mustert, die Hand. »Erinnern Sie sich an mich?

Wir kennen uns von der Bushaltestelle in der Gneisenaustraße. Ich hab früher in Ihrer Nähe gewohnt. Vor ein, zwei Jahren war das, immer gegen sieben Uhr früh.«

Über Bernds Gesicht huscht ein kleines Lächeln. »Stimmt.«

Sie reicht ihm die Hand. »Schön, Sie wiederzusehen. Jetzt kann ich mich ja endlich mal vorstellen. Fallersleben. Ich arbeite hier.«

Der junge Mann steht auf und begrüßt sie. Fast schüchtern wirkt er in der ungewohnten Umgebung.

»Bernd Minkus«, stellt er sich vor.

Mel hat das Gefühl, als hätte jemand kurz ihr Gehirn ausgeknipst. »Wie bitte?«, fragt sie.

»Minkus.«

»Minkus? Dann wohnen Sie in der Nostitzstraße, oder?«

»Ja. Deswegen bin ich hier.«

»Das ist ja verrückt«, entfährt es Mel.

»Ich hol euch mal einen Kaffee, oder?«, unterbricht Rudi sie und ist auch schon zur Tür raus.

Mel erinnert sich an die Befragung der alten Frau Klammroth im Mordfall Czernowitz. Ihr Tipp, es doch mal beim Ehepaar Minkus zu versuchen, weil die angeblich nicht so gut mit der Vermieterin zurechtkamen. Das Geräusch hinter der Wohnungstür, als Mel geklingelt hat. Ihr Gefühl, als würde sie durch den Türspion beobachtet.

»Was ist denn?«

Erst jetzt realisiert Mel Bernd Minkus' fragenden Blick.

»Was ist verrückt?«, fragt er noch einmal nach.

»Ich hatte ja keine Ahnung, dass Sie das sind. Ich habe am Montagvormittag vergeblich versucht, Sie zu sprechen.«

»Warum denn?« Bernd Minkus klingt verunsichert.

»Na, haben Sie das denn nicht mitgekriegt? Dass Ihre Vermieterin am Wochenende ums Leben gekommen ist?«

»Was? Die Czernowitz?« Minkus fällt aus allen Wolken.

»Ja. Sie wurde umgebracht. Deshalb haben wir eine Befragung ihrer Mieter durchgeführt. Aber bei Ihnen war den ganzen Tag niemand anzutreffen und am nächsten Tag auch nicht. Haben Sie nicht in den Briefkasten geguckt? Da haben wir eine Nachricht hinterlassen.«

Minkus rutscht auf seinem Stuhl herum. Die Situation ist ihm sichtlich unangenehm.

»Nein. Ich bin gerade eher selten zu Hause.«

»Ach so. Und Ihre Frau?«

»Keine Ahnung.« Minkus beginnt, seine Hände zu kneten. »Es geht ihr nicht gut. Aber das ist schwierig zu erklären. Es ist auch privat.«

»Verstehe«, sagt Mel und sieht auf seine Hände. Kräftig sind die, kurz geschnittene Fingernägel.

Sie lehnt sich in ihrem Stuhl zurück und mustert ihn. Ein gutaussehender Mann Ende zwanzig. Wieder tauchen die Bilder vor ihr auf. Das junge Paar an der Bushaltestelle. Bernd Minkus und seine Frau. Dieses scheue Wesen mit dem langen braunen Haar.

Es lässt ihr keine Ruhe, und sie fragt: »Entschuldigen Sie, ich weiß, dass das sehr privat ist. Ich möchte Ihnen auch nicht zu nahe treten. Aber ich würde gerne mehr über Ihre Frau erfahren. Warum geht es ihr nicht gut?«

Bernd Minkus sieht Mel in die Augen und zögert.

»Sie können mir vertrauen, Herr Minkus. Ich möchte Ihnen helfen.«

Sie hält kurz inne, wägt ab, ob sie das, was ihr auf der Seele brennt, sagen soll. Sie entscheidet sich dafür.

»Wissen Sie, ich habe Sie beide früher beinahe täglich an der Bushaltestelle gesehen. Und es hat mir Freude gemacht, Sie beide zu beobachten. Damals ging meine eigene Beziehung den Bach runter, und Sie haben mich irgendwie getröstet. Bei Ihnen habe ich gesehen, dass es so etwas wie Liebe gibt, wenn man den richtigen Partner findet. Das hat mich damals in gewisser Weise über den Tag gerettet. Das wollte ich Ihnen immer sagen, eigentlich. Aber dann war Ihre Frau eines Tages nicht mehr dabei.«

Minkus starrt auf seine Schuhspitzen. Den Kopf hält er gesenkt.

»Sagen Sie, Herr Minkus, was ist aus Ihrem Baby geworden?«

Minkus hebt den Kopf, schließt die Augen und presst die Lippen aufeinander. Nach einer Weile sagt er: »Wir haben das Baby verloren.«

Er weint.

Mel nickt. Sie antwortet nicht. Was sollte sie schon sagen? Dass es ihr leidtut? Jeder Satz klänge hohl, weshalb sie schweigt und darauf wartet, dass er fortfährt.

»Von da an hat Kati nicht mehr gesprochen – sie hat sich eingekapselt, als wäre sie allein auf der Welt. Ich hab immer versucht, sie rauszuholen aus dem Loch, sie unter Leute zu bringen, damit sie vergisst. Aber es hat nicht geklappt.«

Wieder laufen ihm Tränen übers Gesicht. Auch Mels augen brennen.

»War das gleich nach der Fehlgeburt, dass sie sich so zurückgezogen hat?«

»Ja. Sie hatte sich so auf das Baby gefreut. Sie ist fast durchgedreht vor Glück. Und dann haben ihr die Ärzte auch noch gesagt, dass sie keine Kinder mehr bekommen kann. Danach war es aus.«

Mel denkt an ihre eigene Geschichte. Wie weh es getan hat, als sie die Realität endlich akzeptieren musste. Die Gewissheit darüber, dass sie niemals Kinder haben würde. Sie schluckt, dann sagt sie: »Das verstehe ich. Es ist furchtbar, wenn man sich ein Kind wünscht und keines bekommen kann.«

»Ja. Das ist furchtbar.« Bernd Minkus wischt sich mit dem Ärmel die Tränen vom Gesicht. »Entschuldigung. Zurzeit bin ich nicht mehr ich selbst.«

»Was ist dann passiert?«

»Kati hat versucht, sich umzubringen. Dann kam sie für ein paar Wochen in die Geschlossene, weil sie sich ständig verfolgt fühlte. Irgendwas ist nach der Fehlgeburt bei ihr durchgebrannt.«

»Hatte sie früher auch manchmal Angstzustände oder Angst davor, unter Leute zu gehen?«

Minkus schaut auf. »Wie meinen Sie das?«

»Ich hab Sie beide beobachtet. Auch vor der Schwangerschaft Ihrer Frau. Da ist mir aufgefallen, dass sie anderen Menschen gegenüber verschlossen war. Dass sie Blicke gemieden hat.«

»Ja.« Bernd Minkus lächelt. »Das ist so ein Tick von ihr. Hat sie schon immer. Sie fühlt sich unwohl unter anderen Menschen. Sie denkt, keiner würde sie mögen und alle hätten was an ihr auszusetzen. Das war ganz schön schwierig damals, als ich mich in sie verliebt habe, da musste ich ziemlich baggern, bis eine Reaktion kam. Aber deshalb«, fügt er leise hinzu, »war ich umso stolzer, als sie mich dann wollte.« Er zieht die Nase hoch. »Ich glaube, ich habe noch nie jemanden so geliebt wie die Kati. Ich kann nicht ohne sie.«

Wieder rinnen ihm Tränen übers Gesicht.

»Was geschah dann?«, fragt Mel vorsichtig nach. »Als Ihre Frau nach dem Aufenthalt in der Geschlossenen wieder nach Hause durfte?«

»Sie musste eine Therapie machen, und ich habe unterschrieben, dass ich aufpasse, dass sie da auch regelmäßig hingeht. Ich bin ja der Mensch, der ihr am nächsten steht. Da brauchen die sozusagen einen Bürgen, damit sie die gefährdeten Leute rauslassen. Um sicherzustellen, dass die sich nicht gleich wieder was antun. Aber immer konnte ich ja auch nicht hinter ihr herlaufen. Eine Zeitlang ging es auch ganz gut mit ihr, aber dann hat das mit den Tabletten angefangen. Sie schluckt ununterbrochen Tabletten. Manchmal hatte ich das Gefühl, sie will, dass ich es mitkriege. Also ich meine, sie hat die Tabletten nicht heimlich geschluckt oder so. Sondern auch, wenn ich dabei war. Das war dann vielleicht schon ein Hilferuf, aber sobald ich die Therapie nur erwähnt habe, hat sie ganz schnell die Schotten dicht gemacht. Deshalb hab ich irgendwann die

Klappe gehalten. Sie ist ja auch eigentlich erwachsen. Obwohl ...« Bernd Minkus hält inne und betrachtet seine Hände. Knetet sie und pult an den Fingernägeln herum.

»Obwohl?«, fragt Mel sanft.

»Richtig erwachsen war sie eigentlich noch nie. Das fand ich ja früher auch echt süß an ihr, dass man nie wusste, was als Nächstes kommt. Aber inzwischen ist das nicht mehr lustig. Manchmal ist sie ganz aufgekratzt, und im nächsten Moment muss ich sie festhalten, damit sie nicht aus dem Fenster springt. Das weiß man nie vorher, das kommt dann ganz plötzlich.«

»Verstehe. Der Zustand Ihrer Frau hatte sich aber anfangs erst mal gebessert? Nach dem Selbstmordversuch und der darauf folgenden Therapie wirkte sie ausgeglichener, sagen Sie?«

»Sie ist irgendwann wieder zur Arbeit gegangen. Sie ist ja Drogistin. Also Verkäuferin. Aber das hat nicht so gut geklappt, wegen ihrem Chef. Der hat ihr nachgestellt. Ich würde gern mal zu dem hin und ihm die Fresse polieren.«

Mel überlegt kurz. Dann sagt sie: »Das müssen Sie nicht mehr.«

»Warum nicht?« Bernd Minkus sieht sie an.

»Weil er tot ist.«

»Ach du Schreck.«

»Sagen Sie, Herr Minkus, wo ist Ihre Frau jetzt?«

»Ich hab keine Ahnung. Ehrlich. Ich hab sie am Montag das letzte Mal gesehen. Da war sie ziemlich durch den Wind. Wir hatten einen Riesenkrach, ich bin am Wochenende davor nicht nach Hause gekommen.« Er räuspert sich. »Kati muss einfach begreifen, dass ich auch irgendwann nicht mehr kann. Sie kann doch nicht immer nur an sich denken. Ich geh langsam vor die Hunde.«

»Das verstehe ich.«

»Ich hab Mist gebaut. Und ich wollte mich dafür entschuldigen. Aber Kati ist wie ein Eisklotz. Und wenn ich das Gefühl habe, es wird besser, haut sie mir wieder eine rein. Also bildlich gesprochen.«

»Klar. Das ist schwer.« Mel steht auf und geht ein paar Schritte hin und her. Sie ist sich ziemlich sicher, dass sie auf der richtigen Spur ist. Aber wie macht sie jetzt weiter? Bernd Minkus scheint völlig ahnungslos zu sein.

Ein Geräusch an der Tür. Mel dreht sich um, geht hin und öffnet. Draußen steht Rudi mit einem Tablett. Kaffee, Wasser und zwei Brötchen.

»Ich dachte mir, ich bring Ihnen mal eine kleine Stärkung«, sagt er, zwinkert Mel zu und schiebt sich an ihr vorbei, um das Tablett auf dem Schreibtisch abzustellen.

»Danke, Rudi, das ist klasse«, sagt Mel. »Vielen Dank!«

»Gern geschehen. Ich lass Sie beide wieder allein. Ich habe den Eindruck, du bist näher an der Sache dran, oder, Mel?«

Mel nickt.

»Soll ich drüben Bescheid geben, dass du später dazukommst?«

»Ja, danke dir«, sagt Mel. Sie hat die Besprechung völlig vergessen. »Und ja, ich glaube, wir möchten lieber unter vier Augen weitersprechen, oder, Herr Minkus?«

Minkus zuckt mit den Schultern. Er sitzt auf seinem Stuhl wie ein Häufchen Elend.

Während Rudi leise die Tür hinter sich schließt, reicht Mel Herrn Minkus den Kaffeebecher. »Möchten Sie einen Schluck?«

»Sehr gern. Danke.«

Sie setzt sich wieder ihm gegenüber, schüttet Milch und einen Löffel Zucker in ihre Tasse und nimmt selbst einen großen Schluck. »Ah, das tut gut. Haben Sie Hunger? Nehmen Sie sich, Herr Minkus.«

»Danke, ich möchte nichts.«

Mel hält ihre Tasse in den Händen, betrachtet die goldene Flüssigkeit darin.

»Herr Minkus, wir müssen herausfinden, wo sich Ihre Frau aufhält. Das ist sehr wichtig. Können Sie uns dabei helfen?«

Augenblicklich wirkt Bernd Minkus hellwach.

»Warum ist es wichtig, dass Sie Kati finden?«, fragt er nach.

»Es hat in der letzten Zeit ein paar Todesfälle gegeben, und wir müssen ausschließen, dass Ihre Frau etwas damit zu tun hat.«

Minkus reißt die Augen auf. »Wie jetzt?«

»Wo könnte Ihre Frau sein?«

»Keine Ahnung. Ich versuche schon die ganze Zeit, sie anzurufen, aber sie geht nicht dran. Wahrscheinlich ist sie zu Hause, aber so weit bin ich ja vorhin nicht gekommen, wegen des Zwischenfalls mit Ihrem Kollegen. Kati ist eigentlich immer zu Hause. Wenn sie nicht arbeitet.«

»Hat sie denn in den letzten Tagen gearbeitet?«

»Keine Ahnung. Da müssten Sie mal in der Drogerie nachfragen.«

»Gut. Das werden wir machen.«

»Ist ja ein Ding mit der Czernowitz und Katis Chef. Ihn hab ich nicht gekannt, nur aus Katis Erzählungen, aber das wünscht man keinem.«

»Herr Minkus, ich glaube, Sie begreifen den Ernst der Lage noch nicht. Ihre Frau ist dringend tatverdächtig. Wir müssen sie finden.«

Er schüttelt den Kopf, schließt die Augen. »Das muss ein Missverständnis sein. Nicht Kati.«

Dann hält er inne. Ein Bild schiebt sich vor seine Augen. Kati, wie sie auf ihn einschlägt. Ihr irrer Blick, der Hass, der ihr bei jedem Schlag aus dem Gesicht springt. So hat er sie noch nie gesehen.

Er verbirgt das Gesicht in den Händen. Leise sagt er: »Oh, Gott. Bitte, lieber Gott, lass das nicht wahr sein.«

60. Kapitel

Es ist spät geworden. Mel sitzt die Müdigkeit in den Knochen. Sie ist auf dem Heimweg und muss sich zusammenreißen, damit sie nicht einschläft. Der Bus holpert über die Straßen, sie sieht aus dem Fenster in die Dunkelheit. Die Scheinwerfer der entgegenkommenden Autos blenden sie, also schließt sie die Augen und lässt die Bilder des Tages an sich vorüberziehen.

Nach dem Gespräch mit Bernd Minkus und der anschließenden Besprechung hat Dr. Thiede sie zu sich in die Rechtsmedizin gebeten. Er hatte klare Hinweise darauf, dass Frau Czernowitz und Herr Stüve vom selben Täter und mit derselben Tatwaffe getötet worden sind. Identische Schnittführung in den Kehlen der beiden Opfer, ausgeführt mit einer glatten, scharfen Klinge, vermutlich einem großen Fleischmesser. Bei dem Halsschnitt wurden beide Halsschlagadern eröffnet. Die Verletzungen führten zu einem tödlichen Blutverlust.

Während Dr. Thiede Mel seine Ansichten erläuterte, wischte er sich immer wieder mit einem Taschentuch den Schweiß von der Stirn. Thiede ist übergewichtig und leidet unter Bluthochdruck. Aber er ist ein feiner Kerl. Sie kennen sich seit vielen Jahren und schätzen einander. Ohne Thiede hätte Mel schon manches Mal die Flinte ins Korn geworfen.

Der erste Eindruck habe ihn eher auf einen männlichen Täter schließen lassen, hat Thiede erklärt. Der Schwung, mit dem der Hieb ausgeführt worden sei, erfordere doch ziemlich viel Kraft. Aber auch eine Frau sei unter bestimmten Umständen, wie starker psychischer Anspannung, einem psychotischen Schub oder aber in Todesangst, zu solch einem Kraftakt fähig. Dafür sprächen auch ein paar lange, dunkle Haare, die an der Kleidung und im Umfeld der toten Frau Czernowitz gefunden worden seien und einer weiblichen Person zugeordnet werden konnten. Allerdings habe man keine Fingerabdrücke oder Fußspuren sicherstellen können.

Im Fall Stüve jedoch waren blutige Fußspuren im Eingangsbereich des Treppenhauses entdeckt worden. Sohlen einer bekannten Turnschuhmarke. Größe neununddreißig. Auch das ließ eher auf eine Frau schließen.

Vor Mel lagen die Leichen von Frau Czernowitz und Herrn Stüve auf den Metallpritschen. Bis auf die tiefen Schnitte am Hals sahen sie nahezu unversehrt aus.

Wieder hat sie sich nur schwer von den Toten trennen können. Immer ist ihr, als müsste sie mehr Zeit mit ihnen verbringen. Als warteten die Toten nur darauf, sich ihr zu offenbaren.

Vielleicht, so denkt sie jetzt, liegt das an ihrem Vater. Als der gestorben ist, saß sie auch stundenlang an seinem Bett und wartete auf eine Antwort. Warum er so war, wie er war. So aufbrausend und jähzornig auf der einen, so einsilbig und schwermütig auf der anderen Seite … Sie weiß es bis heute nicht.

Mel atmet tief ein und verwirft den Gedanken. Sie muss sich auf das Wesentliche konzentrieren und ihre privaten Probleme beiseitelassen.

Die alte Frau Klammroth ist aus dem vierten Stock ins Kellergeschoss gestürzt. Das bezeugen Faserspuren ihres Mantels am Treppengeländer. Thiede ist sicher, dass es sich nicht um einen Unfall handelt: Das Hämatom im Gesicht der alten Frau wurde ihr kurz vor dem Tod zugefügt. Außerdem fanden sich in der linken Hand des Opfers lange braune Haare. Sie sind identisch mit denen, die bei der toten Frau Czernowitz sichergestellt werden konnten.

Wieder und wieder ist Mel die Biographien der Opfer durchgegangen. Unterschiedlicher können Menschen kaum sein. Wo liegen die Gemeinsamkeiten? Alle haben mit Katrin Minkus zu tun.

Sie zermartert sich das Hirn. Auffällig ist in jedem Fall, dass Katrin Minkus seit ein paar Tagen unentschuldigt bei der Arbeit fehlt und dass sie seit rund vierundzwanzig Stunden wie vom Erdboden verschluckt zu sein scheint.

Mel sieht Bernd Minkus vor sich, als er ihr von der Nacht erzählt, in der seine Frau die Fehlgeburt erlitten hat. Davon, wie er sie in der Wohnung fand. Bewusstlos. In ihrem Blut. Von der Fahrt ins Krankenhaus, der Ärztin, die keine Möglichkeit sah zu helfen, weil sie mit einer anderen Geburt beschäftigt war. Der Irrfahrt durch das Klinikgebäude, seiner Angst. Von Katis leerem Blick drei Tage später, als sie aus dem Koma erwachte. Und von ihren Schreien, als sie erfahren musste, dass sie nie mehr Kinder bekommen würde.

Mel sieht Bernd Minkus vor sich, wie er unter Tränen sagt, er hätte sich gleich gedacht, dass da was ganz Schlimmes mit seiner Frau passiert sei. Aber er hätte einfach nicht gewusst, wie er an sie rankommen sollte. Mel sieht die Postkarte vor sich. Das blutige Gedicht über die Geburt, den Storch, das Kind und den Tod. Langsam entsteht ein Bild.

Katis Tablettensucht.

»Kati hat sich das Hirn vergiftet mit dem Zeug. Gerade in der letzten Zeit. Ständig verrückt sie die Möbel, um die Observation zu erschweren, wie sie das nennt«, hat Bernd Minkus erklärt.

Welche Observation?

Den Blick fremder Augen. So habe Kati das genannt. Das Gefühl, ständig beobachtet zu werden. Tag und Nacht.

»Aber dann hat ihr der Arzt wieder ein anderes Medikament verschrieben«, hat Minkus weiter berichtet, »und eine Zeitlang habe ich geglaubt, es ginge aufwärts. Wenigstens schlief Kati ab da manchmal durch und war morgens nicht mehr so zittrig. Auch zur Arbeit konnte sie wieder gehen. Eine Weile zumindest. Es war ein ewiges Auf und Ab. Auch wenn es sich im Nachhinein anfühlt, als hätte über einen längeren Zeitraum alles geklappt. Aber ich wusste nie wirklich, was als Nächstes kommt.«

Ob sie Freundinnen habe? Vertraute?

Nein. Niemanden. Nur ihn.

Eltern?

Nur die Mutter. Aber mit der komme sie nicht klar. Da sei in der Kindheit etwas vorgefallen.

»Einmal hat sich Kati mir gegenüber ein bisschen geöffnet, hat mir von damals erzählt. Das war noch vor der Fehlgeburt. Offensichtlich gibt ihr die Mutter die Schuld am Tod des Vaters, und sie selbst kann sich nicht daran erinnern, wie es wirklich gewesen ist.« Minkus hat traurig den Kopf geschüttelt und dann weitererzählt. Er habe nur gelacht und gesagt, das sei Quatsch. Ein zehnjähriges Kind könne doch nicht seinen Vater umbringen. Da habe Kati ihn nur lange angesehen.

»›Du verstehst das nicht‹, hat sie zu mir gesagt. Sie hat ihren Vater gehasst. Und sie glaubt, dass sie ihrer Mutter noch dankbar dafür sein müsse, die Wahrheit nicht der Polizei gemeldet zu haben. Dann wäre sie ja ins Heim gekommen.« Ungläubig hat Bernd Minkus weiter von diesem Gespräch mit seiner Frau berichtet. Die Mutter habe ihr, Kati, verziehen, hatte seine Frau erklärt. Dafür schulde sie ihr Dank. Wieder und wieder habe er versucht, mit Kati darüber zu reden, ihr diesen Irrsinn auszutreiben. Auch mit ihrer Mutter wollte er ins Gespräch kommen, die habe aber gleich abgeblockt. Das sei ihre und Katis Sache. Das ginge ihn nichts an.

»Auch meine Frau hat nach diesem kurzen Gespräch die Schotten dicht gemacht. Das muss drinbleiben in mir, hat sie gesagt. Da darfst du nicht ran, das hab ich versprochen.« Dann sah Bernd Minkus sie direkt an. »Ich würde ihr so gern sagen, dass ich wieder bei ihr bin. Dass es für mich nur sie gibt und dass ich bei ihr bleiben werde, bis alles überstanden ist.«

Mel hat geschwiegen. Sein trauriges Gesicht betrachtet und die Hoffnung in seinem Blick gesehen. Und sie beugte sich vor und strich ihm leicht über den Arm. Dass sie keine Zukunft für die beiden sah, sagte sie ihm nicht.

Später hat Mel angeordnet, das Haus in der Nostitzstraße rund um die Uhr zu bewachen und Katrin Minkus bei ihrem Eintreffen dort sofort zu verhaften.

61. Kapitel

Katrin läuft durch die verlassene Eingangshalle. Vorbei an der verwaisten Rezeption. Konzentriert sich darauf, die Bilder der Nacht nicht hochkommen zu lassen. Der Nacht vor zwei Jahren. Als sie ihr das Baby aus dem Leib geschnitten haben. Das tote Mädchen, das sie nie zu Gesicht bekommen hat. Das Kind, das ihr Leben verändern sollte. An dem sie wiedergutmachen wollte, was sie selbst erleiden musste.

Nana.

Sie hat es nicht eilig. Das, was sie vorhat, kann sie auch an einem anderen Tag erledigen. Das läuft ihr nicht davon. Aber falls sich eine Gelegenheit bietet, hat sie alles dabei. Mit der Hand umfasst sie ihre Tasche, befühlt den Inhalt, streicht über den harten Griff des Messers. Sie muss nur vertrauen. Sich selbst. Auf ihre innere Stimme hören, dann wird alles gut.

Die Erfahrung hat gezeigt, dass es besser ist, sich nicht mit den Menschen einzulassen. Nicht einmal mit Bernd, und das war auch richtig so. Sie hat ja gesehen, dass er es nicht wert ist. Kurz spürt sie einen Stich im Herzen. Bernd. Sie sieht sein Gesicht vor sich. Ganz nah. Seine traurigen Augen.

Sie geht weiter, folgt dem Hinweisschild, das sie zum Treppenhaus führt. Sie hört das leise Klirren des Messers in ihrer Tasche. Es schlägt im Takt ihrer Schritte gegen den Schlüssel.

Die Entbindungsstation liegt im zweiten Stock. Nachdem Katrin die Glastür passiert hat, versteckt sie sich in der dunklen Ecke vor einem Waschraum. Beobachtet die Stationsschwester, die im Schwesternzimmer Unterlagen durchblättert, dann mit einem Stoß Papiere Richtung Kaffeeküche geht. Am hinteren Ende des Gangs öffnet sich eine Tür. Ein Arzt kommt heraus. Er diskutiert mit jemandem, der in seinem Schatten geht. Katrin kann den anderen nicht sehen. Die beiden kommen auf sie zu. Katrin öffnet die Tür zum Waschraum und schlüpft hinein. Linst durch den Türspalt. Die beiden gehen an ihr vorüber, ohne Katrin zu bemerken.

Katrin erkennt *sie* sofort.

62. Kapitel

Mel steckt den Schlüssel ins Schloss und dreht ihn, da bemerkt sie, dass die Eingangstür gar nicht abgeschlossen ist. Idiotisch. Da brauchen sich die Leute nicht zu wundern, dass ständig überall eingebrochen wird, wenn sie nicht einmal die Türen abschließen. Sie schiebt das Häkchen an der Innenseite nach oben und lässt die Klinke los. Mit einem satten Klacken fällt die Tür ins Schloss.

Mel steht im Treppenhaus. In totaler Finsternis. Jedes Mal, wenn sie hier im Dunkeln steht, ärgert sie sich, dass der Lichtschalter nicht neben der Haustür angebracht ist. Jemand, der ihr auflauert, braucht sie jetzt nur von hinten zu packen. Die Geräusche um sie herum schwellen an, das leiseste Knacken hallt in ihren Ohren wie ein Schuss. Sie muss das Licht anmachen. Vorsichtig setzt Mel einen Fuß vor den anderen, bleibt wieder stehen und lauscht. Irgendetwas ist da. Etwas atmet. Kommt langsam näher. Fieberhaft sucht Mel den erleuchteten Lichtschalter, findet ihn, springt darauf zu, haut mit der ganzen Hand dagegen. Augenblicklich wird es hell.

Sie fährt herum.

Nichts.

Mel steht mutterseelenallein im Treppenhaus des Miethauses und atmet auf. Sie ärgert sich über ihre Hysterie. Sie ist kein ängstlicher Typ, aber die Ereignisse der letzten Stunden haben sie mitgenommen. Ganz zu schweigen von der Postkarte in ihrem Briefkasten. Die Erinnerung daran hat sie den ganzen Tag nicht losgelassen. Apropos ...

Mel bleibt vor ihrem Briefkasten stehen, schließt das Türchen auf, nimmt den Stapel mit den Rechnungen heraus und hält inne. Da liegt noch etwas.

Ein kleines Päckchen, eingewickelt in Aluminiumfolie.

Vorsichtig nimmt Mel es heraus. Es fühlt sich weich an. Sie beschließt, es erst in ihrer Wohnung zu öffnen.

63. Kapitel

Sie spürt die Kälte nicht. Ganz ruhig sitzt Katrin da, an den Betonpfeiler gelehnt, und wartet. Sie hat keine Eile. Ganz ruhig ist es in ihr. Bald ist es vorbei.

Sie weiß, welches Auto *sie* fährt. Das hat Katrin vor ein paar Tagen herausgefunden. Da war sie schon mal hier. Aber *sie* war damals in Begleitung einer anderen Frau. Deshalb ist sie wiedergekommen.

Als das Licht angeht, zuckt Katrin zusammen, blinzelt. Sie muss eingeschlafen sein. Eine Tür fällt ins Schloss. Schritte. Katrin wendet den Kopf, erblickt einen jungen Mann, der auf sein Auto zusteuert. Einen grauen VW Golf. *Sie* ist es nicht.

Noch nicht.

64. Kapitel

Ursprünglich wollte Mel sich noch etwas zu essen machen, aber dann schenkt sie sich doch nur ein großes Glas Wein ein und setzt sich damit an den Küchentisch. Es ist drei Uhr morgens. Sie betrachtet das kleine Stofftier vor sich auf dem Tisch. Ein rosafarbenes Hündchen mit lachendem Gesicht und aufgenähten dunklen Knopfaugen. Kaum so groß wie ihr Handteller. Mit drei Fingern nimmt sie es hoch und hält es sich vors Gesicht. Sie riecht daran. Nichts. Es ist anscheinend neu.

Mel lässt die Bilder des Tages an sich vorübergleiten, lauscht dem entfernten Rauschen der Stadtautobahn. Ein Geräusch im Schlafzimmer lässt sie zusammenfahren.

Leise geht sie nach nebenan und macht Licht. Das Zimmer sieht noch genauso aus wie am Morgen, als sie die Wohnung verlassen hat. Das Bett ist ungemacht. Auf dem Nachttisch liegt der Roman, den sie seit etlichen Wochen zu lesen versucht.

Plötzlich spürt Mel einen Luftzug. Wie eine kalte Hand fährt es ihr über den Nacken. Aus dem Augenwinkel nimmt sie eine Bewegung hinter dem Vorhang wahr. Er bauscht sich auf, fällt wieder in sich zusammen. Gleichzeitig schlägt das gekippte Fenster zu. Mel zuckt zusammen, dann fasst sie sich, reißt den Vorhang zurück und schließt das Fenster. Wie kindisch sie ist. Das muss am Schlafmangel liegen.

Sie blickt zum Nachbargebäude hinüber. Dunkel liegt

es vor ihr, die Fensterhöhlen wie tote Augen. Sogar der alte Mann scheint zu schlafen. Bald wird er wieder an seinem Küchentisch sitzen, vor sich hin starren und an alte Zeiten denken.

Wie einsam das sein wird, wenn ich mal alt bin, denkt Mel. Aber dann wischt sie den Gedanken beiseite. Fast ein Drittel ihres Lebens hat sie noch vor sich.

Mel wendet sich ab, geht zurück in die Küche.

65. Kapitel

Sonntags muss Kati sich immer schön anziehen. Da geht sie mit den Eltern in die Kirche. Sie wacht frühmorgens auf und läuft ins Bad, putzt sich die Zähne, bürstet das dunkle Haar, das ihr bis über die Schultern fällt. Leise geht sie über den Flur, wirft einen Blick in die Küche. Da ist niemand, die Eltern scheinen noch zu schlafen. Auf dem Küchentisch stehen leere Flaschen, schmutzige Gläser. Im Spülbecken stapelt sich das dreckige Geschirr des Vortags.

Kati beschließt, der Mutter ein wenig zur Hand zu gehen, die wird sich freuen. Sie zieht den kleinen Hocker unter dem Tisch hervor, schiebt die Ärmel ihres weißen Sonntagskleidchens hoch und lässt Wasser ins Becken laufen. Spritzt ein bisschen Spülmittel über die schmutzigen Teller und beginnt, die Essensreste unter dem laufenden Wasserstrahl abzukratzen. Das ist nicht leicht, das Becken ist so voll, dass sie Mühe hat, alles mit Wasser zu bedecken. Nach allen Seiten spritzt der Strahl, im Nu ist die ganze Küchenzeile überflutet. Aber das macht nichts. Hauptsache, alles ist fertig, wenn die Mutter aufsteht. Die wird Augen machen.

Kati ist so in ihrem Element, sie bemerkt nicht, dass die Mutter in die Küche gekommen ist. Erst als sie neben ihr steht, nimmt Kati sie wahr. Die Mutter ist noch im Nachthemd, ihre Augen sind verquollen, und sie ist ganz rot im Gesicht. Sie riecht nach Alkohol und Zigaretten und scheint Kati gar nicht richtig wahrzunehmen. Sie schubst

Kati mit dem Ellbogen zur Seite, so dass sie das Gleichgewicht verliert und vom Hocker fällt. Dann füllt die Mutter ein Glas mit Wasser. Mit dem Bauch lehnt sie sich dabei an die Anrichte, und als sie fertig ist, hat sich ihr Nachthemd mit Spülwasser vollgesaugt. Auch ihre Pantoffeln sind ganz nass, denn das Schmutzwasser hat sich mittlerweile auf dem Boden verteilt.

Jetzt tritt die Mutter einen Schritt zurück und sieht an sich herunter. Dann erst scheint sie Kati wahrzunehmen, die neben ihr steht und auf ein Lob gehofft hat.

»Sag mal, bist du noch ganz dicht?«

Kati senkt den Blick, überlegt fieberhaft, was sie wieder falsch gemacht hat.

»Schau mich an, wenn ich mit dir rede.«

Die Mutter packt Katis Kinn mit der Hand und reißt es nach oben.

Kati schließt die Augen.

»Mach die Augen auf, sag ich.«

Kati öffnet die Augen und sieht die Mutter von unten an. Sie kann sich nicht mehr bewegen. Wie gelähmt steht sie da und wartet auf die Schläge.

Da packt die Mutter Kati am Genick und stößt ihr Gesicht in das stinkende Spülwasser.

»Was soll die Sauerei, kannst du mir das mal sagen?«

Und dann, während sie Katis Gesicht im Takt unter Wasser drückt: »Was-soll-die-Sau-e-rei?«

Kati wehrt sich nicht. Sie hat in ihrem kurzen Leben eines gelernt: Wenn sie sich wehrt, steigert sich die Wut der Eltern ins Unermessliche. Wenn sie die Strafe stumm über sich ergehen lässt, verlieren sie irgendwann das Interesse.

So ist es auch heute. Die Mutter haut ihr noch links und rechts ins Gesicht, dann rennt sie zu der kleinen Abstellkammer, holt Eimer und Lappen hervor und schmeißt Kati beides vor die Füße.

»Wisch das weg, aber dalli, Fräulein! Und die Spüle machst du auch wieder trocken, sonst setzt es was.«

Beim Hinausgehen greift sie eine halbvolle Flasche und die Zigarettenpackung. Die Schlafzimmertür knallt zu. Dann ist es still. Nur das Gurgeln des Abflusses erinnert Kati daran, dass das kein Traum war.

Sie steht auf und beginnt, den Boden trockenzuwischen. Läuft ins Bad, wringt den Lappen im Klo aus. Geht zurück, wäscht vorsichtig das Geschirr ab, putzt die Ablage, poliert das Becken, räumt die Flaschen in den Müll.

Jetzt sieht sie an sich hinunter. Das weiße Kleid ist fleckig und nass. So wird sie nicht mitdürfen in die Kirche. Das weiß sie ja, dass Gott keine schmutzigen Kinder mag. Das sagt die Mutter immer wieder, wenn sie vom Spielen nach Hause kommt. Aber sie weiß auch, dass Gott es ihr verübeln wird, wenn sie ihn gar nicht besucht. Dafür wird er sie bestrafen.

Aber woher soll sie jetzt ein sauberes Kleid nehmen?

Sie läuft ins Bad zurück, zieht ihr Kleid aus und wäscht es im Waschbecken. Wringt es aus und sucht im Badschränkchen nach dem Föhn. Da fällt ihr auf, wie leer es darin ist. Und dann wird ihr klar, was fehlt: Die Sachen des Vaters sind nicht mehr da. Lange steht sie vor der geöffneten

Schranktür und versucht zu verstehen, was passiert ist. Warum ist die Zahnbürste des Vaters weg? Das Rasierzeug?

Kati setzt sich auf den Klovorleger und wartet. Sie weiß nicht genau, worauf. Aber sie weiß, dass es erst mal nichts mehr für sie zu tun gibt. Dass sie heute nicht in die Kirche gehen werden.

Da war sie noch sehr klein. Trotzdem sieht Katrin die Bilder jetzt ganz klar vor sich.

Sie ist so versunken in ihrer Erinnerung, dass sie die Frau erst bemerkt, als das Licht in der Tiefgarage angeht.

66. Kapitel

»Sie hat ihr Kind verloren.«

»Ja.«

Einen Moment lang ist es still. Nur das Dröhnen des Motors ist zu hören. Mel sitzt neben Steffen Müller im Auto. Sie hat ziemlich lange dafür gebraucht, ihn aus dem Schlaf zu klingeln. Jetzt hockt er mürrisch und mit schwarzen Rändern unter den Augen neben ihr und gibt sich Mühe, nicht vor Müdigkeit gegen den nächsten Baum zu fahren. Gut, er hat heute Geburtstag, aber muss er deswegen so ein Gesicht ziehen? Immerhin haben sie eventuell eine heiße Spur.

Es ist beinahe sechs Uhr. Sie sind auf dem Weg ins Krankenhaus. Obwohl Mel keine Minute geschlafen hat, ist sie hellwach. Aber mit Müller ist nichts anzufangen. Seit geschlagenen fünfzehn Minuten versucht Mel, ihm zu erklären, warum es notwendig ist, um diese Uhrzeit in dieses verdammte Krankenhaus zu fahren. Er macht sie verrückt mit seiner Lethargie.

»Gut«, setzt sie an, »ich erkläre es Ihnen noch einmal: Ich habe in meinem Briefkasten diese Postkarte gefunden.«

Zum fünften Mal hält sie sie ihm unter die Nase.

»Ja, ich weiß.«

»Na also. Darauf steht ...«

Steffen Müller unterbricht sie: »Ich weiß, was darauf steht. Sie haben es mir ja vorgelesen. Ich frage mich nur, warum wir samstags am frühen Morgen in ein gottverdammtes Krankenhaus fahren müssen, nachdem wir bis zwei Uhr früh gearbeitet haben. Das hätten wir doch später machen können. Außerdem«, setzt er kleinlaut hinzu, »habe ich heute Geburtstag.«

»Das weiß ich doch, Herr Müller. Und es tut mir auch furchtbar leid, dass ich Sie so früh aus dem Bett geklingelt habe, ehrlich.« Mel überlegt, wie sie ihm die Dringlichkeit der Situation am besten vermitteln kann.

»Wir besuchen eine Ärztin, die uns bei unseren Ermittlungen eventuell entscheidend weiterhelfen kann. Sie arbeitet auf der Entbindungsstation. Diese Frau steht in direktem Zusammenhang zu Frau Minkus' Fehlgeburt. Auf Entbindungsstationen ist es üblicherweise so, dass die Ärzte nicht wissen, wann die Babys eintreffen, und deshalb manchmal rund um die Uhr arbeiten müssen. Darum fahren wir um diese Uhrzeit in diese Klinik. Die Ärztin ist jetzt vor Ort, ich habe dort angerufen. Verstehen Sie?« Obwohl sie mit Engelszungen auf ihn einredet, spürt sie, wie ihr Blut langsam in Wallung gerät. Sein Gejammere kann einem auf die Nerven gehen.

»Ja, Chefin. Kein Grund, sich aufzuregen. Alles klar.«

»Na also. Außerdem rege nicht ich mich auf, sondern Sie. Ich bin die Ruhe selbst.«

Mel setzt ihre Lesebrille auf und liest noch einmal vor.

»Der Storch ist davongeflogen mit dem blutigen Säcklein. Keine Störche mehr. Nur Blut. Da hängen die Vögel in den Bäumen und haben blutige Augen und schreien. Kannst Du es hören? Sie singen. Da könnt Ihr ruhig weglaufen. Aber die Vögel sehen Euch im Blut.«

Mel lässt die Postkarte sinken.

»In meinen Augen ist das ein Erklärungsversuch. Frau Minkus versucht uns mitteilen, dass sie sich zu einer Art Rachefeldzug aufgemacht hat. Alle Menschen, die bis jetzt gestorben sind, standen mit ihr in Kontakt. Mit allen Opfern hatte sie ein Problem. Wenn auch eventuell ein fiktives. Sie ist laut Bernd Minkus psychisch labil, leidet unter Depressionen und Wahnvorstellungen. Frau Czernowitz hat sie gefürchtet, weil sie Angst vor einer Mieterhöhung hatte. Oder davor, die Wohnung zu verlieren. Von der alten Frau Klammroth glaubte sie sich offenbar bespitzelt und kontrolliert. Und von Michael Stüve fühlte sie sich belästigt, dabei sagen die Mitarbeiter in der Filiale, dass er zwar cholerisch, aber ansonsten harmlos gewesen sei. Auch die beiden Frauen werden als unauffällig beschrieben. Trotzdem muss Frau Minkus in ihnen eine Bedrohung vermutet haben.«

»Wenn sie es wirklich war.«

»Herr Müller. Es ist mir schon klar, dass wir noch keine handfesten Beweise gegen die Frau haben, aber sie ist trotzdem unsere Hauptverdächtige.«

»Klar.«

»Was sind Sie denn heute so mucksch?«

»Was?« Steffen Müller wirft ihr einen verständnislosen Blick zu.

»Wieso Sie so mucksch sind, habe ich gefragt«, wiederholt Mel, als würde sie mit einem Schwerhörigen reden.

»Was soll das sein?«, fragt Steffen.

»Was soll was sein?«

»Mucksch.«

Mel schüttelt den Kopf und sieht aus dem Fenster. »Ist egal, Herr Müller. Jedenfalls bin ich heute Nacht die Personen noch mal durchgegangen, mit denen Frau Minkus bisher Probleme hatte. Drei wurden umgebracht. Eine fehlt meiner Meinung nach.«

»Die Ärztin.« Müller nickt.

»Gut, Herr Müller. Jetzt haben Sie es kapiert.«

»Ist ja nicht so schwer zu begreifen, wenn man es zum zehnten Mal hört.«

»Na also.« Mel lässt sich erschöpft zurückfallen. »Vielleicht ist das alles Unfug, aber wenn ich mich in die Frau hineinversetze, würde ich die Ärztin als Erste erledigen.«

Müller sieht zu ihr hinüber, ohne den Fuß vom Gas zu nehmen.

»Im Ernst?«

»Man muss in unserem Job manchmal abstrahieren. Frau Minkus glaubt, diese Ärztin sei schuld am Tod ihres Kindes. Und aus ihrer Sicht ist das ja auch naheliegend.«

Mel sieht zu Herrn Müller hinüber, der sie immer noch anstarrt. »Würden Sie jetzt bitte wieder auf die Straße sehen?« Sie atmet laut aus.

Müller richtet den Blick geradeaus.

»Außerdem«, fährt Mel fort, »habe ich heute Nacht wieder etwas in meinem Briefkasten gefunden.« Sie fischt das Stoffhündchen aus ihrer Tasche und hält es Müller unter die Nase.

»Und woher wissen Sie, dass es von ihr ist?«, fragt Müller vorsichtig.

»Weil ich Bernd Minkus angerufen habe. Ich habe ihn aus dem Bett geklingelt. Er hat Kati so ein Hündchen für das Baby geschenkt.«

67. Kapitel

Außer Atem steht Katrin am Seiteneingang des Krankenhauses. Umklammert die Tasche mit dem Messer.

Instinktiv presst sie sich gegen die Mauer, scannt die Straße mit raschem Blick.

Als sie sicher ist, dass niemand sie beobachtet, macht sie sich auf den Weg. Sie hat sich wieder die Kapuze über den Kopf gezogen und trägt die Sonnenbrille. Sie muss vorsichtig sein.

An der Kreuzung bleibt sie stehen. Sie lässt einen dunkelgrauen Kleinwagen passieren. Den Wagen hat sie schon mal irgendwo gesehen. Während sie darüber nachdenkt, wo das gewesen sein könnte, sucht sie Schutz hinter einer Litfaßsäule. Ganz nah fährt das Auto an ihr vorüber.

Da fällt es Katrin ein.

Sie schaut dem Wagen hinterher. Er biegt nach rechts ab. Richtung Besucherparkplatz.

Kati ändert ihren Plan.

Geduckt huscht sie von Baum zu Baum. Wie ein Tier, das eine Fährte wittert. Beobachtet, wie die beiden aussteigen und Richtung Eingang gehen.

Die Frau mit den roten Haaren steigt als Erste aus, reckt sich und legt den Kopf in den Nacken. Melanie. Sie sieht zu Kati herüber. Kati huscht hinter einen Kiefernstamm. Ihr Herz rast. Ich muss meine Tabletten nehmen, schießt es ihr durch den Kopf.

Die beiden Polizisten setzen sich in Bewegung. Obwohl

der Dünne jünger ist, fällt es ihm schwer, Schritt zu halten. Melanie Fallersleben hat es eilig.

Die beiden verschwinden im Eingang. Kurz verliert Katrin sie aus den Augen, dann entdeckt sie das Paar an der Rezeption. Sie zeigen ihre Ausweise vor. Die Rezeptionistin greift zum Telefon.

Kati versteckt sich hinter einem Getränkeautomaten. Später folgt sie ihnen Richtung Aufzug.

Aus der Ferne beobachtet sie die Ziffern auf der Leuchttafel. Zweiter Stock.

Die Entbindungsstation.

Ein Schmerz fährt ihr in den Körper, als würde ein glühendes Schwert durch ihre Eingeweide gezogen. Vor ihren Augen gleißendes Licht. Fest presst sie die Tasche an sich. Wie einen Schutzschild trägt sie sie vor ihrem Bauch, während sie Richtung Ausgang läuft.

Mit der Bewegung kommen die Bilder zurück. Und mit ihnen der Hass. Wie ein vertrauter Freund nimmt er sie an der Hand und zieht sie mit sich.

68. Kapitel

Niemals hätte er in ihren Sachen herumspioniert. Es ist für Bernd ganz klar, dass ihn die nichts angehen. Selbst Liebende, die zusammenwohnen, dürfen Geheimnisse haben, von denen der Partner nichts wissen sollte.

Jetzt steht er vor dem Kleiderschrank und betrachtet die unterste Schublade. Das Vorhängeschloss, das die ganze Optik ruiniert. Kati hat es dort befestigt, als der Schrank ganz neu war. Damals hat Bernd deswegen einen Riesenstreit vom Zaun gebrochen.

»Warum machst du das?«, hat er sie gefragt, als er von der Arbeit nach Hause gekommen war. »Bist du verrückt?«

»Ich brauche einen Bereich, der nur mir allein gehört. Wo niemand anderer dran kann.«

»Kati. Ich lass dir deine Freiräume doch. Wenn du mir sagst, geh nicht an die Schublade, dann geh ich da auch nicht dran. Das weißt du.«

»Ja, aber es soll auch niemand anderer dran kommen können.«

»Außer uns wohnt niemand hier, ist dir das vielleicht schon mal aufgefallen?«

Sie hatte ihn aus leeren Augen angesehen und geschwiegen.

»Scheiße, Kati. Du hättest mir auch sagen können, dass du ein Schloss brauchst, dann hätt ich mir was Schöneres überlegt. Jetzt ist der ganze Schrank hin.«

»Na und?«

»Was meinst du mit na und?«

»Ist doch scheißegal.«

»Nein, Kati, es ist nicht scheißegal. Ich hab auf den Schrank gespart, weil du ihn dir gewünscht hattest. Und jetzt bohrst du Löcher hinein?«

»Na und?«

Damit hat sie ihn stehen gelassen und nicht mehr mit ihm geredet. Das war jetzt anderthalb Jahre her. Da hatte ihre Beziehung schon einen Knacks.

Wie oft hat Bernd versucht, mit Kati über jene Nacht zu sprechen. Über ihr totes Kind. Er hatte geglaubt, für sie sei es wichtig, dieses Erlebnis mit ihm zu teilen. Aber sie hat ihn nur angesehen wie einen Fremden und gesagt: »Du hast doch keine Ahnung, was in der Nacht passiert ist.«

Er nimmt eine Zange aus der Werkzeugkiste und durchtrennt das Vorhängeschloss. Dann öffnet er die Schublade.

69. Kapitel

Im Schwesternzimmer fragt Mel nach Dr. Kühn, der Ärztin, die in der Nacht vor zwei Jahren Dienst hatte.

Die Stationsschwester antwortet ihr, Frau Dr. Kühn habe Bereitschaftsdienst und sich vor einer Stunde hingelegt, um ein bisschen auszuruhen. Mel bittet darum, die Ärztin kurz sprechen zu dürfen.

Schon an ihrer Körperhaltung erkennt Mel, als wie unangemessen Frau Dr. Kühn den Besuch empfindet. Mit ausladenden Schritten eilt die Ärztin den Gang entlang. Die Arme schwingen im Takt. Wie eine Soldatin, die aus einer Parade ausgebrochen ist, denkt Mel. Kurz sieht sie zu Steffen Müller hinüber, der Ähnliches zu denken scheint. Er hebt die Augenbrauen.

Frau Dr. Kühn bleibt abrupt vor Mel und Steffen stehen. Sie ist etwa Mitte dreißig, hübsch, das braune Haar zu einem kurzen Zopf zusammengebunden.

»Sie wissen hoffentlich, dass ich Bereitschaftsdienst habe. Da brauche ich jede Minute, um zwischendurch ein bisschen auszuruhen.«

»Ja, entschuldigen Sie«, sagt Mel. »Es ist wichtig.«

Sie hält Dr. Kühn ihren Dienstausweis entgegen, das wirkt eigentlich immer. Heute nicht. Dr. Kühn wirft einen kurzen Blick auf die Karte, dann fährt sie unbeirrt fort. »So wichtig, dass es nicht bis heute Abend warten kann, ja?«

»Ja«, antwortet Mel. »Können wir irgendwo unter vier Augen reden?«

Dr. Kühn atmet hörbar aus, zuckt mit den Schultern und erwidert: »Keine Ahnung. In der Teeküche vielleicht, was weiß ich.«

»Hört sich gut an«, sagt Mel.

Nachdem Mel und Müller die Teeküche betreten haben, bleibt Frau Dr. Kühn in der Tür stehen und verschränkt die Arme vor der Brust. »So, schießen Sie los.«

»Es geht um eine Frau, die hier auf Ihrer Station vor etwa zwei Jahren ihr Kind verloren hat.«

Mel hat darauf gehofft, dass die Ärztin jetzt in irgendeiner Weise reagieren würde. Aber die sagt nur: »Da müssen Sie mir schon den Namen nennen, ich kann mich nicht an jede Frau erinnern, die hier eine Fehlgeburt hatte.«

»Katrin Minkus.«

Augenblicklich verhärtet sich das Gesicht. Dr. Kühn betrachtet Mel und Steffen aus zusammengekniffenen Augen. Schweigt.

Nach einer Weile fragt Mel: »Können Sie sich erinnern?«

»Und wenn? Was ist mit Frau Minkus?«

»Frau Dr. Kühn, so kommen wir nicht weiter. Entweder entscheiden Sie sich dazu, mit uns zu reden, oder Sie gehen einfach wieder ins Bett.«

Mel klingt ungeduldig. Steffen Müller sieht alarmiert zu ihr hinüber und überlegt anscheinend fieberhaft, wie er die Situation retten kann. Aber Frau Dr. Kühn ist schneller.

»Passen Sie mal auf, ich habe einen anstrengenden Beruf. Ich gehe nicht ins Bett, weil ich nichts anderes zu tun habe, sondern weil ich nach vierundzwanzig Stunden Schichtdienst müde bin. Also ändern Sie bitte Ihren Ton, oder ich gehe.«

»Verzeihung. Wir sind auch nicht zum Spaß hier. Sondern weil wir uns Informationen von Ihnen erhoffen, um einen Fall klären zu können. Und im Übrigen sind wir auch seit vierundzwanzig Stunden auf den Beinen. Es geht nämlich um Mord.«

Wieder entsteht eine Pause. Mel muss sich sammeln, sie hat nicht damit gerechnet, so früh am Morgen einem solchen Besen gegenüberzustehen. Solche Frauen kann sie nicht ausstehen.

»Frau Dr. Kühn, es tut uns sehr leid, hier so unangemeldet hereinzuplatzen. Wir machen es bestimmt ganz kurz«, schaltet sich jetzt Steffen Müller ein. Seine Stimme klingt wie fließender Honig, und Mel fragt sich, wie er das macht. »Es geht darum, dass Frau Minkus damals augenscheinlich das Kind aufgrund unterlassener ärztlicher Hilfeleistung verloren hat und …«

»Sagen Sie mal …«, Dr. Kühn sucht nach Worten. Endlich ist sie sprachlos, denkt Mel. Aber dann hat sich ihr Gegenüber wieder gefangen.

»… wie können Sie so was behaupten? Das Kind hätte sie so oder so verloren. Die ist viel zu spät hier aufgetaucht. Ich würde Ihnen gern die medizinischen Einzelheiten erläutern, das aber unterliegt der ärztlichen Schweigepflicht. Fragen Sie doch den Anwalt dieser Leute.«

»Das werden wir. Es geht uns jetzt in erster Linie darum, mit Ihnen über den Abend zu sprechen, weil …«

»Ich sehe dazu absolut keine Veranlassung. Das ist alles gerichtlich geklärt worden.«

Müller stutzt. »Was jetzt?«

»Die Anzeige.«

»Welche Anzeige?«

»Herr Minkus hat versucht, die Klinik auf unterlassene Hilfeleistung zu verklagen.«

»Ach so, das.«

»Ja, genau das. So etwas kann mich meine Approbation kosten, wissen Sie? Ich habe diesen Beruf ergriffen, weil ich Menschen helfen möchte. Aber wenn ich eine kollabierte Patientin habe, die unverzüglich einen Kaiserschnitt braucht, kann ich nicht gleichzeitig eine andere Schwangere operieren. Ich habe mich um einen Arzt bemüht, der dann auch sofort kam. Dass es dann dennoch zu spät war, ist nicht seine Schuld und auch nicht die Schuld der Klinik. Das hatte allein mit den Umständen zu tun.«

»Ja, natürlich. Das verstehe ich. Aber deswegen sind wir ja nicht hier.«

»Dann kommen Sie endlich zur Sache.«

Steffen Müller ist die Situation äußerst unangenehm, er ringt nach Worten. Sein Gesicht ist vor Müdigkeit aschfahl, und Mel fragt sich, ob es eine gute Idee war, ihn aus dem Bett zu klingeln. Aber da fängt er sich.

»Es geht darum, dass Frau Minkus in Verdacht steht, aufgrund einer psychischen Störung in den letzten Tagen drei Morde begangen zu haben und ...«

»Ach, wirklich?« Die Ärztin wird hellhörig. »Ich habe

in der Zeitung von dem Mord an dieser Vermieterin gelesen, aber da stand nichts von Frau Minkus.«

»Nein, das ist auch noch nicht offiziell.«

»Aha. Und weiter?«

Steffen Müller überlegt offenkundig, wie er am besten fortfährt, ohne zu viel preiszugeben. Mel lässt ihm gern den Vortritt.

»Mein Kollege wird Sie über die Einzelheiten informieren«, sagt sie deshalb kurz entschlossen und geht aus dem Zimmer. Menschen mit schlechtem Benehmen erlebt sie zwar täglich, aber um diese Uhrzeit und ohne Kaffee im Magen geht das über ihre Kräfte.

Sie macht sich auf den Weg zur Cafeteria.

Nachdem sie sich eine große Tasse Milchkaffee am Tresen geholt hat, setzt sich Mel an einen freien Tisch. Die Cafeteria ist um diese Uhrzeit gut besucht.

Hinter ihr sitzt eine korpulente Frau, die mit einem Handy telefoniert. Sie trägt eine Art Trainingsanzug mit gelber Aufschrift. »Security«.

»Hab ich gemacht, Chef. Die haben auch schon alles abgesucht, aber die Frau ist wie vom Erdboden verschluckt.«

Mel wird hellhörig.

Als die Dame vom Wachschutz ihr Telefonat beendet hat, dreht sich Mel zu ihr um. »Sagen Sie«, Mel hält ihr den Dienstausweis unter die Nase, »was ist denn passiert?«

»Da war so eine Durchgeknallte in der Tiefgarage. Mit einem Messer.«

Die Frau trinkt einen Schluck Cola. Ihre Gelassenheit wirkt aufgesetzt. Mel könnte wetten, dass sie darauf brennt, ihr die Geschichte bis ins kleinste Detail zu erzählen. Und das nicht nur ein Mal. Aber der Dienstausweis hat eine große Lücke zwischen ihnen aufgerissen.

Das passiert Mel öfter mit Securityleuten. Die wollen die Sache lieber selbst in den Griff bekommen, ohne die Polizei. Manche waren früher selbst Polizisten und haben irgendwann den Arbeitgeber gewechselt. Bessere Bezahlung. Prämien. Die Dame vor ihr scheint zudem eine grundsolide Abneigung gegen Mel zu hegen.

»Könnten Sie vielleicht etwas ausführlicher antworten?«

Mel muss sich beherrschen. Heute ist nicht ihr Tag. Wo man hinschaut, nur flegelhaftes Benehmen.

»Ich hab das schon den zuständigen Beamten erzählt. Die kümmern sich. Die haben bereits alles abgesucht und nichts gefunden.«

Mel steckt ihren Ausweis in die Tasche. Versucht, gelassen zu klingen. »Ich ermittle in einem Fall. Deswegen bin ich hier. Und es kann sein, dass es sich bei der Person in der Tiefgarage um die junge Frau handelt, die wir suchen.«

»Wieso kommen Sie denn dann erst jetzt? Ihre Kollegen waren längst da. Die sind schon wieder abgefahren.«

Die Dame von der Security scheint ein ernsthaftes Rivalitätsproblem mit der Polizei zu haben.

»Passen Sie auf, wir arbeiten in unterschiedlichen Konstellationen. Da kann es schon mal Überschneidungen geben. Das ist in Ihrem Beruf gewiss nicht anders.«

Erst mal auf die Leute zugehen, Interesse heucheln, ruhig bleiben. Das hat Mel auf der Polizeischule gelernt.

Doch um diese Uhrzeit würde sie die fette Kuh am liebsten packen und so lange schütteln, bis sie alle Informationen ausgekotzt hat.

»Na klar. Bei uns passiert das ständig. Da kann ich Ihnen Geschichten erzählen, da können Sie mit Ihrer Polizei einpacken. Aber deswegen sind wir auch so erfolgreich. Die Leute sind auf Zack.«

Die Frau hält abrupt inne und mustert Mel wieder. Scheint zu überlegen, ob ihr Gegenüber überhaupt verdient hat, dass sie sich mit ihr abgibt.

»Klar. Ist ja bekannt, dass Sie gute Arbeit leisten«, sagt Mel rasch, bevor die andere wieder dichtmacht.

»Ja. Wir sind eine super Truppe.«

Die Securitydame klopft dreimal auf den Holztisch, und Mel entdeckt das Plastikschildchen an ihrer Brust. Katya Zrybowski.

»Frau Zrybowski, nur noch eine Frage: Wie sah die Frau in der Tiefgarage denn aus?«

»Hm. Ziemlich normal. Hatte allerdings eine Kapuze tief ins Gesicht gezogen. Und eine Sonnenbrille, deswegen ist sie mir auch aufgefallen, als ich auf den Monitor geguckt habe. Da wusste ich gleich, dass da was faul ist.« Sie hält kurz inne. Doch ihre Neugier wächst offenbar im Sekundentakt. »Was hat die denn angestellt?«

»Darüber darf ich noch nicht reden«, erwidert Mel.

»Hat die Frau Sie denn bedroht? Mit dem Messer?«

Jetzt kann sich Frau Zrybowski nicht mehr bremsen. »Fast. Ich konnte gerade noch zur Seite springen.«

»Was Sie nicht sagen. Erzählen Sie mal!«

Katya Zrybowski lehnt sich in ihrem Stuhl zurück und verschränkt die Arme vor der Brust.

»Um Viertel vor fünf hab ich das erste Mal auf den Monitor geguckt, da ist sie mir aufgefallen. Und ich hab gleich gewusst, dass was nicht stimmt. Die saß auf dem Boden, mit dem Rücken an einen Pfeiler gelehnt, und hat vor sich hin gestarrt. Zuerst hab ich gedacht, der ist schlecht geworden, vielleicht besoffen oder so. Oder die wartet auf jemanden. Aber als ich um fünf wieder nachgesehen habe, saß sie immer noch an derselben Stelle. Völlig bewegungslos. Da hab ich gedacht, vielleicht ist die Frau ja tot, und bin nachschauen gegangen. Doch in dem Moment, als ich in die Tiefgarage komme, springt sie auf. Mit einem Messer in der Hand. Rennt an mir vorbei ins Treppenhaus und ist verschwunden.«

»Da hatten Sie aber verdammtes Glück.«

»Das kann ich Ihnen sagen. Leute mit Messern sind am gefährlichsten. So schnell kannst du gar nicht gucken, wie die dich abstechen.«

»Klar«, bestätigt Mel und macht einen betroffenen Gesichtsausdruck.

»Wird immer schlimmer«, sagt Frau Zrybowski jetzt.

»Ja, leider«, meint Mel und erhebt sich. Sie hat genug gehört. Aber die andere kommt jetzt langsam in Fahrt.

»Na klar, die Leute haben kein Geld mehr, und da kommen sie auf dumme Gedanken.«

»Ja, ja, das ist das Problem«, sagt Mel und nimmt ihr Handy vom Tisch. Sie muss Herrn Müller anrufen.

»Genau! Sag ich doch! Mit dem, was die von Hartz IV

kriegen, kommen sie gerade so hin, aber was sollen die machen den lieben langen Tag? Außer Fernsehen und Computer. Die haben ja nichts zu tun.«

»Eben.«

»Sag ich doch. Und dann läuft auch nur so Zeug. Diese Videospiele, wo die sich gegenseitig umbringen, das färbt ja ab.«

»Klar.« Mel macht einen Schritt Richtung Tür. »Ich muss los, danke!«

Frau Zrybowski nimmt ihre Cola light, trinkt einen kleinen Schluck. Dann fällt ihr noch was ein. »Wenn die arbeiten würden, hätten sie jedenfalls keine Zeit für so was.«

»Genau! Danke, ich muss los«, erklärt Mel noch mal. »Schönen Tag noch.«

»Na, ob der so schön wird«, sagt die Frau vom Securitydienst und gibt sich wieder ihren Erinnerungen an den aufregenden Morgen hin. Sie ist noch nicht so lange dabei, aber das Erlebnis hatte es in sich. Das muss sie gleich ihren Freundinnen erzählen.

Mel läuft in die Empfangshalle. Bevor sie Herrn Müller anrufen kann, vibriert schon ihr Handy.

Müller.

»Ja?«

»Sie haben mich ganz schön hängenlassen, Chefin.«

»Das tut Ihnen ganz gut, mal allein unterwegs zu sein, Herr Müller.«

»Na ja.«

»Sind Sie denn jetzt fertig mit ihr?«

»Ja.«

»Okay. Wir treffen uns am Auto. Ich hab tolle Neuigkeiten für Sie.«

»Ja?«

Begeistert klingt er nicht.

»Etwas mehr Enthusiasmus bitte, Herr Müller.«

»Wenn Sie so ein Gespräch hinter sich hätten wie ich, wäre Ihr Enthusiasmus auch weg.«

»Ich bring Ihnen einen Kaffee mit, wie finden Sie das?«

»Ich weiß nicht, ob einer reicht.«

»Herr Müller, reißen Sie sich zusammen, Sie sind heute dreißig geworden.«

»Eben. Ich spür's förmlich in den Knochen.«

Nachdem sie im Empfangsbereich einen dreifachen Espresso aus dem Getränkeautomaten gezogen hat, macht Mel sich auf den Weg zum Parkplatz.

In der Grünanlage, die den Asphalt säumt, blühen Pfingstrosen. Mel bleibt stehen, zögert kurz, blickt sich um und steigt über die Absperrung. Sie sucht das schönste Exemplar aus. Gar nicht so einfach, den holzigen Stiel zu durchtrennen. Aber dann hat sie es geschafft.

Mit der Blume in der Hand läuft sie zum Weg zurück.

Die wird sie Steffen Müller schenken. Sie ist ihm was schuldig. Und außerdem hat er ja Geburtstag.

70. Kapitel

Bernd hat kein gutes Gefühl, als er die Schublade herauszieht. Aber dann sagt er sich, dass er das in gewisser Weise auch für Kati macht. Um sie besser verstehen zu können.

Irgendetwas klemmt. Er bekommt die Schublade nicht weit genug auf, um den ganzen Inhalt sehen zu können. Aber er sieht genug, um die Fassung zu verlieren.

Winzig kleine Babysachen. Rosa Strampelanzüge, Mützchen, ein T-Shirt mit dem Aufdruck »Löwenmäulchen«, Schnuller, Fläschchen, eine Rassel, ein Stofftier. Vorsichtig nimmt er die Sachen heraus. Dreht sie in den Händen, während ihm die Tränen übers Gesicht laufen. Die hat sie vor ihm versteckt. Die hat er noch nie gesehen. Vielleicht hat sie die Sachen erst nach dem Tod des Babys gekauft? Aber warum?

Vorsichtig legt er alles neben sich auf den Fußboden. Streicht zärtlich darüber. Sofort schießen die Bilder der Nacht in ihm hoch. Wie er darum gebeten hat, das Baby ein letztes Mal sehen zu dürfen. Das Nicken des Arztes. Das kleine graue Menschlein, das sie ihm in die Hände gelegt haben. Noch warm von Katis Bauch. So warm, dass er zuerst geglaubt hatte, es würde noch leben und sie hätten sich alle getäuscht. Die winzig kleinen Fingerchen, zu Fäusten geballt. Die Augen fest zusammengepresst, als hätte es nicht wahrhaben wollen, dass es das Leben nie erblicken würde.

Nana.

So wollten sie sie nennen. Naninchen. Nie wird er ihren Geruch vergessen. Ihren Babyduft. Bernd presst das Gesicht in seine Ellenbeuge und schluchzt laut auf. Was für ein beschissenes Leben!

Was haben er und Kati bloß getan, dass alles so kaputtgeht? Alles hin. Die Träume, die Sehnsucht, das Glück. Alles verloren.

Er rutscht ein Stück zurück, lehnt sich mit dem Rücken an den Schrank und verbirgt das Gesicht zwischen den Knien. Er hat genug gesehen.

Lange sitzt er auf dem Fußboden und rührt sich nicht. Die Gedanken kreisen in seinem Kopf und finden keinen Anfang, kein Ende. Alles dreht sich.

Bernd versucht aufzustehen. Seine Beine wollen nicht gehorchen. Immer wieder sackt er zusammen. Am liebsten würde er sich jetzt hinlegen, die Decke über den Kopf ziehen und nie mehr aufwachen.

Er bräuchte jemanden, mit dem er reden kann.

Aber er muss zur Arbeit. Er kann ja nicht auch noch vor allem davonlaufen wie Kati. Einer muss das doch zusammenhalten. Was noch vom Leben übrig ist.

71. Kapitel

Eine der größten Herausforderungen in ihrem Beruf ist es, sich in den Täter hineinzuversetzen. Tatsächlich hat ihr Vater ihr am Anfang ihrer Berufsausbildung vorgeworfen, dass sie diesen Beruf nur ausgesucht habe, um ihre eigene kriminelle Energie auszuleben. Doch nur wenn Mel die Beweggründe für eine Tat annähernd kennt und nachvollziehen kann, ist es ihr möglich, bei den Ermittlungen den richtigen Weg einzuschlagen.

Jetzt hat sie das Gefühl, auf der Stelle zu treten. Was kann das sein?, fragt sie sich. Etwas, das so lange Zeit in einem Menschen schlummert und plötzlich ausbricht? Diesen Menschen dazu zwingt, Morde zu begehen, die an Grausamkeit kaum zu überbieten sind?

Je intensiver Mel versucht, sich Katrin Minkus anzunähern, zu verstehen, was diese Frau antreibt, umso mehr spürt sie die wachsende Distanz. Als wäre ein Wettlauf entbrannt zwischen ihr und der Verdächtigen. Als würde Katrin Minkus die Mauer um sich herum immer höher ziehen, je näher Mel an sie heranrückt. Und trotz dieses Schutzwalls wirkt es, als ob sie sich Mel anvertrauen möchte. Warum sonst die Postkarte, der kleine Stoffhund? Sie erhofft sich Hilfe von Mel. Trotzdem hat Mel Angst, sich ihr allzu rasch zu nähern, Signale zu übersehen. Nur wenn sie sich behutsam annähert, ohne die junge Frau zu verschrecken, wird es möglich sein, sie zu finden und aufzuhalten.

Deshalb beschließt Mel, Professor Tennfeld anzurufen. Er ist Facharzt für Neurologie und Psychiatrie und arbeitet seit seiner Emeritierung vor sieben Jahren noch als Psychoanalytiker und Gesprächstherapeut. Mel kennt ihn schon viele Jahre. Genauer gesagt seit dem Tod ihres Vaters 1999. Kurz vor seinem Tod hatte Mel das erste Mal den Mut dazu aufgebracht, ihm zu widersprechen. Seit sie denken kann, hatte sie sich ihm untergeordnet, sich seinem Willen gefügt, damit seine Wut sich nicht wie ein Wolkenbruch über ihr entladen würde. Sie hatte ihren Vater geliebt. Wie alle kleinen Mädchen diesen ersten Mann in ihrem Leben lieben, eine prägende Beziehung. Aber ihr Vater hatte Mels Bruder bevorzugt, und als der vor zwanzig Jahren bei einem Autounfall starb, vergrub er sich in seinem Schmerz und distanzierte sich endgültig von seiner Tochter. Wie gern hätte sie ihn getröstet. Wie gern mit ihm über das Leben gesprochen. Über den Tod. Aber der Vater zeigte ihr bis zu seinem Tod die kalte Schulter. Warum? Mel wird es nie erfahren. Sie kann es nur akzeptieren. Zumindest hat Professor Tennfeld daran mit ihr gearbeitet. Wirklich helfen konnte er ihr in der kurzen Phase ihrer Analyse nicht. Denn nach Ablauf der von der Kasse bewilligten Stundenzahl hat sie die Therapie beendet. Sagt sie. Abgebrochen, sagt Professor Dr. Tennfeld.

Obwohl es unüblich ist, dass Therapeut und Patient nach einer Analyse, zudem einer abgebrochenen, noch Kontakt zueinander halten, ist es Mel gelungen, Tennfeld zu überreden, dass sie ihn ab und zu anrufen darf, wenn sie Hilfe braucht. Nicht in ihrem eigenen Fall, nur in beruflicher Hinsicht. Tennfeld hat dieses unübliche Arrangement akzeptiert. Womöglich, weil er weiß, dass damit die Tür, durch die sie der Analyse entwischt ist, nicht endgültig zuschlägt. Er ist kein Dogmatiker.

Nach dreimaligem Klingeln nimmt Tennfeld ab.

»Frau Fallersleben, Sie haben Glück. Mein Patient ist gerade gegangen.«

»Ich weiß«, antwortet Mel und schmunzelt. »Immer kurz vor der vollen Stunde anrufen, dann hab ich eine Chance, Sie zu erreichen.«

»Womit kann ich Ihnen helfen?«

Mel schildert ihm in kurzen, präzisen Sätzen ihren aktuellen Fall. Sie erwähnt auch das Gespräch, das sie mit Bernd Minkus über seine Frau geführt hat.

Als sie fertig ist, sagt Tennfeld: »Das ist ja eine wilde Geschichte.«

»Was mich interessieren würde, Professor Tennfeld: Ist meine Vermutung richtig, dass durch den Verlust ihres Babys bei Frau Minkus ein Kindheitstrauma zum Ausbruch gekommen sein könnte?«

»Ohne die Frau zu kennen, Frau Fallersleben, ist das alles ein bisschen Kaffeesatzlesen. Aber interessant ist schon, dass Herr Minkus die Mutter seiner Frau erwähnt hat. Anscheinend weigert sich Frau Minkus ja standhaft, über ihre Kindheit zu reden. Das ist auffällig. Es deutet auf erhebliche Probleme im Elternhaus hin. Und Sie sagen, nach dem Tod des Babys habe sich der Zustand der Frau radikal verschlechtert?«

»Laut Herrn Minkus fällt die psychische Veränderung

und auch der Beginn der unkontrollierten Tabletteneinnahme in die Zeit nach dem Kindstod. Also vor etwa zwei Jahren. Dann der versuchte Suizid. Der Aufenthalt in der Psychiatrie. Danach schrittweise eine Verschlechterung der psychischen Belastbarkeit.«

»Es ist wirklich schwierig, aus der Distanz eine Diagnose zu erstellen. Das grenzt an Fahrlässigkeit, liebe Frau Fallersleben.« Tennfeld sträubt sich. Das macht er immer.

»Allein komme ich nicht weiter.«

»Sie geben nicht auf, was? Lassen Sie mich nachdenken … Also, ich versuche jetzt eine etwas grobe Ferndiagnose. Es wundert mich selbst immer wieder, dass Sie mich kriegen.«

Jetzt hat sie ihn!

»Danke!« Mel greift zu einem Blatt Papier und einem Stift.

»Ich werde mich kurzfassen. Der nächste Patient steht gleich vor der Tür.«

»Kein Problem.«

»Sie erzählten von dem Suizidversuch dieser Frau nach der Fehlgeburt. In seltenen Fällen erleiden Frauen nach so einem Schock einen psychotischen Schub. Sie sind dann nicht mehr in der Lage, das alltägliche Leben zu meistern, fühlen sich verfolgt, haben Wahnvorstellungen. Sogar engste Freunde oder Familienmitglieder kommen nicht mehr an sie ran. Meist liegt so einem extremen Zusammenbruch, ich vereinfache jetzt sehr, ein nicht verarbeitetes Trauma in der Kindheit zugrunde. So was lässt sich oft über viele Jahre verbergen, aber dann kann ein massiver

Vorfall die alten Wunden wieder aufreißen. Ihren Erzählungen entnehme ich, dass Frau Minkus im Kindesalter den Tod des Vaters miterlebt hat? Laut ihrer Mutter soll Frau Minkus sich geweigert haben, ihm rechtzeitig die Medizin zu geben. Deswegen ist er an Herzversagen gestorben. Richtig?«

»Ja, genau.« Mel ist nervös. Mit Professor Tennfeld über Menschen zu sprechen ist, als ob man eine Tür öffnet und von dem gleißenden Licht geblendet wird, welches dahinter erstrahlt. Schade, dass bei mir nichts gestrahlt hat, denkt Mel. Sie versucht sich wieder zu konzentrieren.

»Mit dieser Version habe ich ein Problem. Es ist schwer nachvollziehbar, dass ein zehnjähriges Kind den eigenen Vater umgebracht haben soll. Da steckt fast immer ein Erwachsener als treibende Kraft dahinter. Ob die Mutter das Mädchen gezwungen hat, die Medikamente wegzuwerfen, oder im Nachhinein einfach behauptet hat, das Kind sei schuld an dem Tod, wird sich vermutlich nie klären lassen. Auch wenn die Mutter noch lebt, ist es äußerst unwahrscheinlich, dass sie die eigene Schuld eingesteht. Bei älteren Leuten beißt man da meist auf Granit. Das ist deren Selbstschutz.«

»Dann lieber das Kind opfern«, sagt Mel.

»Ja, leider. Kinder sind gute Komplizen. Sie übernehmen die Schuld der Eltern, um deren Liebe zu erhalten. Kinder fühlen sich immer schuldig, wenn die Eltern sich unangemessen verhalten.

In diesem speziellen Fall sieht es mir ganz danach aus, als hätte die Mutter das Kind gezwungen, nicht über den

Vorfall zu sprechen. Das funktioniert bei kleinen Kindern im Allgemeinen sehr gut. Was die Eltern sagen oder ein Elternteil sagt, ist Wahrheit und Gesetz. Selbst wenn das Kind etwas anderes erlebt zu haben glaubt, das Bild der Eltern überlagert die eigene Erinnerung und Wahrnehmung. In Frau Minkus' Fall kommt hinzu, dass die Mutter offenbar Alkoholikerin ist. Das hat Ihnen der Ehemann erzählt, ja? Diese Menschen sind unberechenbar. Oft gewalttätig. Um eine solche Mutter einigermaßen zufriedenzustellen, bedarf es fast unmenschlicher Kraft. Kaum zu schaffen für ein Kind. Es wird alles tun, damit die Mutter zufrieden ist. Zumal diese für Kati Minkus ja später, also nach dem Tod des Vaters, anscheinend der einzige Mensch auf der Welt war. Angehörige oder Freunde gab es ja nicht.«

Mel lässt die Worte auf sich wirken und hat mit einem Mal einen Kloß im Hals. Sofort hat sie das Bild ihres Vaters vor Augen, und sie konzentriert sich darauf, es zu vertreiben.

»Und es ist möglich, dass diese Erfahrungen erst Jahre später in dem Menschen hochkommen?«, fragt sie noch einmal nach. »Im konkreten Fall durch das traumatische Erleben der Fehlgeburt?«

»Wie gesagt, das ist manchmal der Fall. Aber die wenigsten gehen deswegen zu einem Therapeuten. Das ist immer noch ein Tabu, und außerdem zahlt die Krankenkasse nur einen unbedeutenden Stundensatz, wie Sie wissen.«

»Wollen Sie mir Schuldgefühle machen?«

»Fühlen Sie sich denn schuldig?«

»Um mich geht es ja jetzt wohl nicht.«

»Natürlich nicht«, antwortet Tennfeld, »aber in allem, was wir tun und denken, sollten wir uns selbst nie aussparen.«

Mel würde am liebsten sagen: Eins zu null für Sie, lieber Herr Professor Tennfeld, aber sie reißt sich zusammen. Dann fährt er fort.

»Der Tod eines Kindes ist so ziemlich das Schlimmste, was einem Menschen passieren kann. Damit wird man schon als psychisch stabile Person nicht fertig. In jedem Fall braucht das Zeit. Für Frau Minkus bedeutete dieser Verlust und die Gewissheit, dass sie nie Kinder haben wird, das Ende.«

»Was passiert dann?«

»Das ist ganz unterschiedlich. Im Fall von Katrin Minkus ist es vielleicht so, dass sie sich auch hier wieder schuldig am Tod eines Menschen fühlt. Die Reaktion auf tief verwurzelte Schuldgefühle ist bei Menschen ganz unterschiedlich. Manche werden passiv, ziehen sich zurück. Und wieder andere reagieren mit Gewalt darauf. Prinzipiell kann man sagen, dass in dem Versuch, sich nicht einzugliedern, das Bestreben liegt, das alte Schuldgefühl wieder hochzuholen. Um zu begreifen, wo dieser Schmerz herkommt. Und natürlich steckt auch der Versuch dahinter, sich auf diese Weise zu spüren. Wenn das Schuldgefühl schwächer wird, greifen manche nach ständig neuen Methoden, um sich schuldig, also lebendig zu fühlen. Das sieht man deutlich an der Entwicklung dieser jungen Frau, sollte sich der Verdacht gegen sie erhärten.«

Mel hört das Klingeln einer Türglocke.

»Mein nächster Patient. Konnte ich Ihnen ein bisschen helfen? So aus der Ferne?«

Mel ahnt, welche Überwindung es Professor Tennfeld jedes Mal kostet, seinen Prinzipien untreu zu werden. »Ja. Ich glaube, jetzt kann ich einiges besser verstehen.«

»Geben Sie auf sich acht, Frau Fallersleben.«

»Danke.«

Mel drückt die Aus-Taste an ihrem Handy und lehnt sich zurück. Sie sieht Kati vor sich, wie sie an der Bushaltestelle steht und sich von Bernd verabschiedet. Der dicke Babybauch macht es den beiden schwer, sich zu küssen, sie lachen und beugen sich ein wenig vor, damit ihre Lippen sich berühren. Ein paar Tage später ist Kati nicht mehr gekommen, und noch ein paar Tage darauf hat sie Bernd Minkus beinahe nicht wiedererkannt. Mels Augen brennen. Sie drückt Daumen und Mittelfinger auf die geschlossenen Lider und atmet tief durch. Wieder sieht Mel Katis lachendes Gesicht vor sich. Ganz nah ist sie ihr jetzt. Sie muss sie finden. Sie muss ihr helfen, bevor alles noch schlimmer wird.

72. Kapitel

Es dauert lange, bis sich in der Wohnung etwas tut, nachdem sie geklingelt hat. Aber Katrin weiß, dass sie da ist. Die Mutter geht nur selten aus dem Haus. Jetzt spürt Kati deren Blick aus dem Türspion auf sich.

»Was willst du?«, ertönt es hinter der Tür.
»Ich will zu dir, Mama. Nur ganz kurz.«
»Ich hab jetzt keine Zeit, Katrin.«
»Bitte, Mama. Es ist wichtig. Bitte lass mich rein. Bitte.«
»Warum sollte ich? Ich hab jetzt keine Zeit, hab ich gesagt.«

Hinter der Tür das Geräusch sich entfernender Schritte.
Kati bleibt. Lauscht. Dann klingelt sie Sturm. Haut mit aller Kraft gegen das Holz.

Nach einer Weile öffnet sich die Tür. Da steht die Mutter. In ihrem Bademantel, das Gesicht aufgeschwemmt. Eigentlich ein widerwärtiger Anblick.

»Hast du sie noch alle?«
»Mama, bitte. Ich will zu dir.«

Kati streckt die Arme nach der Mutter aus, will sich an ihre Brust schmiegen.

»Lass das!«

Die Mutter stößt sie von sich.

»Bitte. Mama, bitte. Schick mich nicht weg.«

Kati ist kurz davor, vor der Mutter in die Knie zu gehen. Sie kann nicht mehr zurück. Sie muss zu ihr. Bei ihrer Mutter wird sie Ruhe finden.

»Stell dich nicht so an, Kind. Wir telefonieren. Ich hab jetzt keine Zeit für deine Probleme. Du hast doch deinen Bernd, der kann sich um dich kümmern.«

Aus der Wohnung ertönt eine männliche Stimme: »Christel, kommst du?«

Kati spürt einen Schlag. Wie einen Stromstoß.

»Wer ist das, Mama?«, fragt sie.

»Kennst du nicht.«

»Wer ist das? Schmeiß den raus!« Katrins Stimme wird lauter.

»Sonst noch was? Jetzt mach, dass du wegkommst.«

Die Mutter knallt die Tür zu.

Kati geht in die Knie, als hätte man ihr in die Beine geschossen. Sie vergräbt das Gesicht im Dreck des Türvorlegers und weint. Das Licht im Hausflur erlischt, aber sie steht nicht auf. Sie rollt sich zusammen wie früher, umfasst die Beine mit den Armen und steckt den Kopf zwischen die Knie. Wie ein Embryo liegt sie da. Leise wimmert sie. Hört ihr »Mama, Mama«, als käme es von einer anderen Kati. Von der kleinen Kati, die sie zurückgelassen hat am Todestag ihres Vaters. Danach war ihre Kindheit zu Ende.

73. Kapitel

Nach einer Besprechung im Präsidium, in der Kriminaloberrat Hengstenberg ihnen mitgeteilt hat, dass die verdächtige Person nirgendwo aufzufinden war, sind Melanie Fallersleben und Steffen Müller nach Hause gefahren, um zu duschen und sich für eine Stunde aufs Ohr zu hauen.

Jetzt steht Mel im Badezimmer und föhnt ihre Haare, schließlich muss sie noch zu Steffens Geburtstagsfeier. Sie ist in den letzten Tagen noch mal um zehn Jahre gealtert. Resigniert zieht sie an ihrer Wangenpartie, zupft an den Augenfalten herum, aber sobald sie loslässt, ergibt sich alles wieder der Schwerkraft und rutscht in die Ausgangsposition zurück.

Sie trägt ein bisschen Lippenstift auf und tuscht die Wimpern. Den Rest überlässt sie dem Schicksal.

Dann nimmt sie den Roman von ihrem Nachttisch und packt ihn in Geschenkpapier. Es ist ein Krimi, den sie selbst geschenkt bekommen hat, aber sie kommt ja nie zum Lesen. Vielleicht kann sie Steffen Müller damit eine Freude machen. Dann nimmt Mel eine Flasche Wein aus dem Regal, zieht ihren Mantel über und verlässt die Wohnung. Das Treppenlicht auf ihrem Stockwerk funktioniert nicht, sie müsste dem Hausmeister Bescheid sagen, aber jetzt hat sie keine Zeit dazu. Den Weg nach unten findet sie auch im Dunkeln.

Sie tritt auf die Straße, biegt nach links zur Bushaltestelle. Später muss sie noch mit der U-Bahn fahren. Herr

Müller wohnt ziemlich weit draußen, in Pankow. Eine halbe Weltreise, aber versprochen ist versprochen. Sie wird nicht lange bleiben, denn morgen früh will sie Katrin Minkus' Mutter besuchen. Die klang am Telefon nicht gerade begeistert bei der Ankündigung, dass Mel sich mit ihr über ihre Tochter unterhalten wollte. Überhaupt schien sie gar keinen Kontakt mehr zu ihrer Tochter zu haben. Merkwürdig, hat Mel gedacht. Diese abweisende Stimme am Telefon. Als sei die eigene Tochter eine fremde Person. Aber das erlebt Mel nicht zum ersten Mal.

Nach einer guten Stunde steht Mel vor dem Haus, in dem Steffen Müller mit seinen Mitbewohnern lebt. Es ist eine in die Jahre gekommene Villa inmitten eines verwunschenen Gartens. Das hat sie nicht erwartet. Alles ist überschaubar, nicht groß, ziemlich verkommen und vielleicht deswegen anheimelnd. Die Fenster sind erleuchtet.

Mel sucht vergeblich nach einer Klingel. Irgendwann geht sie durch den kleinen Vorgarten und betätigt den Türklopfer. Sofort öffnet sich die Tür, und Müller steht vor ihr. Er ist schon ziemlich angeschickert und breitet die Arme aus. Mel gibt ihm förmlich die Hand und überreicht Buch und Wein.

»Wie schön!«, ruft er. »Geschenke! Von meiner Chefin!«

Mel bereut augenblicklich, ihm nicht etwas Persönlicheres gekauft zu haben. Aber wann? Sie war ja ununterbrochen unterwegs.

»Kommen Sie rein!«

Die Einrichtung ist kunterbunt zusammengewürfelt.

Die Räume sind klein, aber behaglich. Und von jedem Fenster aus sieht man den Garten.

»Schön haben Sie es hier, Herr Müller.«

»Na ja, ist alles nur provisorisch, nichts Besonderes.«

»Doch. Sehr besonders sogar. Ich mag das hier.«

Er stellt sie seinen Freunden vor. Alle scheinen nicht älter als dreißig zu sein, und Mel fühlt sich eindeutig fehl am Platz.

»Und das«, sagt Steffen, »ist ein ganz besonderer Freund.« Er schlingt die Arme um die Hüften eines jungen Mannes mit raspelkurz geschorenem Haar. Er trägt ein kariertes Hemd und ausgebeulte Cordhosen.

»Das ist Helmut Grossmann. Helmut, darf ich vorstellen, das ist meine Chefin, Kriminalhauptkommissarin Melanie Fallersleben, von der ich euch immer erzähle.«

Helmut Grossmann ist sichtlich überrascht. Nicht, weil Mel plötzlich vor ihm steht, sondern weil Steffen Müller ihm die Arme um die Hüften schlingt. Herr Müller hat eindeutig einen im Tee. Vorsichtig löst sich Helmut Grossmann aus seiner Umarmung und reicht Mel die Hand.

»Freut mich, Frau Fallersleben.«

»Freut mich auch, Sie kennenzulernen, Herr Grossmann. Herr Müller ist ein ganz besonderer Kollege.« Mel schüttelt Helmut die Hand und sehnt sich nach einem doppelten Wodka. Auch das noch. Jetzt ist sie auf einmal ganz tief in Herrn Müllers Privatleben hineingerutscht.

»Möchten Sie was trinken?«, fragt Helmut.

»Ja, unbedingt. Einen doppelten Wodka.« Mel lacht. Helmut runzelt die Stirn.

»Wir haben nur Biowein aus Österreich. Geht das auch?«

»Phantastisch. Das ist großartig. Ich liebe Biowein!«, ruft Mel aus und beschließt, sehr bald nach Hause zurückzukehren und sich auf ihrem einsamen Sofa die Kante zu geben.

Sie essen Chili sin Carne und veganes Gemüserisotto. Und obwohl Mel sich heute ein blutiges Steak gewünscht hätte, weil sie sich seit Tagen nur von Butterstullen und Schokoriegeln ernährt, bekundet sie geradezu euphorische Begeisterung für die klebrige Pampe. Immerhin ist es Herrn Müllers Dreißigster. Dann erkundigt sie sich höflich danach, womit die jungen Leute so ihr Geld verdienen, und versucht, ein Gespräch mit der koreanischen Lehramtsanwärterin zu beginnen, was aber ziemlich schnell abebbt.

Der junge Mann am Ende des Tisches beobachtet sie unverwandt, das macht sie ganz nervös. Er sieht nicht schlecht aus. Sympathisch. Und nach dem zweiten Glas Biowein beschließt Mel, ein Gespräch mit ihm anzufangen.

»Wie heißen Sie?«, fragt sie.

»Magnus.«

Er hat schöne Augen, dieser Magnus.

»Und woher kennen Sie Herrn Müller?«

»Steffen, meinen Sie? Ich bin eher mit Helmut befreundet. Wir arbeiten im selben Restaurant.«

»Ach ja, stimmt, das hat mir Herr Müller erzählt. Helmut ist Koch, oder? Und was machen Sie?«

»Ich arbeite da in der Geschäftsleitung.«

Er lächelt. Er hat schöne Zähne. Mel nimmt einen tiefen Schluck Wein und ruft Steffen Müller übermütig zu, dass sie Nachschub brauche. Er springt auf, entkorkt die nächste Flasche und eilt herbei.

»Hier, Chefin. Schon bereit.«

»Danke, Herr Müller. Prosit. Auf Ihren Dreißigsten.«

Die jungen Leute am Tisch unterbrechen ihr Gespräch und heben die Gläser.

»Auf Steffen!«

»Gott, seid ihr süß«, sagt Steffen und wird rot. »Habt ihr euch schon kennengelernt?«

Mit seinem Glas deutet er auf Magnus.

»Ja, gerade eben.«

»Meine Chefin!« Steffen platzt vor Stolz.

»Ich weiß«, sagt Magnus und zwinkert Mel zu.

Mel beobachtet die jungen Leute. Ihr gegenüber sitzt eine junge Frau mit langem braunem Haar. Sie ist blass, hübsch und schweigsam. Als sich ihre Blicke treffen, lächelt sie Mel schüchtern zu. Sie ist etwa in Katrin Minkus' Alter, und Mel überlegt, wie deren Leben wohl verlaufen wäre, wenn sie eine andere Kindheit gehabt, wenn sie keine Fehlgeburt erlitten hätte. Dann würde sie heute Abend vielleicht auch mit Freunden zusammensitzen und das Leben genießen können. Sie sieht Katrin Minkus vor sich, wie sie durch die Straßen irrt und mit dem ihr eigenen Lächeln ins Leere schaut. Eingeschlossen in ihrer eigenen Welt. Unnahbar. Unberührbar.

Mel versucht, noch ein bisschen mit den Tischnachbarn zu plaudern, um nicht unhöflich zu wirken. Das fällt ihr schwer. Sie fühlt sich zu alt und irgendwie steif unter den jungen Leuten. Fehl am Platz. Smalltalk konnte sie nie gut, und heute, da ihre Gedanken immer wieder zu Kati Minkus abschweifen, fällt es ihr noch schwerer als sonst. Um zehn Uhr erhebt sie sich.

Sofort steht Steffen Müller neben ihr.

»Wo wollen Sie denn hin, Chefin? Gefällt es Ihnen nicht?«

»Doch, es ist phantastisch. Aber ich bin nicht wirklich in Feierlaune. Frau Minkus geht mir nicht aus dem Kopf, verstehen Sie? Es tut mir wirklich leid.«

»Das verstehe ich doch. Aber Magnus ist ganz begeistert von Ihnen. Das hat er mir vorhin in der Küche erzählt.«

»Ach ja? Das ist ja schön.«

Mel dreht sich um und sieht Magnus auf dem Sofa in der Ecke. Er sitzt neben einem blonden Jüngling, der ihn unverwandt anstarrt. Dann legt Magnus dem jungen Mann eine Hand aufs Knie und streicht ihm mit der anderen über die Wange.

Ach so, denkt Mel. Das hätte sie gar nicht vermutet. Gut, dass sie nicht versucht hat, den Kontakt mit Magnus zu vertiefen. Wie peinlich. Eigentlich hat sie von sich geglaubt, dass sie die Menschen ziemlich schnell durchschaut. Heute jedenfalls ist ihr das nicht gelungen. Und was Steffen Müller betrifft ... Zumindest hatte sie bei ihm immer das Gefühl, dass er anders war als die Männer im Kommissariat. Aber dass er schwul ist, nein, auf den Gedanken ist sie nicht gekommen. Frustrierend, denkt sie, während Steffen ihr in den Mantel hilft. Jetzt kommt mir auch noch meine Menschenkenntnis abhanden.

74. Kapitel

Kati sitzt auf dem Bett und presst die Hände gegen ihren Brustkorb. Der Vater hat sie gegen die Anrichte geschleudert. Mit dem Oberkörper ist sie gegen das Holz gekracht, und im gleichen Moment hat sie das Knacken in ihren Rippen gehört. Der Schmerz war unerträglich, und ihr blieb die Luft weg. Vor ihren Augen wurde es schwarz, dann ein Flimmern wie Sternenregen. Obwohl sie nichts mehr gesehen hat und keine Luft mehr bekam, hat sie die Küchentür gefunden und ist über den Flur in ihr Zimmer gelaufen. Hinter ihr die Schritte des Vaters. Er hat sie an den Haaren gepackt und gegen den kleinen Schreibtisch geschleudert. Da blieb sie liegen. Vom Flur her ertönte die Stimme der Mutter. Sie ist früher nach Hause gekommen als erwartet. Ihr Schatten erschien in der Tür zum Kinderzimmer. Dann machte sie Licht. Der Vater wischte sich den Schweiß von der Stirn und ging an der Mutter vorbei ins Wohnzimmer.

Kati hat sich mühsam erhoben. Alles tat ihr weh. Am schlimmsten war der Schmerz in der Brust, sie bekam kaum Luft. Aus der Nase lief Blut und tropfte auf das rosafarbene T-Shirt. Das wird die Mutter böse machen, dachte sie noch. Und trotzdem wollte sie zu ihr, durchquerte schwankend das Zimmer, um Trost in ihren Armen zu finden. Als sie sie beinahe erreicht hatte, wandte sich die Mutter ab und ging in die Küche. Kati lief hinter ihr her, streckte die Hand nach ihr aus und bekam ihren

Mantel zu fassen. Da drehte sich die Mutter um und zischte: »Fass mich nicht an, du Luder!«

Dann ging sie zum Küchenregal und griff nach einer Flasche.

Jetzt sitzt Kati in ihrem Kinderzimmer auf dem Bett und wartet. Beobachtet den Zeiger des Weckers. Zählt die Sekunden, die Minuten und schließlich die Stunden. Niemand kommt, um sie zu trösten.

Sie muss eingeschlafen sein, denn plötzlich schreckt sie hoch. Das Klirren von Glas, dann der Aufschrei der Mutter, das Krachen, als der Vater sie gegen den Schrank schleudert. Obwohl Kati nicht in der Küche ist, sieht sie das alles deutlich vor sich.

Sie öffnet die Kinderzimmertür und späht hinaus. Der Vater kommt ihr entgegen. Er wankt, fasst sich an die Brust und verschwindet im Badezimmer. Kati läuft in die Küche. Da liegt die Mutter in den Scherben. Ihr Gesicht verquollen, tränennass. Aus der Nase fließt Rotz und Blut. Es stinkt nach Alkohol. Der ganze Boden ist nass.

»Hau ab!«, sagt die Mutter. »Geh mir aus den Augen!«

Kati weicht zurück und läuft über den Flur. Am Badezimmer bleibt sie stehen. Schaut um die Ecke. Da liegt der Vater reglos auf dem Boden. Mit Mühe blickt er zu Kati hoch und lallt etwas. Kati versteht ihn nicht. Sie will ihn auch gar nicht verstehen. Sie will weg hier. Sie sieht die Schachtel mit den Herztabletten in einer Ecke auf dem Boden liegen. Seine ausgestreckte Hand. Er wird da nicht herankommen. Wieder lallt er etwas. Sieht sie flehend an. Aber Kati kann sich nicht bewegen. Wenn sie ihm jetzt nicht hilft, stirbt er vielleicht. Und dann wird alles gut. Dann ist sie mit der Mutter allein. Und die Mutter wird nicht mehr trinken und nicht mehr so böse zu ihr sein, weil sie dann ja auch selbst keine Schläge mehr bekommt.

Kati will sich gerade abwenden – aber mit einem Mal ist der liebe Gott bei ihr. Ganz nah kann sie seine Stimme hören. Und er flüstert ihr zu, dass sie zu ihrem Vater gehen und ihm helfen soll. Kati macht einen Schritt auf ihn zu, als sie hart am Arm gepackt und zurückgerissen wird. Der Schmerz in der Brust ist so scharf, als würde ihr jemand mit einem Messer durch die Eingeweide fahren. Aber Kati weint nicht. Sie schreit nicht. Sie hat gelernt, dass es am besten ist, sich tot zu stellen. Aus dem Augenwinkel sieht sie den Rock der Mutter. Dann wird sie an den Türrahmen geschubst.

»Wag es nicht, ihn noch mal anzufassen! Das sag ich dir!« Das Gesicht der Mutter ist ganz nah vor dem ihren. Sie stinkt nach Zigaretten und Fusel, und Kati wendet den Kopf ab. Die Mutter packt das Mädchen am Kinn und biegt sein Gesicht wieder zu sich hin. »Hast du das gehört?«

Kati versucht zu nicken. Aber das geht nicht, weil der Griff der Mutter so hart ist. Also flüstert sie: »Ja.« Sie weiß nicht, was hier geschieht. Sie versteht nicht, warum die Mutter böse auf sie ist, denn sie hat doch gar nichts getan. Der Vater hat sie geschlagen, und jetzt sind beide böse auf sie. Die Mutter schubst Kati Richtung Kinderzimmer.

Aber Kati tut nur so, als ob sie die Tür schließt. Sie linst um die Ecke und sieht die Mutter, wie sie vor der geöffneten Badezimmertür steht. Ihre Mutter heult, hält sich die Hand vor den Mund, um das Schluchzen zu unterdrücken, das ihren Körper schüttelt. Dann scheint sie einen Gedanken zu fassen. Sie strafft sich, wischt sich die Tränen und den Rotz aus dem Gesicht, zieht den Schlüssel aus der Innenseite der Tür und steckt ihn in das äußere Schloss. Sie schließt die Tür und dreht den Schlüssel zweimal um. Die Mutter wendet sich ab und geht zurück in die Küche. Den Rücken hält sie sehr gerade. Von hinten ahnt man nicht, wie sie von vorn aussieht. An ihrem Gang kann man nicht erkennen, dass sie stockbesoffen ist.

Kati schließt die Tür zu ihrem Zimmer. Sie setzt sich aufs Bett und sieht auf ihren Wecker. Nimmt das Plüschtier und hält es ganz fest in den Händen. Immer noch tut ihr die Brust weh.

Sie lauscht, von draußen ist kein Laut zu hören. Sie versucht zu verstehen, was passiert ist. Aber ihre Gedanken wirbeln durcheinander wie Falter in der Nacht.

Eine Last auf ihren Schultern drückt sie nieder. Auch wenn sie es nicht begreifen kann. Die Schuld liegt bei ihr. Die wird bleiben bis an ihr Lebensende.

Sie vergräbt das Gesicht in ihrem Plüschtier.

Endlich kann sie weinen.

75. Kapitel

Kati erwacht. Sie setzt sich auf und lehnt sich an die Tür. Sie lauscht den Stimmen in der Wohnung. Ihre Mutter sieht irgendeinen Krimi.

Eine Stimme in Katis Kopf sagt, dass sie noch mal klingeln muss. Sie muss das klarstellen. Jetzt! Auf der Stelle!

Wie ein Gewitter braut sich der Hass in Kati zusammen, sie kann ihn kaum halten. Der Hass zerreißt sie.

Sie muss der Mutter klarmachen, dass es so nicht geht. Dass sie, Kati, alles getan hat, was die Mutter von ihr verlangt hat. Sie muss mit ihr reden.

Kati steht auf und drückt auf den Klingelknopf. In der Wohnung wird der Ton des Fernsehers leiser gestellt. Sie hört die Mutter tuscheln. Dann die Männerstimme.

Aber keine Schritte, die sich der Tür nähern.

Kati klingelt Sturm. Hämmert gegen die Tür.

Die Mutter öffnet. Doch sie hat die Kette vorgelegt. Ihr rotes Gesicht leuchtet im Schein der Flurlampe.

»Mach die Tür auf, Mama!«

»Nein, Kati, hau ab! Schau mal, wie du aussiehst. Keiner macht dir mehr die Tür auf. Du hast sie doch nicht alle.«

»Mach die Tür auf, Mama!«

»Du, ich kann auch die Polizei rufen.«

»Damit ich denen erzähle, was damals passiert ist?«

Die Mutter erbleicht. Starrt Kati aus großen Augen an. Wie eine Wachspuppe sieht sie aus. »Spinnst du?«

»Lass mich rein, Mama! Ich will mit dir reden. Ich kann nicht mehr.«

Die Tür schließt sich. Wieder hört Kati das Tuscheln. Die Mutter bespricht sich mit dem fremden Mann.

Dann scheppert die Kette. Die Tür öffnet sich.

Kati geht ins Wohnzimmer. Bleibt im Türrahmen stehen und sieht den Mann. Er hat graues Haar und einen Schnauzbart. Kleine, listige Augen. Er trägt ein Unterhemd und darüber eine Strickjacke. Eine weiße Boxershorts. Socken. Seine nackten Beine sind bleich und knochig. Die Haut ist schlaff.

Böse sieht er aus, denkt Kati.

Sie dreht sich nach der Mutter um.

»Wer ist das?«

»Sigmar ist das. Kannst ruhig guten Tag sagen.«

Kati betrachtet den Mann. Der kommt einen Schritt auf sie zu, streckt ihr die Hand entgegen. »Das ist also die Tochter, ja?«

Er ist böse, denkt Kati wieder. Sie regt sich nicht. Erwidert den scheinheiligen Gruß nicht. Sieht ihn nur an.

»Hat die Tochter heute keinen guten Tag, was?«, versucht der Mann einen kläglichen Witz.

Dann setzt er sich wieder aufs Sofa, nimmt die Fernbedienung, dreht die Lautstärke hoch, greift nach der Bierflasche, trinkt einen Schluck.

Die Mutter drängt sich an Kati vorbei und setzt sich neben ihren Freund.

»Also, wenn du dich nicht zu benehmen weißt, kannst du gleich wieder abzischen. Kannst deine Laune woanders ablassen. Das brauchen wir hier nicht.«

»Ich muss mit dir reden, Mama.«

»Dann rede doch, Herrgott noch mal.«

»Ohne den.«

»Ohne den, ohne den«, äfft die Mutter sie nach. »Geht's noch, ja?« Dann schaut sie wieder in die Glotze.

Kati steht immer noch im Türrahmen. Sie steht da wie bestellt und nicht abgeholt. Der Hass ist übermächtig. In ihrem Kopf tobt es. Ihre Gedanken überschlagen sich. Werden so heftig, dass sie den Kopf auf die Brust senkt und für einen Moment die Augen schließt, um wieder zu sich zu kommen.

Da sagt die Mutter: »Willst du Wurzeln schlagen? Entweder redest du jetzt, oder du gehst. Diesen Abend lass ich mir von dir nicht versauen, du hast mir schon mein halbes Leben versaut.«

Der Mann nickt, lächelt zum Bildschirm hin und lässt wie nebenbei den Satz fallen: »Das kann man wohl sagen.«

Kati erstarrt. Hat sie das gerade richtig verstanden?

Sie macht einen Schritt ins Zimmer und stellt sich vor den Fernseher.

»Was hat der eben gesagt?«

»Hast schon richtig gehört«, antwortet die Mutter. »Jetzt geh aus dem Bild, verdammt.«

»Was meint der damit?«, fragt Kati. Aber die Alten reagieren nicht. Tun so, als wäre sie gar nicht da.

»Was der damit meint?«, fragt sie noch mal.

»Das weißt du selbst doch am besten«, erwidert die Mutter.

Da birst etwas in Kati. Etwas sprengt ihren Brustkorb. Es

ist ein Schrei, ohrenbetäubend wie der Todesschrei eines wilden Tieres. Sie hört den Schrei und weiß nicht, wo er herkommt. Sieht das schreckensstarre Gesicht der Mutter, den weit geöffneten Mund. Wie eine Höhle, denkt sie. Plötzlich hält sie das Fleischermesser in ihren Händen, ohne zu wissen, wie es dahin gekommen ist. Sie hebt den Arm und lässt ihn fallen Die Mutter kippt durch die Wucht des Stoßes hintenüber, versucht, das Messer mit den Händen abzuwehren. Immer wieder sticht Kati zu. Die Hand des Mannes, der sie packt und an ihr reißt. Weg von der Mutter. Mit einem Hieb durchtrennt Kati seinen Knöchel. Haut ihm die Klinge in den Hals, kippt wie ein Baum zur Seite, strampelt. Verfängt sich in den Beinen des Sofas. Kommt nicht mehr hoch. Die Mutter kriecht auf allen vieren Richtung Tür. Blut schießt aus ihrem Hals. Kati reißt ihr von hinten den Kopf hoch, packt sie am Kinn, so wie die Mutter es früher bei ihr gemacht hat. Dreht das blutige Gesicht zu sich hin.

Mit einem Mal sieht die Mutter Kati an. Endlich kann sie nicht mehr weggehen. Kati schüttelt den Kopf der Mutter, dass das Blut in alle Richtungen spritzt.

In ihrem Kopf gellen Stimmen, laut wie Kreissägen. Die Stimmen der Vergangenheit. Bald wird ihr der Schädel platzen.

»Warum?«, schreit jemand. »Warum?« Immer und immer wieder, während die Augen der Mutter brechen. Bald hängt sie schlaff in Katis Armen, ihr Körper schüttelt sich, als würde sie frieren.

Dann ist es still. Kati schließt die Augen, legt den Kopf in den Nacken, atmet tief durch. Jetzt ist alles gut.

76. Kapitel

Mel hat ganz vergessen, dass das Licht im Treppenhaus nicht funktioniert. Als sie vor ihrer Wohnungstür ankommt, zieht sie ihr Handy hervor, um das Schlüsselloch zu beleuchten.

Da nimmt sie aus dem Augenwinkel eine Bewegung wahr.

Mel dreht sich langsam um.

Da steht sie.

Katrin Minkus hat ihr den Rücken zugedreht. Ihr heller Mantel ist fleckig, das braune Haar hängt strähnig auf die Schultern.

Kalt rieselt es Mel den Rücken herunter. Fieberhaft überlegt sie, welche Möglichkeiten ihr bleiben. In die Wohnung wird sie es nicht schaffen. Weglaufen hat auch keinen Sinn. Wenn die Minkus bewaffnet ist, wird sie sie spätestens unten an der Haustür einholen und ihr das Messer in den Rücken rammen.

Mel steht da und beobachtet die reglose Frau. Sie muss mit allem rechnen. Und trotzdem spürt sie eine Art Erleichterung. Das ist das Merkwürdige, denkt Mel jetzt, dass ich mich dieser Frau auf unerklärliche Weise nahe fühle. Dass ich den Wunsch habe, sie zu beschützen, damit sie nicht noch mehr anrichten kann. Unfassbar für Mel, dieses Gefühl tiefen Verständnisses für die junge Mörderin. Ungeheuerlich, dass sie dieses tiefe Mitleid für Kati in sich spürt. Und das Vertrauen, dass Kati ihr nichts tun wird.

Mel atmet tief durch. Strafft die Schultern. Sehr leise fragt sie: »Frau Minkus?« Ihre Stimme klingt rauh.

Kati rührt sich nicht.

»Frau Minkus, ich bin froh, dass Sie hier sind. Ich habe Sie gesucht. Ich möchte Ihnen helfen.«

Wie eine Puppe lehnt Kati an der Wand.

»Können wir reden?«, fordert Mel sie auf. »Kommen Sie. Wir gehen in meine Wohnung. Da sieht uns niemand.«

Aus der Wohnung in einem der oberen Stockwerke dröhnt ein Fernsehapparat. Eine Talkshow. Was für ein merkwürdiger Gegensatz zwischen belanglosem Geplauder und existenzieller Not.

»Kommen Sie. Sie sind doch sicher durstig?«, lockt Mel weiter.

Ganz leicht bewegt Kati sich jetzt. Zuckt ein bisschen mit den Schultern. Schnieft leise. Dann dreht sie sich langsam um.

Zuerst kann Mel kaum glauben, dass sie derselben Frau gegenübersteht, die sie damals täglich an der Bushaltestelle getroffen hat. Katrin Minkus ist kalkweiß im Gesicht. Bis auf die Knochen abgemagert. Die Augen zugeschwollen, der Mund ein harter Schlitz. Aber was Mel am meisten schockiert, ist das Blut. Die junge Frau ist über und über voller Blut. Teilweise ist es schon angetrocknet, krustig und schwarz. Mel denkt an einen japanischen Horrorfilm, den sie mal gesehen hat. Sie blickt auf Katrin Minkus' blutige Hände. Sie umklammern ein großes Fleischermesser. Langsam geht sie auf Mel zu.

Mel weicht einen Schritt zurück, versucht, die Nerven zu bewahren. Das Vertrauen in die Situation zu erhalten, obwohl Katrin im Moment alles andere als vertrauenerweckend wirkt.

»Ich bin froh, dass Sie da sind, wirklich, Kati. Ich helfe Ihnen. Das bin ich Ihnen schuldig. Das habe ich Ihnen damals versprochen. Erinnern Sie sich? Damals, an der Bushaltestelle? Ich weiß, was Sie alles durchgemacht haben.«

Kati bleibt stehen. Sieht durch Mel hindurch.

»Kommen Sie, ich gebe Ihnen etwas zu trinken«, fordert Mel Kati erneut auf. Ich muss die Kollegen anrufen, denkt sie. Aber wie?

Da lässt Kati das Messer sinken.

Ganz leise, so leise, dass Mel sie kaum versteht, sagt sie: »Ich habe Schuld auf mich geladen. Aber jetzt bin ich erlöst.«

Dann bricht sie zusammen.

77. Kapitel

Langsam wird es hell. Mel sitzt am Küchentisch, trinkt einen Schluck Wein und sieht zu dem Fenster im vierten Stock hinüber. Nichts regt sich dort. Alles dunkel.

Die Bilder der Toten gleiten an ihr vorüber. Die Bilder des heutigen Abends werden nie wieder aus ihrem Kopf verschwinden. Ein Schlachthaus ist nichts dagegen.

Morgen wird sie Katrin Minkus besuchen. Die junge Frau wurde in der Psychiatrie untergebracht. Da wird man ihr Medikamente geben.

Nachdem Mel die Kollegen informiert hat, ist sie in ihre Wohnung gegangen, um eine Decke für Kati zu holen. Die legte sie der jungen Frau über. Ganz kalt war der schmale Körper. Schutzlos. Mel nahm Kati das Messer aus der Hand, legte es beiseite und setzte sich zu ihr auf den Boden. Sie hob Katis Oberkörper leicht an und bettete den Kopf auf ihre Beine. Irgendwann sah Kati auf und Mel lange aus ihren dunklen Augen an. Mel strich ihr das Haar aus dem Gesicht.

»Alles ist gut«, flüsterte sie immer wieder. »Jetzt ist alles gut.«

Kati sah unverwandt zu ihr auf. Wie ein kleines Mädchen, das aus einem Alptraum erwacht ist.

Mit der freien Hand musste sich Mel immer wieder die Tränen aus den Augen wischen, damit sie Kati nicht ins Gesicht fielen.

Irgendwann sagte Kati: »Nicht weinen, Mama. Ich bin bei dir.«

Im zweiten Stock geht das Licht an. Ohne das Fernglas ist der alte Mann kaum zu erkennen. Nur ein Schemen. Er setzt sich an seinen Tisch und legt wahrscheinlich den Kopf in seine Hände. Wie tröstlich, dass er noch da ist.

78. Kapitel

Als Kati erwacht, weiß sie zunächst nicht, wo sie ist. Das Zimmer ist sehr klein. Schmucklos. Es gibt nur das Bett und ein Regal an der Wand. Hinter einer Trennwand aus Stoff erahnt sie ein Waschbecken. Eine Toilette. Die Wände sind weiß. Sie ist dankbar für diese Klarheit. So hat sie alles im Blick. Muss sich nicht fürchten vor den Schatten und den fremden Augen. Sie möchte allein sein mit sich.

Durch das Fensterchen hoch über ihr fällt ein Sonnenstrahl ins Zimmer. An einer Stelle des Linoleums brennt er sich in den Boden. Kati steigt aus dem Bett und nähert sich vorsichtig. Umkreist ihn langsam, streckt eine Hand aus und hält sie in das sengende Licht. Dann sinkt sie auf die Knie und robbt in den Sonnenkreis. Hält den Kopf gesenkt, spürt die wohltuende Wärme auf ihrem Rücken. Nach einer Weile legt sie sich hin, umfasst die Beine mit den Armen und bettet den Kopf auf den Boden. Die Sonne brennt auf ihre Wange, Kati blinzelt. Dann öffnet sie die Augen. Ein Feuerwerk hinter der Netzhaut, Farben, Blitze, Leuchtkugeln in ihrem Kopf. Das erste Mal seit langem hält sie dem gleißenden Licht stand. Sie spürt die Wärme auf dem Gesicht, gibt sich der Helligkeit hin, die ihren Kopf durchströmt. Alles ist klar. Alles wird gut.

Heute kommt Mel. Das hat sie ihr versprochen. Dass sie Kati nicht allein lassen wird. Dass sie sie besuchen kommt. Und dass sie irgendwann Nanas Sachen aus der Schublade im Kleiderschrank mitbringen wird. Darum hatte Kati sie gebeten. Mehr braucht sie nicht.

Sie lächelt, denn sie ist nicht mehr allein.

Heute kommt ihre Mutter.

Epilog

Den ganzen Tag über geht Mel Katis Gesicht nicht aus dem Kopf. Mel hat ihr die Sachen aus der Schublade mitgebracht, und Kati hat das erste Mal seit damals gelächelt. Sie hat die Hände ausgestreckt, und Mel hat ihr die kleinen Kleidungsstücke und Spielsachen hineingelegt. Vorsichtig ging Kati zu ihrem Bett und breitete Nanas Sachen auf der Bettdecke aus. Immer wieder nahm sie ein Jäckchen oder Höschen hoch, begutachtete es von allen Seiten, streichelte die Falten glatt und legte es zurück zu den anderen Sachen. Später zog Mel den kleinen rosa Hund aus ihrer Tasche und legte ihn Kati in den Schoß. Kati nahm den Hund, betrachtete ihn lange und gab ihn Mel dann zurück.

»Wirklich?«, fragte Mel.

»Ja.« Katis Stimme, kaum zu hören. Fast ein Hauch. »Ich möchte, dass er dich beschützt. Du brauchst jemanden. Ich bin jetzt in Sicherheit.«

Mel schossen die Tränen in die Augen. »Woher weißt du das denn, Kati?«

»Ich sehe das in deinen Augen. Dein Leben ist noch lange nicht vorbei. Meines schon.«

Mel breitete vorsichtig die Arme aus. »Komm her. Möchtest du?«

Und Kati rutschte vom Bett und schmiegte sich in Mels Arme.

Dann löste sie sich plötzlich aus der Umarmung, sah Mel tief in die Augen und sagte: »Wenn man die Angst vor der Sonne überwindet, kann man zu den Menschen gehören. Weißt du das?«

Und Mel nickte.

Spätabends schaltet Mel ihren Computer ein. Eine neue Nachricht.

Unattraktiver, aber nicht wirklich hässlicher Mann, schon etwas älter, aber keinesfalls bettlägerig, jener Mann, der von sich behauptet, keine Konzerte oder Theaterstücke zu besuchen, keine Wanderungen und Urlaube zu machen und äußerst selten ein Glas Wein zu trinken ... jener Mann, der das alles nur behauptet, um die Frau, die das alles von sich behauptet, egal, ob wahr oder unwahr, endlich näher kennenlernen zu dürfen, wartet immer noch auf ein Lebenszeichen.

Mel muss schmunzeln und setzt sich an ihren Schreibtisch, um zu antworten.

Danksagung

Ich danke meiner Lektorin Andrea Müller für die tolle Zusammenarbeit, den präzisen Blick, die großartigen Ideen und den Zuspruch.

Frau Regine Weisbrod für die äußerst wichtigen Ergänzungen, dem Droemer Verlag für die phantastische Unterstützung und das Vertrauen!

Meinem Mann Christian und unseren bezaubernden Söhnen für ihre Liebe, die bereichernden Gespräche am Abendbrottisch, das Verständnis für die verzagende Mutter und den umwerfenden Humor, mit dem sie mich immer wieder zum Lachen gebracht haben, wenn mir zum Heulen war.

Meiner Presseagentin Sohela Emami für die Wahnsinnsunterstützung und die Hilfe, wenn mein Computer nicht so wollte, wie er sollte.

Markus und Dr. Sibylle Kraus aus München für das Interesse, die Zeit und die liebevolle Hilfe bei meinen rechtlichen und medizinischen Fragen.

Frau Oesterle-Stephan. Für alles.

Ich umarme meine Eltern.